hanser**blau**

DIETLIND FALK

NO REGRETS

Roman

hanserblau

Gefördert durch ein Arbeitsstipendium des Ministeriums für Kultur und Wissenschaft des Landes Nordrhein-Westfalen

1. Auflage 2023

ISBN 978-3-446-27805-9

Umschlag: FAVORITBUERO, München
Motive: Shutterstock.com / © rvvlada; © Primsky; © Aratehortua
Satz im Verlag
Druck und Bindung: CPI books, Leck
Printed in Germany

FSC
www.fsc.org
MIX
Papier | Fördert gute Waldnutzung
FSC® C083411

Für Crispin und Peppie

1

DIE KLOSPÜLUNG rauschte nicht, sie plätscherte. Der Spülkasten schien seine eintönige Aufgabe endgültig leid zu sein, statt den Inhalt des vergilbten Gehäuses in einem anständigen Schwall auszuspucken, entließ er nur noch ein kraftloses Rinnsal. Außerdem hatte hier ein handwerklich begabter Vormieter nach der Renovierung seinen Putz entsorgt, das Abflussrohr war verengt wie eine verkalkte Arterie kurz vor dem Infarkt. Als letzte Instanz blieb da nur der Pümpel. Dieser Tage schien Hänk immer häufiger pümpeln zu müssen, und er fragte sich so langsam, ob das Universum ihm damit irgendetwas sagen wollte. Er betätigte noch einmal die Spülung, diesmal aus Frust etwas fester, als könnte er dem Kasten auf diese Art Beine machen, als hätte es irgendwo auf dieser Welt schon einmal irgendwem irgendwas genützt, einen Knopf noch fester zu drücken.

Er riss das Dachfenster auf und wusch sich mit der neuen Lavendelseife die Hände, einem Fehlkauf, der ihn leider nicht in die Provence, sondern in Großmutters muffigen alten Kleiderschrank versetzte. An seinem Spiegelbild fielen Hänk gleich zwei Dinge auf: Erstens sprossen einige lästige, überlange Haare aus seinen Augenbrauen, und zweitens war sein Bart an den Backen inzwischen richtiggehend ergraut. So ein Dreck. Das hatte man davon, wenn man immer seltener Lust verspürte, in den Spiegel zu sehen: Die Abstände zwischen dem Hinsehen wurden länger, und die Veränderungen schlichen sich nicht mehr an, sondern trafen einen unmittelbar und mit voller Wucht, doch Hänk hatte beschlossen, sich lieber ab und an richtig zu erschrecken, als sich beständig zu gruseln. Von wegen Eleganz des Alters. Sein Bart sah aus, als hätte sich ein greiser Straßenkater um seinen Mund herum zum Sterben zusammengerollt. Wenn irgendwann auch noch Geheimratsecken dazukamen, dann gute Nacht, Marie. Beziehungsweise: Nie wieder gute Nacht, Marie. Nie wieder gute Nacht, Marie oder Kerstin oder Aylin oder Isabell. Wenn man ein Gesicht wie Hänk hatte, bedeuteten Geheimratsecken das vorzeitige Ausscheiden aus dem Dating-Pool. Dann gab es nur noch peinliche Vollrausch-One-Night-Stands und Selbsthass. Er drückte eine Ibu aus dem bereitliegenden Blister und dann vorsichtshalber noch eine zweite, die natürlich von der siffigen Ablage kullerte und auf Nimmerwiedersehen im Abfluss des Waschbeckens verschwand.

Unter der Dusche summte Hänk *Hell's Bells*, seifte sich ein und versuchte, das penetrante Pochen in seinen Schläfen zu ignorieren. Das brühend heiße Wasser brachte seinen Kreislauf in Gang, und so dauerte es nicht lange, bis der gestrige Abend noch einmal durch seinen Kopf geisterte. Er war nicht gerade zufriedenstellend verlaufen.

Eigentlich war sein Plan gewesen, Muddy so lange mit Mariacron abzufüllen, bis der einsah, dass seine Idee eine totale Schrottidee gewesen war, dass das so nicht ging, weil es *Grenzen* gab. Es gab Dinge, die änderten sich nicht, und das war auch gut so. Punkt. Doch selbst, als Muddy sich schon am Stehtisch festhalten musste, um nicht umzufallen, und sein schales Bier immer wieder überschwappte und von der Tischkante lief und auch das mit dem Kippendrehen nicht mehr richtig klappte und die neue Kellnerin sich tatsächlich geweigert hatte – das fiel Hänk jetzt mit derselben Entrüstung wieder ein, die ihn vermutlich, da war er sich relativ sicher, gestern Abend dazu getrieben hatte, ganz zum Schluss noch rumzupöbeln – *Trinken und trinken lassen, verdammt!* –, also als die sich tatsächlich geweigert hatte, ihnen eine letzte Runde zu bringen, selbst da hatte Muddy immer nur eins wiederholt: *Ich muss die Rechnungen bezahlen, Digger. Verstehs du das nich? Du muss da jetz durch. Irgendwann hasse dich dran gewöhnt.*

Genervt zentrifugierte Hänk den letzten Rest aus der Shampooflasche und klatschte ihn sich auf den Kopf. *Irgendwann hasse dich dran gewöhnt.* Was für ein Mumpitz. Als könnte man sich an die Pest gewöhnen: *Ach, schon wieder eine Beule, ich glaub, ich hab auch wieder Fieber, na ja.* Der Shop war immer der eine Ort auf dieser Welt gewesen, an dem er sich wie ein Fisch im Wasser gefühlt hatte, er war dort, wie es neuerdings hieß, in seiner »Komfortzone«, in seinem Element, und jetzt ... Er hielt das Gesicht ein letztes Mal unter den Duschkopf und stellte schließlich das Wasser ab.

Immerhin hatte der tagelange Bindfadenregen aufgehört, als Hänk aus dem Haus kam. Der Himmel war also zumindest hellgrau. Er steckte sich eine Fluppe an und inhalierte dreimal hintereinander ganz tief, schließlich war der erste Nikotinschub am Morgen immer der beste, das musste man zelebrieren, weil, ganz im Ernst, was sollte das Ganze sonst? Hänk hasste viele Menschen – auf jeden Menschen, den er mochte oder zumindest respektieren konnte oder an dem er tendenziell wenig auszusetzen hatte, kamen mindestens fünfzigtausend, die er bei Gelegenheit am liebsten in den nächstbesten offenen Gully geschubst hätte, doch niemanden, wirklich niemanden hasste er mehr als E-Zigaretten-Raucher. Jedes Mal, wenn die *Bild* titelte, die Explosion einer E-Zigarette habe einen unschuldigen Verbraucher zehn Zähne gekostet, freute Hänk sich diebisch. Diese wischiwaschi Ich-achte-auf-mich-aber-so-ganz-mag-ich-aufmein-kleines-Laster-dann-doch-nicht-verzichten-Vollhorste. Entweder ungesund und geil oder gesund und ungeil, so war das nun mal im Leben. Hänk konnte Menschen nicht ernst nehmen, die sich erfolgreich einredeten, ein Rettich sei im Grunde viel besser als ein Snickers. Er spuckte einmal aus und machte sich, geringfügig wankend, auf den Weg zur Arbeit.

Der No Regrets Tattoo Shop lag ein paar Straßen weiter und war die Art Tattooladen, in die heutzutage kaum noch wer einen Fuß setzte, weil es jetzt an jeder Ecke hippere Tattooläden gab, die aussahen wie ein Wohnzimmer aus dem IKEA-Katalog oder eine U-Bahn-Station. Der Name ihres Studios – *No Regrets* – entsprach weiß Gott nicht mehr der Wahrheit, und das nicht nur, was die Kunden betraf. Hänk bereute mittlerweile selber ziemlich viele Tattoos, die er hier stach, weil die Leute in den letzten paar Jahren einfach so saudämlich geworden waren, es musste eine Zeitenwende der Idiotie stattgefunden haben, wenn man Hänk fragte, waren die sozialen Medien schuld an der Misere. Seither kamen jedenfalls zunehmend Kunden in den Laden, deren Tattoovorstellungen klangen, als hätten sie gerade einen Trip eingeschmissen: *Also, ich will einen Diamant, der in einer Handfläche zu einem Silbersee schmilzt, so mit schimmernder Oberfläche, aber die Hand ist auch zur Hälfte ein Widder. Ich bin Widder.*

Am Tag darauf hatte er das »Keine Diamanten«-Schild an die Tür gehängt, die gingen ihm schon seit geraumer Zeit auf den Senkel.

Früher hätten die Leute sich *entweder* eine Hand *oder* einen See *oder* einen Widder stechen lassen. Früher hätten die Leute das Wort »Diamant« auch noch richtig deklinieren können, aber egal. Jedenfalls ging das jetzt den ganzen Tag so. *Ich will einen tanzenden Toaster mit Zorromaske, aus dem eine saure Gurke mit Degen rausspringt und HA! sagt, aber die Gurke ist verpixelt. Ist 'ne lange Geschichte.* Und obwohl Hänk absolut *nie* nach der langen Geschichte fragte, bekam er sie trotzdem jedes Mal zu hören, und das Fazit war dann ausnahmslos, dass man da wohl hätte dabei sein müssen, um das lustig oder traurig oder auch nur im Entferntesten bedeutsam zu finden. Wenn die Kunden zu erzählen anfingen, ließ Hänk in seinem Kopf meistens *Das Leben des Brian* laufen, den kannte er auswendig. Die unvermeidliche Intimität seines Jobs, die nicht nur aus körperlicher Nähe bestand, sondern auch aus den emotionalen Ergüssen seiner Kundschaft, hatte er früher als notwendiges Übel betrachtet – mittlerweile war sie ihm unerträglich.

Früher hatte ein simples Tattoo ausgereicht, um zu sagen: So seid ihr. So bin ich. Fickt euch. Leute waren nach feuchtfröhlichen Nächten mit frischen Tätowierungen aufgewacht, ohne sich ans Stechen erinnern zu können, und da wurde dann nichts weggelasert oder überstochen, verdammt noch mal, da wurde drüber gelacht, und dann ab dafür. Ein tanzender Toaster, um clever zu wirken, war am Ende des Tages nur ein tanzender Toaster, saure Pixelgurke hin oder her. Da waren Hänk die Leute lieber, die in den Laden kamen, um sich die Eier schwarz tätowieren zu lassen, und die spätestens nach einer Viertelstunde das Handtuch warfen.

Missmutig machte er an seinem Stammbüdchen halt, um eine Cola gegen den Kater und eine gemischte Tüte gegen die schlechte Laune zu kaufen, wobei ihm schwante, dass es heute in der gesamten Stadt nicht genügend Gummifrösche und weiße Mäuse gab, um sich hier irgendwas schön zu essen.

»Tach, Junge«, grüßte ihn der uralte Heinrich, der hier genau wie die wackelnden Plastikblumen im Schaufenster und die seit Jahren unangetastete Zigarren-Vitrine zum Inventar gehörte. »Du siehst aber noch verknittert aus.«

Hänk mochte Heinrich. Der ging niemandem auf die Nerven, der machte sein eigenes Ding, also nickte er nur und rang sich ein Lächeln ab. Während Serdar, der Sohn des Büdchenbesitzers, mit der Zange in die verschiedenen Haribo-Boxen griff, drehte Hänk sich eine neue Zigarette.

Mehr als die Hälfte der Kunden, die das No Regrets derzeit betraten, verließen den Laden ohne neues Tattoo und ohne Termin und ohne Anzahlung. Muddy hatte ihnen nicht genügend Zähne im Maul, Hänk war nicht freundlich genug, sie fühlten sich nicht verstanden. Früher, vor dem Internet, hatte diese charmante Grobheit ihr Studio berühmt-berüchtigt gemacht und vermutlich eher für mehr als für weniger Kundschaft gesorgt: Ins No Regrets musste man sich reintrauen, das war damals stadtbekannt. Eine ganze Generation schmalbrüstiger Jüngelchen mit lachhaftem Schnurrbartflaum und Axe Alaska unter den Achseln hatte sich zum Achtzehnten bei Muddy und Hänk das Logo ihres jeweiligen Lieblingsvereins auf die Brust stechen lassen – blau oder gelb –, wobei es natürlich nur darauf ankam, vor den Homies keine Miene zu verziehen. Wer auf besonders hart machen wollte, nahm die Arminnenseite. Doch heute plärrte jeder dahergelaufene Heini seine Kritteleien ins Netz, und die Bewertungen für den Laden lasen sich mittlerweile, als würden dort Schwarze Messen abgehalten und Kinder verbrannt. *Schlimmster Laden!*, warnte LeoBeo99 auf Yelp. *Ich wurde ausgelacht und es hat voll gestunken. Geht gar nicht!*

Das mit dem Stinken war natürlich Definitionssache, aber in dem Punkt hatte LeoBeo99 nicht ganz unrecht. In grauer Vorzeit hatte Muddy einen etwa dackelgroßen Babyalligator von einer Borneo-Reise nach Hause geschmuggelt, den er leblos am Straßenrand gefunden und noch vor Ort hatte ausstopfen lassen, sein größter Stolz, der seither das Schaufenster des No Regrets zierte. Dummerweise war beim Ausstopfen irgendetwas schiefgelaufen, und nun sonderte der Alligator einen süßsäuerlichen Geruch ab, als hätte jemand eine alte, mit faulendem Obst gefüllte Socke hineingestopft, die nun fröhlich vor sich hin gärte.

Muddy hätte den Laden eher endgültig dichtgemacht, als seinen »kleinen Freund« zu entsorgen, und blieb der festen Überzeugung, das olfaktorisch fragwürdige Reptil mache den Flair ihres Ladens überhaupt erst aus. Wenn sich wer beschwerte, was regelmäßig vorkam, dann sagte er in seinem hanseatischen Singsang: »Wenn dir das stinkt, dann kannst du ja gehn!«, und dann lachte er sich erst mal fünf Minuten kaputt, obwohl niemand mitlachte, und konnte nicht weitertätowieren, weil Muddy auf Kalauer stand. Er stand auch auf »afrikanische« Sprichwörter und sagte ständig zum falschen Zeitpunkt *Touché*, aber das waren Marotten, die man ihm einfach nicht austreiben konnte.

Liebe LeoBeo, hätte Hänk gerne geantwortet, wenn er sich mit seinem elendigen Zweifingersystem am Computer nicht so unfähig und überholt vorgekommen wäre, *Liebe LeoBeo, ja, wir haben dich ausgelacht. Du wolltest dir mit deinen schätzungsweise achtzehn Jahren und fünf Tagen dick und fett »Daddy's Girl« in den Nacken stechen lassen. Als erstes Tattoo. Wir fanden dich ziemlich hochnäsig und scheiße, aber nicht so scheiße, dass wir das jemals gemacht hätten – dafür stehen wir mit unserem Namen. PS: Solltest du dich je bei uns bedanken wollen, komm bitte nicht vorbei, sondern überweis uns Geld. Tschüss.*

»Hier mein Freund wünsche schönen Tag!«, sagte Serdar, der immer ohne hörbare Interpunktion sprach und dadurch klang wie SMS von alten Menschen. Er zog einen Mundwinkel hoch und reichte Hänk die dicke Papiertüte, aus der eine orangegrüne saure Zunge ragte. Erst kürzlich hatte Hänk sein Frühstück von einem Euro auf zwei Euro aufgestockt, das Leben war nämlich zu kurz, um sich auf halbem Weg zur Arbeit zu ärgern, dass man sein Weingummi zu schnell inhaliert hatte. Die Tür bimmelte hinter ihm zu, und das Grau der Straße kam ihm mit offenen Armen entgegen.

Die Leute zu triezen, die das No Regrets betraten, war von jeher der Klebstoff gewesen, der Hänks und Muddys Freundschaft fest zusammenhielt. Die langen Arbeitstage wurden dadurch erträglicher, außerdem hatte Muddy ihm immer eingebläut, ein Tattoostudio sei kein Ort für Zweifler und Mimosen, wer sich von ein paar dummen Sprüchen verunsichern ließ, war besser beraten, es sein zu lassen. Oft genügte ein Blick, und Hänk wusste genau, was Muddy abends über den Kunden XY sagen würde, der eine wunderschöne Meerjungfrau auf seinem Bizeps sitzen haben wollte, obwohl er selber aussah, als hätte er sich dreißig Jahre lang allein vor diversen Bildschirmen einen von der Palme gewedelt. Hinten im Lager hatten sie eine Wall of Fame ihrer wirklich absolut bescheuertsten Kunden aller Zeiten angelegt (ganz oben: der klotzhohle Muckibuden-Kerl, dem Rudi, ihr Jungtätowierer, »No Fear« auf den Unterarm gestochen hatte und der sich am Ende mit feuerrotem Gesicht vor dem Spiegel beschwert hatte, das sei ja *SPIEGELVERKEHRT*! Sie hatten zu dritt eine volle Viertelstunde gebraucht, um ihm das Konzept »Spiegel« so lange glaubhaft zu erklären, bis er die Fäuste wieder sinken ließ, mit denen er klein Rudis Babyface zu Matsche hatte hauen wollen). Aber früher war das No Regrets eben auch der einzige Tattooshop weit und breit gewesen, früher war es kein Problem gewesen, die richtig verblödeten Leute abblitzen zu lassen, es kamen immer genügend andere, die Tage waren voll, die Kasse auch, die Leute hatten sich noch spontan Motive aus den diversen Flash-Katalogen auf dem Tresen ausgesucht, statt mit ihren ach so individuellen Quatschideen zu kommen, und niemand hatte sich beschwert, wenn mal eine Outline nicht ganz sauber war oder Muddy eine Fahne hatte oder den ganzen Tag nur *Cannibal Corpse* lief.

Früher. Nichts war trauriger als Leute, die dauernd nur von früher quatschten, und insgeheim machte es Hänk ziemlich zu schaffen, dass er langsam, aber sicher auch zu so jemandem wurde, zu so einem nostalgischen Jammerlappen, er saß auf diesem klapprigen Floß und hatte kein Paddel mehr und wurde in eine Richtung getragen, die ihm wirklich nicht schmeckte, nämlich den Bach runter. Aber mal ehrlich, was sollte man auch machen, wenn einfach nichts jemals besser wurde, jetzt, im Hier und Jetzt, in diesem Körper, der langsam, aber sicher den Geist aufgab, und in diesem Laden, mit dem es langsam, aber sicher bergab ging, in einer Welt, die scheinbar ausnahmslos von hirnverbrannten, humorlosen Vollidioten bevölkert wurde, die bei ihren mehrstündigen Selfie-Sessions am Ende die Klippe runterfielen. Mit der herrlich einfachen, vertrauten Das-ist-unser-Shop-Ära von damals, die ganz nebenbei die beste seines Lebens gewesen war, sein ganz persönliches Golden Age, hatte es sich jetzt jedenfalls offiziell erledigt.

Jetzt bog Hänk um die Ecke, und da sah er sie auch schon vor dem Laden stehen, sie lehnte lässig an der Wand, wischte auf einem ziegelsteingroßen Handy herum und sah aus wie eine Gruftie-Barbie. Ein bisschen möchtegern-alternativ, selbstverständlich bunte Haare, war ja klar. Wahrscheinlich hatte sie für ihren betont lässigen, verruchten Schmuddellook Stunden vor dem Spiegel verbracht und hieß irgendwie *Jazzy* oder *Lavinia*, oder zumindest würde der Laden dank ihr ab heute von lauter Jazzys und Lavinias bevölkert werden, die vor einem halben Jahr Termine für ihre Diamant-See-Hand-Widder-Tattoos gemacht hatten, oder noch schlimmer, die mit ihrem scheiß Instagram in den Laden gelatscht kamen, einem das Display ins Gesicht rammten und sagten: *Genau das will ich auch, aber aufs Ohrläppchen.* Er steckte sich mit der Faust eine Ladung saure Schnüre in den Mund und kaute energisch. Oh Mann, dachte Hänk und blieb kurz stehen, um einmal tief ein- und auszuatmen. Das war alles noch viel schlimmer, als er gedacht hatte. Er schnippte die Kippe ins Gebüsch und sah dabei zu, wie sie verglimmte.

Jetzt war also die Neue da.

2

LUZ STAND vor dem No Regrets und wartete. Und wartete. Der fertige Typ, dessen Zähne ausgesehen hatten, als würden sie zur Abschreckung auf Kippenschachteln gedruckt, hatte gesagt, sie solle um zwölf Uhr da sein, und jetzt war es zwanzig nach zwölf und der Laden war immer noch dicht. War das ein Test, oder war sie inzwischen paranoid geworden? In einem neuen Studio unterzukommen war in etwa so einfach, wie zum Judentum zu konvertieren. Man musste dreimal beim Rabbi klopfen, bis er einen eventuell reinließ, und dann fing die Arbeit erst richtig an. Nicht umsonst hatte sie sich einen Walhai auf die Rippen stechen lassen, das Lebewesen mit der dicksten Haut. Sie fragte sich, ob sie einfach gehen sollte, und gab dem Ganzen noch vierzig Minuten. Wenn um zwölf Uhr vierzig niemand hier wäre, würde sie gehen. Und nicht mehr wiederkommen.

In ihrer alten Heimatstadt als Tätowiererin unterzukommen hatte Luz sich, gelinde gesagt, einfacher vorgestellt. Mittlerweile gab es hier vier Studios, sie hatte eine Rangliste erstellt, um die Läden dann der Reihe nach abzuklappern. Wirklich interessant waren die Arbeiten in keinem gewesen, doch sie hatte sich gesagt, dass sie nicht hier war, um zu lernen, sondern um zu überleben und nicht den Verstand zu verlieren. Sie hatte ihren eigenen Kundenstamm, ihr eigenes Equipment, sie hatte gedacht, das würde schon werden. Das No Regrets war weit abgeschlagen auf Rang vier gelandet. Die Bewertungen im Netz waren unterirdisch, sie hatte über die offensichtlich tote 1990er-Jahre-Homepage mit den Tribals und flammenden Auspuffen herzlich gelacht und war, nachdem sie beim Studio hier um die Ecke weggeschickt worden war, zunächst aus reiner Neugier bei der Adresse vorbeigegangen, um zu sehen, ob dieser Hinterwäldler-Shop überhaupt noch existierte. Dass sie ihn nach zwei barschen Abfuhren der anderen Läden mit feuchten Handflächen und saurem Magen betreten hatte, bereit, um eine Chance zu betteln, konnte wohl guten Gewissens als erstklassige Lektion in Demut betrachtet werden – nur dass das hier nicht *Karate Kid* war und sie sich eigentlich vor langer Zeit geschworen hatte, sich im Leben nie wieder kleiner zu machen, als sie war.

Streng genommen war dieser Muddy ganz in Ordnung gewesen. Überraschend in Ordnung. Natürlich hatte er sie erst mal von oben bis unten beäugt, aber nicht so schlimm, wie es manch anderer Typ tat. Als wäre sie ein Dessert, für das gerade noch Platz im Bauch war. Hauptsächlich hatte Muddy sich ihre Tattoos angesehen, das war normal, hatte sie bei ihm ja auch gemacht (das übliche Spinnennetz am Ellenbogen, auf den bunten Unterarmen verlief alles ineinander, Kobolde und Ranken und feuerspeiende Drachen, doch auf dem linken Oberarm trug er einen ziemlich abgefahrenen Raben mit gelben Augen und glänzendem Gefieder, das so gut texturiert war, dass man es unwillkürlich anfassen wollte). Im Gegensatz zu den anderen Studiobesitzern hatte er sich ihre Mappe in Ruhe angesehen, er hatte sie gemächlich mit seinen behaarten Wurstfingern durchgeblättert und spätestens bei ihren Skulls und Calaveras die Augenbrauen gehoben, einmal hatte er sogar anerkennend die Mundwinkel runtergezogen und ihr in die Augen gesehen, wahrscheinlich bei ihrem Oktopus-Backpiece, und dann hatte er eigentlich nur noch drei Sachen gesagt:

»Okay«, und »Die Hälfte geht an den Laden«, und »Komm Montag um zwölf«.

Sie hatte genickt, kehrtgemacht und kurz aus Höflichkeit dem anderen Tätowierer zugelächelt, einem etwas merkwürdigen, blassen Schlaks in der Ecke, der nicht zurücklächelte, sondern sofort den Blick senkte und sich wieder in seine Zeichnung vertiefte, da rief Muddy ihr noch hinterher:

»Wie heißt du überhaupt?«

Sie hatte sich umgedreht.

»Luz.«

»Lutz?«

»*Luz*.«

Der dicke Tätowierer hatte mit den Achseln gezuckt.

»Ich nenn dich Lutz. Ich bin Muddy, das da ist Rudi. Okay, Lutz, dann bis Montag.«

Sie hatte dem müffelnden Alligator neben der Tür in seine kalten, toten Augen mit dem senkrechten Pupillenschlitz gesehen, und diese Augen hatten ihr gesagt: »Mach dir nichts draus. *We're all mad here*.« Dann war sie raus in den Regen, irgendwie erleichtert, und irgendwie auch nicht.

Ihr Kaugummi hatte allen Geschmack verloren. Sie spuckte ihn zwischen zwei parkende Autos und sah sich um. Die Ecke hier war ganz schön trostlos, typische Bahnhofsgegend. Kodi machte Tedi Konkurrenz – oder umgekehrt. Auf den Straßen lag Müll herum, und nachts gab es sicher auch mal die eine oder andere Messerstecherei. Sie war auf der anderen Seite der Stadt aufgewachsen, auf der sauberen Seite mit den freistehenden *Schöner Wohnen*-Häusern und den Wer-nicht-mäht-wird-angezeigt-Vorgärten, wo alle auf dasselbe Gymnasium gingen und ihr chilenischer Vater für die Leute eine ambivalente Attraktion darstellte, die in gleichem Maße Neugier wie Skepsis hervorrief. Er war der geheimnisvolle Exot, mit dem alle übertrieben langsam sprachen, obwohl er seit zwanzig Jahren hier lebte (wenn sie sich nicht gleich an ihre Mutter wandten, obwohl er direkt danebenstand), von dem erwartet wurde, dass er mit buntem Poncho, Panflöte und einer Schüssel Nachos unter dem Arm beim Schulfest aufkreuzen würde. Vermutlich hatten sich sämtliche Mütter ihrer Klassenkameradinnen beim morgendlichen Staubsaugen sexuelle Eskapaden mit ihm herbeifantasiert, für die sie sich später schämten. *Nie wieder*, hatte sie sich damals geschworen, jahrelang die Tage bis zu ihrem achtzehnten Geburtstag runtergezählt, und als ihr Independence Day schließlich gekommen war, hatte sie ihre Sachen gepackt und war in die nächstbeste Großstadt gezogen, hatte angefangen, wirklich zu leben, und hatte sich selbst damit überrascht, wie gut sie alles auf die Reihe bekam, nachdem ihr niemand mehr Vorschriften machte. Nach vielen Zwischenstationen hatte sie es tatsächlich geschafft, in ihrem Traumladen zu tätowieren – dafür hatte sie ihn damals zumindest gehalten –, und dann war die ganze unaussprechliche Scheiße passiert, wie es nun einmal so geht: Im einen Moment ist alles gut, richtig gut sogar, und dann passiert die ganze unaussprechliche Scheiße, und hier stand sie nun. Zurück auf null. Als hätte diese Vergangenheit nur in ihrem Kopf stattgefunden. Als hätte sie im Koma gelegen und jetzt war sie wach, alles war so wie früher, nur zehn Jahre später. Dieselben Funktionskleidungszombies im REWE, die den Filialleiter sprechen wollten, wenn die Cherrytomaten aus waren. Dieselben Wahlplakate an den Straßenlaternen, je hasserfüllter die Parole, desto höher waren sie montiert. Dieselben peinlichen Stadtfeste mit DJ Norbert & Band, denen alle entgegenfieberten und wo es dann immer irgendeinen »Skandal« gab – eine Klopperei vielleicht oder organisierten Taschendiebstahl oder eine kaputte Schaufensterscheibe –, über den dann noch wochenlang entrüstet von Hecke zu Hecke getratscht wurde, irgendetwas, das in der Großstadt nicht der Rede wert gewesen wäre. Es war jedenfalls absolut erstaunlich, was für Welten zwischen zwei Orten liegen konnten, die in Wahrheit keine hundertfünfzig Kilometer trennten. Wie lange sie hierbleiben sollte, wie lange sie es aushalten würde, wusste sie nicht.

Noch einmal zog sie ihr neues Handy aus der Tasche, um auf die Uhr zu sehen. Zwölf Uhr achtunddreißig. Sie öffnete ihren einzigen Telegram-Chat und schickte Vero ein GIF, in dem sich Schlumpfine eine Knarre in den Mund steckte und ihr blaues Gehirn an die Wand pustete.

Als sie aufsah, stand ein großer bärtiger Kerl vor der Ladentür und drehte den Schlüssel im Schloss. Er trug eine siffige schwarze Jeansjacke und eine Fila-Jogginghose, in der er wohl geschlafen hatte, die Frage war nur, wie viele Nächte schon. Er würdigte sie keines Blickes, sondern ließ stattdessen die Tür hinter sich zuknallen. Also vermutlich der Kompagnon, von dem Muddy nur auffallend kurz erzählt hatte. Luz roch Alligator und seufzte. Entweder Muddy hatte ihm noch nichts gesagt, oder er wusste Bescheid und war so richtig begeistert, dass sie jetzt mit dabei war. Aber egal. Scheißegal. Um halb zwei würde ihre Kundin kommen und Luz konnte ihre Maschine anwerfen, und die Panik, die sich scheinbar auf ewig in ihrem Brustkorb verkeilt hatte, die sich, wie ihre überstürzte Flucht hierher leider zeigte, nur durch einen abrupten Ortswechsel halbwegs in den Griff bekommen ließ, würde für ein paar Stunden von der summenden, vibrierenden Maschine übertönt werden, dann gäbe es nur noch die Nadel und das Bild, die Nadel und das Bild, die Nadel und das Bild. Die Ruhe würde ihr wie ein lauwarmer Guss über den Rücken laufen, ihr Gedankenstrudel würde zu einer kleinen Pfütze zusammenfallen, und mit etwas Glück könnte sie heute Abend sogar etwas essen, wenn schon nicht mit Appetit, dann immerhin ohne Ekel. Solange sie noch irgendwem irgendetwas für immer unter die Haut zeichnen konnte, ging das Leben weiter, und das war die Hauptsache. Sie stieß sich von der Wand ab, versuchte, einen tiefen Atemzug zu nehmen, und drückte die kalte Klinke zum Shop herunter.

Das No Regrets schien dem Wandel der Zeit jahrzehntelang erfolgreich in einer unsichtbaren Vakuumkapsel getrotzt zu haben. Der Empfangsbereich sah aus wie die Kulisse einer Bud-Spencer-Prügelei: rissige rote Wandfarbe, ein unechtes Tigerfell an der Wand und zwei bauchnabelhohe Vasen vor dem Tresen, die sozusagen nur darauf warteten, zerdeppert zu werden. Überall, wo etwas hängen konnte, hingen gerahmte Tattoofotos, kein einziges davon gerade. Die Rahmen waren ziemlich stümperhaft und schief an die Wand genagelt worden und das Bild darin dann auch noch mal verrutscht. Jemand mit Zwangsstörung hätte es hier jedenfalls keine drei Sekunden ausgehalten. Zwei ranzige schwarze Ledersessel und ein dazugehöriges Sofa mit abgewetzter Sitzfläche bildeten den Wartebereich, die Vitrinen waren trüb vor Staub. Auf einem kleinen Beistelltisch lagen Tattoozeitschriften von anno dazumal, auf deren Cover tätowierte Frauen in knappen roten Lackoutfits auf Motorrädern oder Sportwagen lagen oder sich zu diesem bescheuerten Schulterblick verrenkten, dank dem dann sowohl Hintern als auch Gesicht gleichzeitig sichtbar waren.

Aus dem hinteren Arbeitsbereich hörte Luz nun gequälte Aufwachgeräusche. Jemand hustete, als wäre es das letzte Mal, ein letztes Aufbäumen vor dem Exitus, eine Flasche fiel um, und kurze Zeit später schob Muddy einen ehemals schwarzen, mittlerweile grau verblichenen Samtvorhang zur Seite, der Empfang und Arbeitsbereich trennte. Der Studioinhaber sah aus wie ein versoffener Zauberer, der sein Kaninchen verloren und seinen Auftritt verpennt hatte. Sein viel zu enges gestreiftes T-Shirt betonte seine Bierwampe, das Gesicht war so verquollen, dass er nur ein Auge richtig öffnen konnte, und seine wirr abstehenden blonden Locken sahen irgendwie voll und schütter zugleich aus. Er massierte sich das Kreuz, kratzte sich am Bauch und am Kopf und sagte, als er sie sah, schuldbewusst »Oh«. Dann hörte sie eine Klospülung, eine Tür knarrte und der Grantige kam dazu. Immer noch grantig.

»Hänk!«, rief Muddy. »Darf ich vorstellen: Das ist Lutz!« Wie ein Kranfahrer schwenkte er einen Arm zwischen ihnen hin und her. »Hänk, Lutz. Lutz, Hänk.«

»Lutz?«, fragte der Bärtige, als ginge es um einen aggressiven Nagelpilz.

»*Luz*«, sagte sie und streckte die Hand aus. »Das heißt Licht auf Spanisch ...«

Statt ihre Hand zu nehmen, hob er gelangweilt zwei Finger an die Stirn, als wäre er ein Trucker auf Durchreise. Sie ließ sie wieder sinken.

»Ich nenn sie Lutz.« Muddy lächelte verlegen. »Harter Abend gestern. Ich hab das nicht mehr bis nach Hause geschafft. Ich zünd erst mal die Kaffeerakete.«

Luz sah, wie der Grantige den Blick zur Decke hob und tief Luft holte, dann setzte er sich in Bewegung und schlurfte Muddy wortlos hinterher. Den schmockigen Vorhang zog er demonstrativ hinter sich zu.

Luz legte den Kopf in den Nacken und schloss die Augen. Manchmal musste man sich wirklich fragen, wie zum Teufel man ausgerechnet an genau dem Punkt gelandet war, von dem man, seit man denken konnte, mit jeder Faser seines Seins und all seiner Kraft weggestrampelt war. Mit einem Mal kam sie sich vor wie in einem sehr armseligen falschen Film, *Tätowieren mit Dick und Doof*, den sie sich vielleicht sogar angesehen hätte, wenn es nicht um ihr eigenes Leben gegangen wäre. Kurz betrachtete sie die feinen grauen Spinnweben, die sich von der unschmeichelhaft grellen Leuchtröhre aus in alle vier Ecken des Studios erstreckten. Ihr Magen knurrte. Sie stellte ihren Rucksack hinter dem Tresen ab, zog ihre Mappe heraus, strich einmal über das mattschwarze Cover und legte sie gut sichtbar auf den Tresen. Der war auch verstaubt, und es fehlte nicht viel, dann hätten die Ringe alter Kaffeetassen das Emblem der Olympischen Spiele ergeben. Im nächsten Moment hämmerte nebenan ein Schlagzeug los, auf das tiefgestimmte Metal-Gitarren folgten, und jemand drehte die Lautstärke hoch, dass die Wände vibrierten. Luz ärgerte sich über ihr Zusammenzucken und das plötzliche Adrenalin, das wie tausend eiskalte Nadelstiche durch ihren Körper schmetterte und ihr klarmachte, dass sie zwar weiterhin eine Meisterin der lässigen Fassade sein mochte, doch sich selbst konnte sie nichts vormachen: Ihr Nervenkostüm, das noch vor wenigen Wochen aus Marie Antoinettes königlichem Kleiderschrank hätte stammen können, inklusive Krinoline, Korsett und zwanzig Schichten Stoff, war mittlerweile zu einem fadenscheinigen Fetzen verkümmert. Sie schob sich den Hocker, der immerhin eine kleine Lehne hatte, unter den Hintern, zog ein neues Kaugummi aus der Tasche und fing an, hastig darauf herumzukauen. Die scharfe Pfefferminze stieg ihr in die Nase und ätzte ihre Atemwege frei, außerdem konnte sie sich so einreden, dass ihre Augen nur deshalb feucht wurden. *Nicht jetzt*, dachte sie und kaute verbissen. *Nicht jetzt. Und vor allem nicht hier*.

3

RUDI SASS am Schreibtisch und rieb auf seinem Suzuri die Tusche an. Manchmal, wenn er die Pinselspitze stundenlang über das Papier gleiten ließ, wenn er nichts mehr hörte und nichts anderes wahrnahm als den schwarzen Strich auf dem weißen Blatt, diesen größten aller Gegensätze, aus dem etwas Schönes entstand, dann verbanden sich sein Gehirn und seine Finger miteinander und er konnte den Pinsel haargenau so führen, wie er wollte, als wäre er ein Hexer, der seine Hand zu einem hörigen Werkzeug gemacht hatte, und in diesem tranceartigen Zustand schöpferischer Perfektion war Rudi glücklich, weil nichts anderes zählte. Er vermutete, dass es Ikebana-Meistern genauso ging, wenn sie die Blumen zu einem harmonischen Arrangement aus Himmel, Erde und Menschheit gesteckt hatten und einen Schritt zurücktraten, um ihr Werk zu bewundern, bevor sie es mit einer kleinen Verbeugung präsentierten und die bewundernden Reaktionen genossen. Rudi hatte niemanden, dessen Reaktion er hätte genießen können, und das ging nun schon so lange so – im Grunde sein ganzes Leben –, dass es inzwischen in seinem Kopf Yuuto gab, seinen Lehrer, zu dem er sagen konnte: *Seht mal!*, und der sich dann einen Moment Zeit nahm, bevor er Rudi anlächelte und sagte: *Ah, Deshi. Das ist sehr gut geworden.* Und das wäre ja auch alles noch halbwegs vertretbar gewesen, eine lobende Stimme im Kopf – auch wenn Yuuto natürlich mehr war als das, er hatte ein Gesicht und eine Persönlichkeit und tat Dinge, wenn Rudi beschäftigt war –, aber gestern Abend hatte Rudi zum ersten Mal ohne darüber nachzudenken das Papier angehoben und laut »Seht mal!« gesagt, zu Yuuto, den es gar nicht gab, und dann war er vor Schreck und Scham erst einmal drei Stunden lang spazieren gegangen, trotz des Regens.

Sobald der Bann gebrochen war – seine Mitbewohnerinnen waren wieder da, ein Paketbote hatte geklingelt oder draußen war ein Auto mit aufgedrehtem Bass vorbeigewummert –, fühlte es sich jedes Mal so an, als würde er aus der Badewanne aufstehen. Leichtigkeit und Verzückung glitten von ihm ab, und stattdessen war alles kalt und schwer. Er musste wieder irgendetwas essen. Kundenmails beantworten. Einkaufen. Abspülen. Einschlafen. Im Vergleich zur Kalligrafie fühlte sich sein Alltag von vorn bis hinten bedeutungslos und plump an, die meiste Zeit kam er sich vor wie eine Ballerina, die unter der Woche auf dem Bau malochen musste.

In seinem Bildschirm spiegelte sich ein hagerer junger Bursche mit schlechter Haut, Augenringen, Hakennase und unmöglicher Frisur, eigentlich war es schon gar keine Frisur mehr, die Leute nahmen schon Anstoß daran, er sah, wie sie ihn ansahen, so als hätte er auf ganzer Linie versagt. Der Gedanke, zu einem Friseur zu gehen und nicht zu wissen, worüber man zwanzig Minuten lang plaudern sollte, oder schlimmer noch, zwanzig Minuten lang im Spiegel den Blickkontakt zu meiden, während das Schweigen immer länger und peinlicher und schlichtweg unerträglich wurde, war allerdings weitaus unangenehmer, als die Haare einfach wuchern zu lassen. Rudi versuchte außerdem, möglichst nichtssagende Kleidung zu tragen, um nicht aufzufallen, um übersehen zu werden, doch in letzter Zeit überkam ihn immer häufiger das Gefühl, dass diese Strategie nach hinten losging, da scheinbar alle Leute unbedingt auffallen *wollten* und er insofern durch sein Nichtauffallenwollen massiv auffiel.

Draußen knallte eine Tür, und er hörte seine Mitbewohnerinnen streiten. Als er eingezogen war, waren die beiden noch beste Freundinnen gewesen, *Bibi und Tina, auf Amadeus und Sabrina*, das freie Zimmer hatten sie nur vermietet, um für eine gemeinsame Vietnamreise zu sparen, doch in der Zwischenzeit war irgendetwas passiert, er hatte es nicht genau mitbekommen, tippte aber darauf, dass ein Penis mit im Spiel gewesen war, und nun hassten sie einander leidenschaftlich, konnten aber nicht ausziehen, da sie die Wohnung gemeinsam bezogen und renoviert und ins Mobiliar investiert hatten und insofern beide diejenige sein wollten, die hier wohnen blieb. Seit Monaten versuchten sie schon, sich gegenseitig aus der Wohnung hinauszuterrorisieren.

»Willst du mich VERARSCHEN?«, rief Joanna. Die Kühlschranktür donnerte zu. Vermutlich hatte Ellen mal wieder die Mandelmilch ausgetrunken und keine neue gekauft.

»Wenn die mich fragt, wie sie aussieht, muss sie auch damit rechnen, dass ich EHRLICH bin! Und ein Minipony bei DEM Mondgesicht? Den Friseur sollte man verklagen.«

»Ja, okay, aber sie hat wegen dir ge*weint*«, hörte er Ellens nasalen Sopran. »Mitten in der Mensa. Das war mega peinlich. Und ehrlich sein ist nicht dasselbe wie *fies* sein.«

»Ach, get over it.«

»Ja, du mich auch.«

Die Zimmertüren schlugen nacheinander zu. Bäm, bäm.

Natürlich studierten Joanna und Ellen auch noch gemeinsam Marketing. Rudi hatte mit ihnen von Anfang an nicht viel am Hut gehabt, doch seit sie jeden Tag diesen Affentanz aufführten, hatte er sich wie ein Einsiedlerkrebs immer weiter und tiefer in sein Zimmer zurückgezogen. Er hatte sich Ohropax und einen Mini-Kühlschrank gekauft und spielte seit dem Spiegelei-Fiasko mit dem Gedanken an eine tragbare Kochplatte. Wenn er nicht zu Hause war, schloss er sein Zimmer ab, da er Joanna verdächtigte, bei ihm herumzuschnüffeln, und allein der Gedanke, jemand könnte heimlich seine Skizzen durchblättern, ließ seinen Körper in eine völlig übertriebene Menge kalten Angstschweiß ausbrechen.

Joanna war ein aufdringlicher Mensch, sie mischte sich ständig in fremde Angelegenheiten ein, da sie ihrer Meinung nach wahnsinnig welterfahren und am Puls der Zeit war. »Echt gemein«, hatte sie neulich in der Küche unaufgefordert zu Rudi gesagt, als er sich eigentlich nur ein Spiegelei hatte braten wollen. »Wenn du eine Frau wärst, könntest du dir die große Nase ganz easy wegschminken.«

Sie hatte einen der ewigen Trinkjoghurts aus dem Kühlschrank geholt, von denen sie sich hauptsächlich ernährte, und Rudi mit zur Seite geneigtem Kopf beäugt wie einen qualitativ minderwertigen Rohstoff, der sich nur schwer verarbeiten und monetarisieren ließ.

»Hast du mal überlegt, dir eine Brille zu holen? So eine Fensterglasbrille? Damit könnte man den Höcker auch super kaschieren.«

Dann hatte sie zufrieden in eine Selleriestange gebissen und war samt wippendem Pferdeschwanz in ihrem Zimmer verschwunden, als hätte sie ihre gute Tat für diesen Tag getan. Rudi hatte noch eine Weile dagestanden und an die Wand geguckt, und da sein Spiegelei inzwischen kalt geworden war, hatte er es weggeworfen.

Rudi holte tief Luft und setzte die Pinselspitze wieder aufs Papier. Er malte ein elegantes H, mit tiefem, gewelltem Mittelstrich, dann ein recht klassisches O, er atmete mit der Bewegung aus, setzte zum M an, einem herausfordernden Buchstaben, doch die Symmetrie gelang ihm ausgenommen gut, dann noch einmal das O, das dem ersten wie ein Ei dem anderen glich. Er holte tief Luft, atmete aus. Betrachtete das Wort. Später sollte er es noch in Minuskeln üben, doch für den Moment blieb er dabei. Er schrieb es wieder und wieder, bis es nichts mehr anderes in seinem Kopf gab und er seine Hand so gut unter Kontrolle hatte wie sonst nichts in seinem Leben.

4

»**DU HAST** gleich Jochen. Der wollte eigentlich schon längst hier sein.« Muddy lehnte neben der gurgelnden Kaffeemaschine an der Wand und hielt seine Tasse in den Händen, als wollte er sich daran aufwärmen. Ausgerechnet, dachte Hänk. Muddy war ein wandelnder Tauchsieder, dem war so gut wie immer heiß, ständig riss er Fenster auf und rannte bis tief in den November in kurzer Hose rum. Wenn es nach dem ging, lief die Heizung im Januar mal für zwei Wochen und dann war auch wieder gut, und jetzt lehnte er da mit seiner Tasse und grinste sich einen, als wäre hier alles beim Alten. Als wäre hier business as usual angesagt. *Du hast gleich Jochen*, dachte Hänk, das klang wie eine Krankheit. Er hing wie ein nasser Sack auf seinem Rollhocker, versuchte vergeblich, den Geschmack von altem Zucker runterzuschlucken, der sich in seinem Mund mit dem schlechten Atem der letzten Nacht mischte, und musste feststellen: Nichts im Gesicht seines Freundes deutete auch nur im Geringsten darauf hin, dass es Muddy etwas ausmachte, heute am heiligen Montag nicht mit Hänk allein im Shop zu sein, am besten Tag der Arbeitswoche, wo nie viel los war und man den ganzen Tag lang Musik hören, zeichnen und Mätzchen machen konnte, und wenn einem langweilig wurde, ging man auf einen Plausch auf die Straße, zu den Frauen aus Hausnummer Sechs.

Er schleppte sich zur Anlage und drehte die Musik auf, so laut, dass das Hellhammer-Intro durch den Laden dröhnte, als hätte tatsächlich gerade eine Schwarze Messe begonnen, als würden sie gleich mit dem Ziegenblut anfangen und die Jungfrau säße auch schon gefesselt und geknebelt drüben in der Rumpelkammer. Am liebsten hätte er den Regler bis zum Anschlag aufgedreht, doch dann hätte ihn die Schallwelle vermutlich an die gegenüberliegende Wand geschleudert. Am liebsten, wo er schon dabei war, hätte er die komplette dreistöckige Kenwood-Kompaktanlage aus dem Regal gehoben, sie Muddy von hinten auf den Kopf geworfen und sich dann wieder in sein warmes Bett verkrochen. Es gab Tage, da lohnte sich das Weitermachen nicht. Denn natürlich kam es jetzt genau so, wie Hänk es befürchtet hatte, wie er es Muddy prophezeit hatte, aber der hatte ja immer nur seine scheiß Kohle im Kopf: Jetzt setzte die große Befangenheit ein. Wie eine Eiszeit, die alles, was hier über zwei Jahrzehnte lang angenehm, unkompliziert und spaßig gewesen war, in unter einer Minute schockfrostete. Er wusste nicht, ob die Neue ihn hören konnte oder nicht, also hatte er keine Lust, Muddy von seiner Pümpelaktion heute Morgen zu erzählen. Und auch nicht, dass sein Bart grauer wurde und er Theo-Weigel-Augenbrauen bekam. Muddy hätte dann so etwas gesagt wie *Ja, ja, der Lack ist ab*, und dann hätten sie gelacht und sich auf das Bier heute Abend gefreut, und das Nicht-mehr-jung-Sein hätte sich nicht mehr ganz so schlimm angefühlt. Aber nein. Jeden Moment konnte die Neue reinkommen, sie konnte jetzt jeden Moment reinkommen, dann würde Muddy seriös tun und sie übertrieben angrinsen, wie er es auch tat, wenn alle Jubeljahre eine Kundin den Laden betrat, die er hübsch fand, und Hänk würde dann jedes Mal angewidert den Blick auf den Boden richten, was dazu führte, dass ihm sein in letzter Zeit auffällig angewachsener Bauchring auffiel, der durch den Bund seiner geliebten Jogginghose noch unvorteilhafter hervorgepresst wurde, und dann würde er schlechte Laune bekommen, dass er von so was plötzlich schlechte Laune bekam. Kurzum veränderte sich durch ihr Auftauchen die gesamte Atmosphäre im Laden, sie war der vermaledeite Koriander, der alles nach Seife schmecken ließ.

Und dann stand gleich auch noch Jochen auf der Matte, ausgerechnet Laber-Jochen, ein Dummschwätzer par excellence und Garant dafür, dass der Tag mit Sicherheit nicht besser wurde. Jochen war das schreckliche Ergebnis, das dabei herauskam, wenn sich ein geistig vollkommen erstarrter Kleinstadtmensch in der Rolle gefiel, sich nach der großen weiten Welt zu sehnen, oder nach dem, was er für die große weite Welt hielt. Ein Möchtegernweltenbummler, der nie gebummelt hatte. Jochen sah sich beim Griechen die Vokabeln auf der Serviette an und fühlte sich danach bestens gerüstet für eine Studienreise nach Naxos. Bestimmt hatte er zu Hause eine stumpfe Machete vom Trödelmarkt an der Wand hängen, mit der er sich irgendwann, wenn er mal Zeit hatte, nächstes Jahr vielleicht, dann aber ganz sicher, durch den mauretanischen Dschungel schlagen wollte. Jochen, das wusste jeder nach fünf Minuten, besaß keinerlei Taktgefühl und würde sich nie im Leben irgendwo anders zurechtfinden als in seinen eigenen vier Wänden, seiner Stammkneipe und auf dem Weg dazwischen. Menschen wie Jochen bohrten nach dem dritten Bier ihrem Tischnachbarn mit lautem »Hömma!« den Ellbogen in die Rippen und fielen insgesamt dadurch auf, dass sie anderen ständig das Wort abschnitten, und zwar mit Sätzen, die mit »einmal« anfingen, Betonung auf dem *ein*: »*Ein*mal mit zweihundert Sachen durch die texanische Wüste brettern, wenn die Sonne untergeht.« »*Ein*mal die Route 66 runter bis nach Mexiko ... Das ist Freiheit.«

Da Jochen nie etwas erlebte, blies er seine Geschichten bis zur Unkenntlichkeit auf, das war, dachte Hänk, im Grunde schon pathologisch, und wenn jemand eine Nadel reinstieß und den Stuss zum Platzen brachte (denn, nein, die Route 66 führte nicht nach Mexiko und nein, es gab keinen Dschungel in Mauretanien), dann musste man seine kindischen Wutausbrüche schadensbegrenzen. Trotz seines ständigen Kollisionskurses mit der Welt und ihren Fakten wurde Jochen das volle Ausmaß seiner Beschränktheit nie ganz bewusst.

Normalerweise hätte Muddy ihm jetzt übrigens auch einen Kaffee gereicht und hätte so etwas gesagt wie: »Laber-Jochen am frühen Morgen, du ahnst es nicht. Ich frag mich, wo der bleibt. Der hat wahrscheinlich auf dem Weg noch 'ne Buddel Frühstückskorn gekippt und Peter Maffay das Leben gerettet und dann haben die zusammen die nächstbeste Karaoke-Bar unsicher gemacht ...«

Hänk hätte sich über den Bart gestrichen und gesagt: »Könnte gut sein. Wahrscheinlich sind die schon längst am Flughafen, um sich mit vier Kilo Koks nach Swasiland abzusetzen, und dann merkt der Maffay im letzten Moment, dass er seinen Reisepass nicht dabeihat, und sie müssen *improvisieren.*«

Bei diesem letzten Wort hätte er mit der freien Hand neben seinem Gesicht gewunken und dabei große Augen und spitze Lippen gemacht, als hätte er gerade etwas ganz Sensationelles gehört, wie es Laber-Jochen tat, um die Spannung zu steigern, bevor er mit einer lauwarmen Pointe enttäuschte. Muddy hätte heiser gelacht und gesagt: »Flott ins Triebwerk rein. Oder der Maffay verkleidet sich als Pilot und muss das Ding dann am Ende wirklich fliegen, während Jochen bei den Stewardessen abblitzt ...«

Dann hätten sie die Köpfe geschüttelt und angefangen aufzubauen und wären zur Entspannung noch zusammen eine rauchen gegangen, und dann hätte Hänk gedacht, dass der Tag vielleicht doch ganz passabel werden würde.

Was Muddy stattdessen sagte?

»Mann, Hänk! Mach das leiser.«

Die Neue kam rein und Muddy – eher träge Masse als Kugelblitz – hechtete im Rahmen seiner körperlichen Möglichkeiten selbst zur Anlage, um runterzudrehen. Er wirkte gleichzeitig fahrig und steif, wie ein nervöser Klotz auf Beinen.

»Meine erste Kundin kommt gleich«, hörte Hänk sie sagen.

»Ah ja. Gut, gut. Hier.«

Wie erwartet fing Muddy an, übertrieben geschäftig aufzuräumen. Als stünde gleich das Gesundheitsamt vor der Tür.

»Du kannst beim Rudi arbeiten. Oder brauchst du eine Liege?«

»Stuhl ist in Ordnung«, sagte sie. »Habt ihr eine spanische Wand?«

»Ich dachte, du bist die Spanierin.«

Muddy lachte peinlich und, ja, jawohl, jetzt hatte er der Neuen auch noch onkelhaft zugezwinkert. Hänk schloss die Augen und atmete tief durch.

»Halbchilenin«, sagte die Neue und sah sich um. »Ich meine eine Trennwand.«

»Ach so.« Muddy wischte sich eine Träne aus dem Augenwinkel. »Ja, also, irgendwo müsste so was …«

Er verschwand im Lager und die Neue ging wieder nach vorn. Irgendwann schwebte eine hässliche Bastwand quer durch den Raum, ein aus drei gleich großen Teilen bestehendes Klapp-Ungetüm, Hänk konnte sich nicht erinnern, wann er es zum letzten Mal zu Gesicht bekommen hatte. Musste Jahre her sein. Das Ding schien sich wie von selbst fortzubewegen, bis er links und rechts ein paar weiße Fingerspitzen sah. Statt die

Wand so aufzubauen, dass sie die Neue abschirmen würde, stellte Muddy sie direkt neben Hänk ab. Gerade hatte er den Mund geöffnet, um zu protestieren, als er den Vorhang hörte.

»Mann, Mann, Mann.«

Jochen kam kopfschüttelnd rein, peitschte den Stoff hinter sich zu, dass Hänk die Haare aus der Stirn wehten, und fuhr sich mit einer Hand über die Wange.

»Ich denk, ich seh nicht richtig. Hätte ich gewusst, dass ihr euch hier so einen jungen Hüpfer in den Laden geholt habt, hätte ich mich frisch rasiert. Wurde auch Zeit, dass hier mal was fürs Auge reinkommt. Wer von euch darf denn als Erster ran, hm? Aber lasst mich raten: Den Zuschlag bekommt Hänk.«

Er zielte mit zwei Zeigefingerpistolen in Hänks Richtung und schoss ein paarmal. Zu Muddy sagte er mit einem Achselzucken: »Sorry, Zahnfee.«

Dann suchte er seine Reflexion im Wandspiegel, der links neben dem Vorhang hing, und fuhr sich durch seine formlosen, straßenköterblonden Haare. *Ha*, dachte Hänk. *Geheimratsecken.*

»*Ein*mal im Leben so eine Schnitte abgreifen«, sagte Laber-Jochen in diesem Moment und schaute sich weiter im Spiegel an, als führte er ein Selbstgespräch. »Das wär's doch wohl!«

Hänk sah an die Decke. *Einmal im Leben die Fresse halten.*

Jochen hatte eine Geruchswolke mitgebracht, die zu gleichen Teilen aus Schwarzer-Krauser-Tabak und Old Spice bestand und Hänks Magen, der sich in einem fragilen Zwischenstadium von Übelkeit hin zu Hunger befand, den Rest zu geben drohte. Sein Hemd steckte heute stramm in einer ausgewaschenen 501er, die er mit einem dicken Ledergürtel und noch dickerer Silberschnalle ordentlich festgezurrt hatte, darüber trug er sein Heiligtum, eine nicht unbedingt schmeichelhaft geformte braune Taxifahrer-Lederjacke, die so alt war wie er selbst und genauso müffelte, mit Konföderiertenflagge und greifendem Weißkopfseeadler auf dem Rücken.

Nun drehte Muddy die Musik plötzlich wieder lauter.

»Mann Jochen, ey. Die hört das doch. Das ist unsere neue Tätowiererin.«

Jochen hob die Augenbrauen und zog konsterniert den Kopf zurück, sodass sein fliehendes Kinn vollends im Hals verschwand.

»Tatsache. Ja, also, wenn das so ist, dann tut's mir leid, Hänk, aber ich würd gern zu eurer Kollegin umbuchen. Von der würd ich mich jederzeit mit der Nadel bearbeiten lassen.« In seiner rasselnden Lache kratzten vierzig Jahre Zigarettenpause. Er streifte seine Jacke ab und fing an, das Hemd aufzuknöpfen. »So läuft's wohl nicht, was? Na, nichts für ungut. Hey, Hänk, rasiert sie mir wenigstens den Rücken?«

Normalerweise hätte Hänk jetzt Muddys Blick gesucht und hätte sich wortlos mit ihm darüber verständigt, wie er Jochen am liebsten ins Jenseits befördern würde. Aber nein, Muddy stand ja hinter der ollen Wand. Wieder kam die Neue nach hinten, was man unter anderem daran erkennen konnte, dass Jochen den Bauch einzog. Sofort bekam Hänk ein schlechtes Gewissen, weil der erste Kunde, den sie hier mitbekam, so eine Arschkrampe war, als könnte er etwas dafür, als hätte er, Hänk, hier irgendetwas falsch gemacht. Er war froh, dass sie ruhig wirkte und Jochens peinliches Gelaber hoffentlich nicht mitbekommen hatte, und dann ärgerte er sich, dass ihn das überhaupt interessierte, dass er sich jetzt über so lächerlichen Kindergartenkram Gedanken machen musste. Die Neue hatte, wie Hänk aus dem Augenwinkel sah, ihre eigene Frischhaltefolie dabei, mit der sie gerade den Beistelltisch neben Rudis schwarzem Friseurstuhl abklebte, und natürlich zog sie jetzt eine dieser beknackten Pen-Maschinen aus ihrem Alukoffer, die noch nicht einmal mehr anständig Lärm machten. Meine Damen und Herren, dachte Hänk, Trommelwirbel, der Hype ist da. Wie zur Hölle konnte man davon begeistert sein, dass eine Tätowiermaschine *leise* war? Das war wie eine extra lahme Achterbahnfahrt ohne Looping, wie angezogene Handbremse oder alkoholfreies Bier. Hänk fummelte seine feuchten Finger noch einmal umständlich in ein frisches Paar schwarzer Latex-Handschuhe. Die waren das Einzige, was am Tätowieren nervte. Die und die Kunden.

»So«, sagte er und ließ seine Maschine mit sanften Tritten aufs Pedal aufsurren. »Kann losgehen.«

Jochen robbte auf die Liege und versuchte, die Neue weiter zu beäugen, die zum Glück gerade wieder zurück in den Empfangsbereich ging. Hänk rasierte, desinfizierte und legte vorsichtig die Vorlage auf die Haut, einen von Flammen umgebenen Captain-America-Chopper, der von einem Sensenmann durch einen Canyon gesteuert wurde, mit einem Kaktus und einer wehenden Banderole im Hintergrund, in der in Schnörkelschrift »Full Throttle« stand. Von einer Harley träumte Laber-Jochen angeblich schon, seit er nach dreitägigem Kampf übergroß und falsch herum aus seiner armen sudetendeutschen Mutter rausgekommen war, und da er Kassierer im Getränkehandel um die Ecke war (in Jochens Version: stellvertretender Marktleiter), würde er sich diesen Traum sicherlich in absehbarer Zeit erfüllen können.

»Hab ich schon erzählt, dass ich neulich der Polente davongefahren bin? Mit drei Promille?«

Jochen lag nun mit einer Backe auf der Liege, seine Stimme klang gequetscht.

»Gibt's doch gar nicht«, rief Muddy tonlos über die Wand. Hänk hörte ihn am Spülbecken herumhantieren und wusste genau, was für ein Gesicht sein Kumpel gerade machte: Eins, wo alles runterhing.

»Doch, die haben direkt an meiner Straße ihre Kontrolle gemacht, stellt euch das mal vor, fünfhundert Meter vor meinem Haus! Da hieß es *improvisieren* …«

Vor dem Haus von deiner Tante, dachte Hänk, konzentrierte sich aber darauf, nicht das Schwarz zu verplempern. Die Nadel surrte und Jochen wurde lauter. Vollblut-Quasselstrippen wie der ließen sich von ein bisschen Lärm nicht abschrecken, die waren sich wirklich für nichts zu schade, die brüllten einen einfach so lange an, bis das Tattoo fertig war und man die Maschine weglegte.

»Jedenfalls hatte ich gerade noch mit Harry zum Abschied zwei Mümmelmann gekippt«, brüllte Jochen. »Wir waren voll bis in die Haarspitzen, und ich dachte nur so, näh, wenn ich pusten muss, bin ich den Lappen los. Und dann kommt mir der Tünnes schon mit seiner Kelle und ich nur so Vollgas, aber zacki zacki, so schnell konnten die gar nicht gucken, aber ich kenn ja die ganzen Schleichwege bei mir. Und dann ab in die Garage und Tor runter. Die hatten keine Chance, die Ottos.«

»Und wenn sie jetzt dein Nummernschild haben?«, fragte Muddy unbeeindruckt hinter der Wand. »Die müssen doch nur gucken, auf wen das gemeldet ist.«

Jochen schnaubte.

»Watt denn, gemeldet, sachma tickst du noch ganz sauber? Da kann ich ja direkt freiwillig zum Idiotentest antanzen.«

Das Ergebnis wäre keine Überraschung, dachte Hänk, da hörte er, wie die Ladentür ging, und nach ein paar Minuten kam die Neue mit der ersten Jazzy oder Lavinia rein, einer winzigen Brünetten, die schwarze Doc Martens in Lackoptik trug (ein Verbrechen gegen die Menschheit, wenn man Hänk fragte) und ein bisschen so aussah wie das Mädchen aus *Leon – Der Profi*. Schnell schmiss Hänk wieder die Maschine an und zog die längste Linie, damit Jochen, der schon wieder Luft holte, bloß die Klappe hielt.

»Interessanter ... Laden«, hörte er die mit den Lack-Docs, die sich erratisch umsah, als wäre ihr Kopf ein Diskostrahler. »Wieso arbeitest du jetzt noch mal hier?«

Von der Betonung her klang es wie: Wieso steckst du dir jetzt noch mal Maden in die Nase?

Wieder schwebte das Bastmonster durch den Raum und blieb so stehen, dass nicht mehr Hänk abgeschirmt wurde, sondern die Kundin. Man spürte förmlich, wie ein »Na toll« von oben bis unten durch Jochens Körper wanderte, und aus irgendeinem Grund, es passierte ganz von selbst, erhöhte Hänk den Druck auf seine Nadel. Zunehmend meldete sich auch sein Kater zurück, die Tablette hörte allmählich auf zu wirken und er ärgerte sich, dass er nicht daran gedacht hatte, die nächste zu nehmen, ein Anfängerfehler, den er in den nächsten Stunden bitterlich bereuen würde.

Das Einzige, was ihm an dem Tattoo halbwegs gelang, war der Kaktus. Hänk kam es so vor, als hätte er nie lustloser tätowiert, als sei das hier der Tiefpunkt, das Tal der Tränen. Der Chopper wurde kein Glanzstück. Die Chromfelgen, die er eigentlich mit verbundenen Augen stechen konnte, hatte er diesmal nicht gut hinbekommen, der Sensenmann, der das Moped fuhr, war ihm etwas entgleist, er sah jetzt aus wie »Der Schrei« von Edvard Munch, und das »Full Throttle« in der Banderole hätte er mal lieber Rudi in die Vorlage zeichnen lassen sollen. Der Canyon im Hintergrund wurde gerade zu orange. Wenn er ehrlich zu sich war, und das war er während des Tätowierens immer, dann war es Hänk vollkommen egal – wer würde schon Jochens Rücken zu Gesicht bekommen?

Irgendwann schielte er hoch zu ihrer Vogeluhr über der Tür zum Lager, einem Geschenk von Muddys Tante, das vor langer Zeit durch eine ehrgeizige Wette dazu geführt hatte, dass sie die Vögel neben den Ziffern auswendig kannten und sagen konnten, *Ich komm um Grünfink* oder *Schon fast Pirol, Feierabend.* Der kleine Zeiger war inzwischen auf die Schwarzdrossel gewandert, die magische erste Stunde war also gerade vorbei, in der bei den meisten Kunden noch alles paletti war. Erst nach ein bis zwei Stunden fingen die ersten an zu kämpfen, sie schlossen häufiger die Augen, obwohl das eigentlich alles nur noch schlimmer machte, sie wackelten mit den Beinen oder machten gequälte Geräusche, zogen Luft durch die zusammengebissenen Zähne ein oder machten unwillkürlich *Mmmh.* Poser wie Jochen ließen sich natürlich nichts anmerken, die lagen erst mal da wie eine Schweineschwarte, und nach viereinhalb Stunden kotzten sie einem dann urplötzlich den Arbeitsbereich voll. Einmal hatte Hänk einem ziemlich hohen Tier aus einer einschlägigen Rockervereinigung einen riesigen Twin Cam auf den Rücken tätowiert, der Typ hatte stundenlang keinen Mucks von sich gegeben, kurzzeitig hatte Hänk sogar gedacht, der wäre eingeschlafen, aber irgendwann hatte es dann eindeutig verdächtig gerochen, richtig gestunken hatte es, und Hänk dachte nur, das kann doch nicht wahr sein, jetzt hat sich der Rocker hier eingeschissen, und ich soll ihm das jetzt sagen oder was? Er hatte mit wachsender Panik überlegt, wie viele Finger ihn das hier kosten würde, oder noch wichtigere Körperteile, und ihm war schlecht geworden von der Angst und dem Gestank, und als sich dann am Hosenbund von dem Typ ein brauner Rand abgezeichnet hatte, ein Bakterien-Tsunami, der jederzeit über das frische Tattoo hinwegfegen konnte, hatte er einfach die Maschine abgeschaltet und gesagt, *So, mir tut die Hand weh, wir machen das wann anders fertig,* und der Typ war wortlos aufgestanden, hatte bezahlt und war gegangen. Hänk hatte ihn nie wiedergesehen und tagelang befürchtet, das Studio am nächsten Morgen in Schutt und Asche vorzufinden.

Als er gerade mit den Schatten anfangen wollte, bat die Kundin drüben hinter der Wand um eine kleine Pause. Vielleicht, dachte Hänk bei sich, brauchte sie einen fettfreien, zuckerfreien, nussfreien Proteinriegel. Es dauerte keine drei Minuten, da kam die Neue an und sah ihm über die Schulter. Normalerweise war Hänk so was scheißegal. Ihm sahen ständig Leute bei der Arbeit zu: nervige Begleiter, die zum Händchenhalten mitkamen und die ihren Senf dazugaben, wenn man sie nicht von Anfang an konsequent von oben herab behandelte, oder die vielen verstrahlten Dauergäste im Studio, die nichts Besseres zu tun hatten, als hier in der Sitzecke Verschwörungstheorien auszutauschen und heimlich auf dem Klo Kümmerling zu kippen, Baumarkt-Bernie und Schotter und Manfred und wie sie alle hießen. Aber gegen die hatte Hänk eigentlich nichts – wenn sie nervten, schmiss er sie raus, und dann dauerte es ein paar Tage, bis sie wiederkamen, wie sehr langsame Bumerangs –, jedenfalls störte es ihn normalerweise nicht, wenn jemand zuguckte, aber dieses Tattoo war halt einfach scheiße geworden, oder zumindest war es nicht gut geworden, es war noch nicht mal oberes Mittelfeld geworden, und wer konnte es schon leiden, vor dem Feind Schwäche zu zeigen, Hänk zumindest nicht. Er schmierte die Farbe so über den Sensenmann, dass man ihn nicht mehr erkennen konnte.

Laber-Jochen sprang natürlich an wie ein Spielautomat bei der Ausschüttung, *ding ding ding ding ding*.

»Naaa«, rief er, dass Hänk ihn mit einem schroffen Griff zurück auf die Liege drücken musste, »und du musst dich jetzt den ganzen Tag mit den beiden alten Säcken hier abgeben oder was? Junge, Junge. He-he.«

Hänk biss die Zähne zusammen und ließ die Nadel wieder und wieder über dieselbe Stelle kreisen. Das war nicht gut, gleich würde die Haut reißen, doch Jochen schien keine Nervenenden zu besitzen, zumindest nicht auf dem Schulterblatt.

Hänk spürte die Anwesenheit der Neuen neben sich, als gingen merkwürdige Funkwellen von ihr aus, auch wenn sie kein Wort sagte und das Einzige, was man von ihr mitbekam, ihr Parfum war, das natürlich angenehm roch. Nicht nach Weihrauch und Moder, wie man hätte vermuten können, sondern nach Zitrusbäumen und einem lauen Urlaubslüftchen, aber so langsam war das merkwürdig, einfach nur dazustehen, ohne einen Ton von sich zu geben, das war doch unangenehm für alle Beteiligten.

»Du bist wahrscheinlich ... echt überall tätowiert, oder?«, fragte Jochen nun. Subtil. Gerade wollte Hänk anmerken, dass es hier definitiv kein Happy End geben würde, als glücklicherweise das Lack-Doc-Mädchen zurückkam, das wiederum nach frischem Zigarettenqualm roch, sodass Hänk augenblicklich Schmacht bekam. Er spürte, wie die Neue kehrtmachte und sich wieder hinter die Wand verzog.

»Stille Wasser sind tief, was? Gefällt mir, die Kleine«, sinnierte Jochen in diesem Moment, und Hänk hätte am liebsten gebrüllt: ACH WIRKLICH? SIE GEFÄLLT DIR??? HÄTTE ICH JETZT GAR NICHT GEDACHT, DU BIST ZU SCHÜCHTERN, JOCHEN!!!

Ohne Rücksicht auf Verluste zog er die Haut stramm und setzte wieder an.

Von nun an würde sich also alles nur noch um die Neue und ihre tollen Haare und ihren Rock drehen, und man musste aufpassen, dass man ihr nicht irgendwo hinguckte, wo es sich nicht gehörte. Löcher in der Strumpfhose, da musste man automatisch gucken und wirkte dann wie ein notgeiler alter Bock, der sich nicht unter Kontrolle hatte. Und Hänk hatte sich unter Kontrolle. Vor allem hier im Shop. Es gab weiß Gott genug Frauen, die sich hier vor seiner Nase auf dem Leder rekelten, als wären sie mit Butter eingeschmiert, die lasziv ihre schrecklichen Blusen runterzogen, um zu zeigen, wo sie ihr Herz mit dem Pfeil hingestochen haben wollten (gähn), und die dann immer wieder in den Shop scharwenzelt kamen (Bluse runter: »Ich weiß nicht, ist das gut abgeheilt?« Bluse runter: »Musst du das nachstechen?« Bluse runter: »Habt ihr hier umgebaut?«). Und zugegeben, diese Frauen waren vielleicht nicht so eine Schönheit wie die Neue, die saßen eher nachts sternhagelvoll mit verlaufener Schminke auf Treppenabsätzen und beschwerten sich, dass niemand ihre Guacamole zu schätzen wusste, aber Hänk hatte sich immer professionell verhalten, egal, wie gerne er vielleicht doch mal eine Nummer geschoben hätte – er hatte immer nach der Maxime gelebt, Frauen und No Regrets nicht zu vermischen, und jetzt kam diese blöde Tussi und verwandelte hier alles in so einen anstrengenden scheiß Hindernislauf.

Irgendwann war zum Glück die letzte Linie gezogen und das Trauerspiel beendet, mittlerweile hatte Hänk Sodbrennen und die Kopfschmerzen waren so weit fortgeschritten, dass selbst eine Tablette nicht mehr helfen würde. Er wischte ein letztes Mal über die frisch tätowierte Haut, die an einigen Stellen definitiv stärker blutete als sonst – das kam davon, wenn einem der letzte Nerv geraubt wurde –, und legte die Maschine zur Seite.

»So, das war's.«

»Ach, echt?«

Jochen stemmte sich von der Liege und knurrte verzückt, als wäre er zwei Stunden lang massiert worden.

»War grad so gemütlich.«

Vor dem Spiegel drehte er sich um, streckte wie ein Schlafwandler die Arme aus und sah sich so gut es ging über die Schulter, um die fertige Tätowierung zu begutachten, die, wie Hänk feststellen musste, auch von Weitem nicht besser aussah als aus nächster Nähe. Kurz ging sein Puls hoch, er merkte es an seiner Halsschlagader, denn nichts war schlimmer, als ein Tattoo zu vermasseln und das auch gesagt zu bekommen.

»Junge, Junge. Hänk, Alter! Du hast es einfach drauf.«

Jochen verrenkte sich noch mehr. Eigentlich war das der Moment, an dem Hänk ihm den Handspiegel hinhalten sollte, doch er hatte keine Kraft mehr, um aufzustehen.

»Da bekommt man direkt Lust auf die nächste Spritztour. Schön durch die Sierra Nevada brettern.«

Jochen blieb möglichst lange stehen und schielte zur Trennwand rüber, hinter der noch immer eine Maschine lief, wenn auch, oh ja, super, total leise.

»So, komm«, sagte Hänk und riss ein Stück Frischhaltefolie von der Rolle. »Abkleben und Schluss.«

Jochen zögerte.

»Ey Muddy, guck mal, sieht doch affengeil aus, oder?«

Muddy, der auf ihrer Besucherbank schon wieder halb eingedöst war, öffnete desorientiert die Augen. Jochen kam zu ihm rüber und machte einen Buckel. Hänk hoffte, dass sein Kumpel, der nie Psycho-Kater bekam – dafür war er zu einfach gestrickt –, wenigstens auch einen ordentlichen Brummschädel hatte. Muddy raunte nur »Mh-hm« und schloss dann wieder die Augen.

»Echt gut geworden, Hänk«, sagte Jochen und ging zurück zum Spiegel. »Mich sieht man demnächst nur noch oben ohne ...«

»Ja, ja. Jetzt komm endlich her.«

Hänk schnippte und zeigte streng auf die Liege, auf die sich Jochen nach einigen Momenten widerwillig setzte. Er klebte das Tattoo ab und entsorgte das Schlachtfeld auf seinem Tisch. Mit etwas Glück war es das für heute, wenn Kundschaft kam, sollte Muddy sich gefälligst drum kümmern. Jochen schmollte und manövrierte sich vorsichtig in sein zerknittertes Hemd.

»Du bist echt ein Spaßverderber, Hänk, weißt du das? Auf deiner Leber haben sich die Läuse schon ein Haus gebaut.«

Hänk schob seinen Mülleimer mit der Fußspitze zurück unter den Tisch.

»Das heißt Spielverderber.«

Schließlich schob er Jochen, der schon wieder vor dem Spiegel haltmachen wollte, diesmal, um seine Haare zu richten, in Richtung Vorhang und Kasse.

»Hey.«

Unwillkürlich drehte Hänk sich um, weil der Mensch nun einmal so ist, wenn jemand hinter ihm ruft, dreht er sich um, ein Urinstinkt, gegen den kein Kraut gewachsen war. Die Neue stand mit verschränkten Armen und versteinertem Gesicht vor der Trennwand. Ihre Pupillen waren beinahe schwarz, das waren Raubkatzenaugen, dachte Hänk, und aus ihnen sprach kalter Hass, das war beinahe schon unheimlich, was da so hervorsprühte. Jochen, der keine Antennen für Mimik und Tonlage hatte, und schon gar nicht für zwischenmenschliche Blitzeinschläge und Augenleserei – dem hätte ein Messerstecher die Klinge in die Seite bohren können und er hätte noch freundlich guten Tag gesagt –, guckte auch noch, als erwartete er, im nächsten Moment von ihr zum Abendessen eingeladen zu werden.

»Jetzt steht *Full Throttle* auf einem Volltrottel.«

Das Lack-Doc-Mädchen hinter der Wand kicherte leise. Die Neue fing plötzlich an zu lächeln, aber es war kein echtes Lächeln, sondern ein überlegenes Spottlächeln, ein In-deinem-Essen-war-Strychnin-Lächeln. Dann machte sie kehrt, und ehe Jochen etwas erwidern konnte, war sie wieder verschwunden. »Und deinen Rücken rasierst du dir besser selbst«, rief sie noch. Dann ging die Maschine wieder an.

Jochen sah aus, als hätte ein Automat seinen Zehner geschluckt. Diese passive Phase, das wusste Hänk, würde nicht ewig andauern, vorsichtshalber positionierte er sich zwischen Jochen und seiner geliebten Maschine, auch wenn sein Kunde, da war er sich ziemlich sicher, niemals richtig randalieren würde, dafür war er nicht der Typ. Bei dem war eher mit peinlichem Rumgeschubse und einfallslosen Beleidigungen à la »dumme Gans« zu rechnen, Stichwort bellen nicht beißen. Wenn man nach zwanzig Jahren als Tätowierer eins hatte, dann war das Menschenkenntnis.

»Was stimmt denn nicht mit der?«

Laber-Jochens Augen glitten hektisch, und auch ein wenig hilflos, zwischen Muddy und Hänk hin und her, dann hob er das Kinn und drückte die Brust raus, um größer zu wirken, ein Primatenverhalten, das in sein Genom eingeschrieben war wie morgendliche Blähungen. Muddy hob die Hände.

»Jochen, jetzt mach hier nicht die Welle.«

»Was, Welle, was will die blöde Kuh von mir?«

Er hob die Stimme.

»Die soll aufpassen, mit wem die sich hier anlegt.«

Er machte einen Schritt auf die Trennwand zu und stieß gerade eben so fest dagegen, dass sie zur Seite rutschte, aber nicht umfiel, wie ein Halbstarker, der sich entschlossen hatte, den Elektrozaun jetzt anzufassen, aber nur kurz, und nur mit einem Finger.

»Komm Jochen, mach doch keinen Scheiß!«

Muddy und Hänk machten gleichzeitig einen Schritt auf ihren Kunden zu, der in diesem Moment entgeistert zurückgewichen war und hinter die Trennwand starrte. Kurz standen sie aufgereiht da wie die drei von der Tankstelle, dann folgte Hänk natürlich Jochens Blick, sein Hals drehte sich ganz von selbst, denn auch das lag in der menschlichen Natur, wenn jemand wohin glotzte, glotzte man mit. Das Lack-Doc-Mädchen saß oben ohne auf dem Stuhl und ihr Oberkörper sah aus, als käme sie aus einer Körperwelten-Ausstellung, nur eben nicht als Besucherin, sondern als Exponat. Ihr rechter Arm und ihr Dekolleté bestanden vollständig aus rötlichen Muskeln, durchzogen von Sehnen und Ligamenten.

»Geht's noch?«, rief die Kundin und hob ihre Arme vor die Brust. Im nächsten Moment sprang die Neue, die gerade an der linken Schulter zugange war, mit funkelndem Blick auf und schob ihnen die Wand wieder vor die Nase. Muddy, der sich als Erster wieder fing, zerrte Jochen am Kragen durch den Vorhang nach vorn.

»So, Abmarsch.«

Über seine Schulter rief er: »Entschuldigung, Lutz!«

Hänk ließ die Handschuhe von seinen Fingern schnappen und setzte sich erschöpft auf die Bank, die noch von Muddys Hintern angewärmt war. Plötzlich merkte er, wie dehydriert er war, sein Mund war die Sahelzone, seine Stirn eine Feuchtsavanne, Wasser, er brauchte Wasser, mehrere Liter davon. Drüben hörte er Jochen rumjammern.

»Muddy, Kumpel, so was muss ich mir ja wohl nicht gefallen lassen oder was. Steht da jetzt Volltrottel?«

Hänk stöhnte und rieb sich die Schläfen, hinter der Wand wurde wieder gekichert.

»Reg dich ab«, hörte er Muddy. »Ist ja alles halb so wild. Was war denn bei euch vereinbart? Dreihundert? Dann gib mir dreihundertfünfzig und wir vergessen das Ganze.«

Die Kasse sprang auf, knallte mit einem *Bing!* wieder zu und es dauerte keine zwei Sekunden, da brüllte Muddy los, dass man weiß Gott nicht mit Jochen tauschen wollte, dass der einem fast leidtun konnte, wenn Muddy erst einmal richtig in Fahrt war, konnte er einen plattmachen wie eine Planierraupe.

»So du Arschgeige, in meinem Shop führt sich keiner so auf, hast du das verstanden, und hier wird auch niemand von so einem Hanswurst wie dir beleidigt. Hau ab jetzt, sonst helf ich dir beim Gehen!«

Hänk hob unwillkürlich die Mundwinkel. Er drehte sich mit letzter Kraft zum Waschbecken und trank nacheinander zwei große Gläser Wasser, er spürte, wie es von seinen Zellen dankbar aufgesogen wurde und sein Gehirn augenblicklich wieder in ausreichend Flüssigkeit schwamm. Dann sah er runter auf die zitternde Oberfläche in seinem Wasserglas, Phase zwei, er brauchte unbedingt etwas Fettiges zu essen.

Plötzlich tauchte in seinem Augenwinkel der Kopf der Neuen auf, die aus ihrem Verschlag lugte und ihn anvisierte.

»Der Kaktus war cool«, sagte sie tonlos. Dann zog sie den Kopf wieder ein.

Irgendwann kam Muddy leise schnaufend wieder, zuppelte sein T-Shirt zurecht und sagte: »Soh.« Er warf Hänk einen genervten Blick zu, der gleich darauf zu bester Laune zusammenschmolz. Hänk wusste schon, was jetzt kam, er stöhnte und ließ den Kopf in seine kalten Hände sinken, während Muddy den Zeigefinger hob.

»Sag dem Krokodil erst, dass es hässlich ist, wenn du den Fluss überquert hast.«

5

LUZ WUSSTE nicht, was sie frühstücken sollte. Sie klickte sich lustlos durch einige Videos und blieb schließlich bei einem Streetfood-Stand in Osaka hängen. Er lag an der belebten Straßenecke eines Szeneviertels mit jeder Menge Laufpublikum, überall im Hintergrund blinkte grelle Neonreklame, und ab und an hupten Roller wie genervt quakende Enten. Die wacklige Kamera schwenkte langsam über eine Grillplatte, auf der dicke Omeletts in Kastenförmchen gebraten wurden. Der Koch, ein gebückter alter Mann in einer fleckigen Schürze, verschwand immer wieder hinter aufsteigendem Dampf, wenn er mit seiner Kelle frisches Rührei auf die Platte goss. Wie ein Magier, der alle dreißig Sekunden denselben Trick wiederholte. Sobald die Flüssigkeit stockte, faltete er die Omeletts der Reihe nach mit einem geübten Ruck genau in der Mitte des jeweiligen Förmchens, es war offensichtlich, dass er jahrzehntelang tagein, tagaus nichts anderes getan hatte, vermutlich hatte er schon unter Kaiser Hirohito Omeletts gefaltet, und Luz war sich nicht sicher, ob diese meisterliche Beherrschung einer einzigen Bewegung etwas Gutes oder etwas Schlechtes war.

Seit sie morgens mit flauem Magen aufwachte, frühstückte sie auf diese Weise. Digital. Es war beruhigend zu wissen, dass es diese riesige Welt da draußen gab, in der in Osaka Omeletts gegessen und in Valencia Churros frittiert wurden, in Palermo biss gerade jemand in knusprige Arancine und in Jerusalem schmorte jemand Kichererbsen mit Zitrone. Alles sah fantastisch und irgendwie hoffnungsvoll aus, und nach zwei bis drei Videos war sie immerhin so weit, dass sie sich ohne Würgereflex die Zähne putzen konnte.

Nebenan weinte Veros kleine Tochter, ein monotones Greinen, nicht laut, aber ausdauernd. Sie war müde. Während der Nacht war sie immer wieder aufgewacht und hatte geschrien, Luz hörte, wie Vero die Besteckschublade zustieß und etwas auf den Tisch knallte, vermutlich Besteck.

»Es gibt keinen Süßstoff, Süßstoff ist alle, verstehst du das nicht? Jetzt iss, die Dinger sind süß genug.«

Nun hörte sie Schritte auf dem Flur, dann klopfte es und Vero kam herein, sie ließ sich auf den schwarzen Futon fallen und atmete tief aus, sodass die längsten Strähnen ihres Ponys beiseitewehten. Luz sah kleine rote Punkte auf der Stirn ihrer Freundin, ihre Akne war wieder ausgebrochen, eine ewige Nemesis, die sie in guten Zeiten in Ruhe ließ und sich, wie die meisten Hautkrankheiten, in schlechten Zeiten zuverlässig und umso heftiger zurückmeldete. Für alle anderen gut sichtbar, als klebte ihr der eigene Körper den Kuckuck an die Tür.

»Ich schwöre dir«, stöhnte Vero, »abends denkt man immer, ins Bett bringen ist das Schlimmste, und morgens geben sie dir dann völlig den Rest. Darf ich eine?«

Sie deutete auf die Luckys auf dem Tisch und nahm, ohne auf Antwort zu warten, eine heraus, zündete sie mit einem hastigen Blick zur Tür an und ließ sich, da es in der Küche still blieb, zurück ins Polster fallen. Mit bitterer Miene zog sie an der Kippe und sah sich einen Moment lang im Zimmer um, Torbens Arbeitszimmer, in dem außer einem Schreibtisch und einem halb leeren Bücherregal nicht viel los war. An der Zimmerdecke baumelte eine nackte Glühbirne, die Grünlilie auf der Fensterbank war vertrocknet. Luz war bei ihren Besuchen nie richtig warm mit Veros Freund geworden, mit seinen hochnäsigen Vorträgen über Politik und Wirtschaft, bei denen niemand mitreden konnte, der nicht das *Handelsblatt* las. Er schien ihr viel zu seriös für ihre wilde Vero, die an seinen Lippen hing und nickte und sich ab und zu an eine kluge Replik wagte. Wenn er sich unbeobachtet vorgekommen war, hatte er Luz angewidert gemustert und auf ihre tätowierten Arme gestarrt, als gehörte sie einer fremden Spezies an, die auf der Erde gelandet war, um ganz normale Menschen in Freaks zu verwandeln. Nach einigen erfolglosen Versuchen, seine distanzierte Art mit Cocktails und persönlichen Fragen aufzuweichen, hatte Luz sich damit abgefunden, dass ihre Freundin jetzt mit einem Spießer zusammenlebte, der ihr die Welt erklärte. Luz hatte versucht, sich in Vero hineinzuversetzen, die eine ziemlich chaotische Kindheit verbracht hatte und sich vermutlich nach Stabilität sehnte, sie gehörte jedenfalls zu den Leuten, die der Meinung waren, man könne im Leben irgendwo ankommen, und Luz würde einen Teufel tun, sie daran zu hindern. Während der Schwangerschaft hatten sie einander kaum gesehen, Luz war überarbeitet gewesen, sie hatte nicht mitbekommen, wie Veros Bauch monatelang anschwoll, wie sie sich die Stufen zur Wohnung hochquälte, sie hatte das alienhafte Strampeln unter der gespannten Haut verpasst. Das Baby war einfach plötzlich da gewesen, das Ganze fühlte sich dadurch unwirklich an, es war eine zu große Veränderung in zu kurzer Zeit, wie eine Flugreise aus der Arktis an den Äquator. Luz hatte widerstrebend akzeptiert, dass sie sich jetzt nicht mehr bei literweise Wein die Nächte in irgendwelchen Eckkneipen um die Ohren schlagen konnten, doch was all das für ihre Freundin bedeutete, hatte sie erst begriffen, als Vero ihr in der letzten Woche die Tür aufgemacht hatte, völlig ausgelaugt, mit einem schreienden Kleinkind auf der Hüfte, das an ihren Haaren zog. Torben pendelte jetzt monatsweise für ein wichtiges Projekt zwischen ihrer Wohnung und Stockholm, er bekam das Beste beider Welten, während Vero zu Hause vom Alltag verschluckt wurde, und so hatte Luz beschlossen, ihren eigenen Problemberg vor der Haustür zu parken, um damit vorerst nur die Nachbarn zu erschrecken. Veros rote Nägel, um die sie sich früher immer obsessiv gekümmert hatte, waren bis aufs zarte rosa Nagelbett abgekaut, schon der Anblick bereitete Luz Schmerzen, und die dunklen Ringe unter ihren Augen wirkten, als hätte sie sich in einem Moment geistiger Umnachtung mit dem Lidschatten vertan. Luz versuchte, diese Vero mit der Vero in Einklang zu bringen, mit der sie unter der Schulbank Zettelchen ausgetauscht und in der großen Pause die Wände des Mädchenklos vollgeschmiert hatte. Sie waren beide Außenseiterinnen gewesen, Veros Schuhe waren von ALDI, und Luz war dunkler als alle anderen, in der Fünften fragten die Mädchen, ob sie sich nicht gewaschen habe, in der Achten fragten die Jungs, ob sie Tangas trage. Zu zweit ließ sich all das ertragen. Vero ließ Luz abschreiben, und Luz kaufte ihr zum Dank Knisterkaugummi und Duploriegel, durch deren Verpackung die Fußballersammelbildchen schimmerten, die sie beide nicht interessierten. Einmal hatten sie zusammen ein besonders gehässiges Mädchen verprügelt, das Vero einen Euro in ihren Automatenkakao geworfen und gelacht hatte – danach waren sie größtenteils in Ruhe gelassen worden. Doch die Ausgrenzung hatte bei beiden Spuren hinterlassen. Vero quälte sich für den sozialen Aufstieg im Jurastudium, das sie nach acht Semestern ausgebrannt und BAföG-verschuldet mit einem nicht bestandenen Drittversuch vergeigt hatte. Luz hatte verinnerlicht, dass Menschen sie tendenziell nicht leiden konnten. Und dass das in Ordnung für sie war.

Der Zahn der Zeit, das hatte sie in den letzten Tagen zusehends gespürt, hatte ihre frühere Vertrautheit angenagt. Sie hatten sich zu sehr darauf verlassen, auch nach langer Funkstille immer wieder zueinanderzufinden, und vielleicht ließ sich der erste Knacks im Fundament ihrer Freundschaft auf die einfache Formel bringen, dass Luz gegangen und Vero geblieben war. Nun saßen sie voreinander, als hätten sie ihre gemeinsame Sprache verlernt, und übten unbeholfen Vokabeln. Luz war überrascht davon, wie weh es ihr tat, nachts auf dem harten Futon zu liegen und zu erkennen, dass Vero im Leben nicht nur ihre einzige echte Freundin gewesen, sondern auch geblieben war – um die sie sich nicht genug gekümmert hatte.

»Wie war denn der erste Tag?«, fragte Vero jetzt und fegte sich ein paar Krümel Knäckebrot aus dem Dekolleté. Luz klappte den Laptop zu, zog sich den Zopf stramm und versuchte, nicht das Gesicht zu verziehen. Nachdem Muddy den Motorradidioten rausgeworfen hatte und ihre Kundin gegangen war, hatte sie sich an eine Gesprächseröffnung getraut und den Grantigen gefragt, woher er Muddy kannte, worauf der nur »aus dem Knast« geknurrt hatte und eine rauchen gegangen war. Den Rest des Tages hatten sie schweigend verbracht.

»Gut«, sagte sie und rang sich ein Lächeln ab, doch Vero sah gar nicht hin, sie nickte nur geistesabwesend und aschte ab. Dann klirrte es in der Küche, und ein spitzer Schrei fuhr durch die Wand, Vero schloss die Augen und atmete Rauch durch die Nase aus. Sie drückte die halbe Kippe in den überfüllten Aschenbecher, statt sie Luz zu geben, und sprang auf. Luz sah ihr hinterher. Dann zog sie die Knie an die Brust, legte ihre kalten Arme darum und schloss noch einmal für einen Moment die Augen.

*

Als sie am Laden ankam, ging die Tür zum Glück auf, als sie daran zog. Die Musik war noch aus, doch hinter dem Vorhang hörte sie das surrende Stakkato einer Spulenmaschine. Als sie vorsichtig den Vorhang beiseiteschob, hing der schüchterne Schlaks gerade über dem Bein eines Kunden. Ansonsten war niemand da, vermutlich war es noch zu früh. Um ihn mit ihrer Begrüßung nicht zu erschrecken, wartete sie einen Augenblick ab, bis er sich gerade aufrichtete und über das Tattoo wischte. Was Konzentration betraf, hatte sie bei Tätowierern schon alles erlebt – solche, die während der Arbeit eine Telefonkonferenz abhielten, und solche, die noch nicht einmal leise Musik ertrugen. Außerdem rechnete er vermutlich nicht damit, dass jemand kam, da war immer Vorsicht geboten.

»Hi«, sagte sie knapp. Er hob seinen strubbeligen Kopf und sah sie an, als wäre er aus einem Sekundenschlaf aufgewacht, als könnte er nicht sagen, wo er war und wie er hieß. Der Kunde, eine ziemliche Kante mit rasiertem Schädel und breiten Schultern, Typ Türsteher, hob nur leidend ein paar Finger. Scheinbar saß er schon eine Weile hier und wartete darauf, dass es endlich vorbei war. Er wirkte abgekämpft wie ein Boxer, der kurz davor war, dreimal auf den Boden zu klopfen.

»Ist es okay, wenn ich aufbaue?«, fragte sie und deutete auf ihren Alukoffer. Der Schlaks nickte nur und tauchte seinen Shader in die Farbe. Auf dem Weg zum Waschbecken fiel ihr Blick unwillkürlich auf das Bein des Kunden. Sie sah zweimal hin.

In tiefschwarzen, harmonisch geschwungenen und ziemlich komplexen Lettern las Luz »Guilty as charged«. Das Tattoo war filigran verziert, aber nicht zu überladen, sondern ausgewogen und perfekt lesbar. Sogar die parallelen Linien waren makellos.

»Wow«, sagte sie. »Sieht *richtig* gut aus.«

Der Schlaks blinzelte sie nur an.

»Danke«, sagte er dann kaum hörbar, wischte noch einmal über die Schrift und faltete das Zewa säuberlich, bevor er es auf seine Ablage legte, die ordentlicher aussah als die von Luz, bevor sie überhaupt angefangen hatte.

»Fertig«, sagte er schließlich an seinen Kunden gewandt, der hörbar aufatmete und sich mit einem kornblumenblauen Stofftaschentuch, das so gar nicht zu seinem taffen Äußeren passte, einen dünnen Schweißfilm von der Stirn rieb.

Ihr blieb noch etwas Zeit vor ihrem Termin, also sperrte sie die Tür weit auf, um durchzulüften. Kalter Herbstwind wehte in den Laden und ließ den Papierkram auf dem Tresen zittern. Dann nahm sie die uralten Zeitschriften vom Tisch und ließ sie in ihrem Rucksack verschwinden. Als der Schlaks mit seinem Kunden im Schlepptau nach vorn kam, musterte sie ihn genauer. Was für ein skurriler Typ, lieferte hier solche Arbeiten ab, war aber selber allem Anschein nach überhaupt nicht tätowiert und sah eher aus wie Napoleon Dynamite im Frührentner-Look.

»Wie lange tätowierst du schon?«, fragte sie, nachdem sein Kunde bezahlt hatte (zu wenig, wie Luz feststellte, viel zu wenig) und zur Tür raus war.

»Hi, ich bin Luz. Aber du kannst mich auch Lutz nennen.«

Er lächelte schüchtern und glättete die Geldscheine, bevor er sie in die Kasse legte.

»Rudi.«

Sein Handschlag verdiente den Namen nicht, er war eine kraftlose, ungelenke Angelegenheit, nach der man sich nicht vertrauter miteinander fühlte, sondern fremder.

»Gut vier Jahre«, sagte er. »Noch nicht so lange.«

»Krass. Und was machst du für Stile?«

»Nur Letterings. Und die kleineren Sachen, auf die die anderen keine Lust haben.«

»*Nur* Letterings?« Luz fegte mit der Hand ein wenig Staub vom Tresen, was das Ganze irgendwie noch schlimmer machte, ihre Finger hinterließen dunkle Spuren. »*Warum?*«

Er zögerte einen Moment und rieb sich die Nase.

»Hat sich so ergeben. Gefällt mir am besten.«

Luz konnte sich im Leben nicht vorstellen, dass irgendjemand auf dieser Welt freiwillig nichts anderes als Schriftzüge tätowierte. Nach all den Jahren waren es die Art Tattoos, vor denen es ihr regelmäßig graute, vor allem im Dekolleté, und das nicht nur, weil sie in Rechtschreibung eine Niete war. *Schrift verzeiht nüscht* hatte ihr erster Chef immer gesagt. Und das war die Wahrheit.

»Und du?«, hörte sie den Schlaks fragen. Ihr Blick wanderte zu ihrer Mappe auf dem Tresen, die ihre besten Arbeiten aus gut zehn Jahren enthielt. Letterings suchte man dort vergeblich.

»Alles Mögliche. Im Moment am liebsten Dark-Art-Sachen. Pflanzen mache ich gerne. Und Totenköpfe, Calaveras, Catrinas, so was. Seit ein paar Jahren auch Traditional und Watercolor. Hauptsache, kein Realismus.«

»Oh«, sagte er.

»Was, *oh*?«

»Hänk hasst Watercolor.«

Luz verdrehte die Augen und klopfte ihre staubigen Hände am Rock ab.

»Gibt es auch irgendwas, das der nicht hasst?«

Der Schlaks ging zum Sofa und setzte sich mit dem Rücken zum Laden auf die Lehne.

»Haribo, Bier und Death Metal. Mehr fällt mir grad nicht ein.«

»Wo hast du deine Ausbildung gemacht?«

»Hier.«

»Echt?«

Der Junge musste ein Naturtalent sein. Wieder rieb er sich die Nase.

»Hier hing ein paar Wochen ein Zettel an der Tür, dass jemand für Schriftzüge gesucht wird. So kam das.«

»Weil die anderen beiden nicht schreiben können?«

Sein plötzliches Lachen klang merkwürdig eingerostet, wie ein Instrument, das zu lange in der Ecke herumgestanden hatte. Sofort hielt er sich eine Hand vor den Mund, als gehörte sich das nicht. Dann strich er seine Haare aus der Stirn und blickte aus dem Schaufenster. Gerade schien die Vormittagssonne, und das helle Licht spiegelte sich auf der regenfeuchten Straße.

»Ich bin fast nie hier vorne«, sagte er nach einer Weile. »Meine Eltern glauben, ich würde Grafikdesign studieren. Dabei habe ich nach zwei Semestern abgebrochen. Ich habe immer Angst, dass mich irgendjemand sieht, der sie kennt. Obwohl das in der Gegend hier unwahrscheinlich ist.«

Er deutete auf ein gelbes, dreistöckiges Haus auf der gegenüberliegenden Straßenseite, vor dessen Tür gerade eine Frau in ihrer winzigen Handtasche kramte.

»Das da drüben ist ein Puff. Also nicht offiziell, weiß aber jeder. Hausnummer Sechs.«

Luz sah nun ebenfalls aus dem Fenster und nickte anerkennend.

»Hausnummer Sechs. Da hat sich jemand was gedacht.«

Sie zog ihre Vorlage aus der Tasche und setzte sich auf den Hocker, um schon einmal alles gedanklich durchzugehen.

»Meine Eltern finden meinen Job auch furchtbar«, sagte sie dann. »Meine Mutter denkt, dass ich irgendwann AIDS-Hepatitis bekomme und in einer dunklen Seitenstraße im Müllcontainer lande.«

»Mein Vater würde mich enterben, wenn er das hier wüsste. Also sitzt er mir heute beim Kaffeetrinken wieder gegenüber und ich erzähle ihm was von Credit Points und Semesterferien …«

Der Schlaks zuckte mit den Schultern und sah weiter nach draußen. Das erklärte natürlich, warum er keine Tattoos hatte.

»Wie heißt du eigentlich richtig?«, fragte Luz und konnte sehen, wie ein resignierter Ausdruck über sein Gesicht wanderte.

»Rudolf.«

»Wie das Rentier? Oder wie der tote Modezar?«

»Mit f, wie das Rentier. Rudi ist ja ganz in Ordnung, aber meine Eltern nennen mich Dolf.«

»Oh Mann.«

Luz deutete mit dem Kinn nach draußen.

»Du hättest davon übrigens ein Foto machen sollen. Bist du bei Instagram?«

Der Schlaks sah weiter auf die Straße und reagierte nicht. Luz hob die Augenbrauen.

»Bitte sag mir, dass du wenigstens eine Mappe hast.«

Wieder zuckte er die Achseln.

»Schon. Die müsste da irgendwo liegen. Aber eigentlich brauche ich die nicht. Wenn hier jemand reinkommt und einen Schriftzug will, mach ich das. Wenn nicht, dann nicht.«

Luz gab sich alle Mühe, ihr Gesicht nicht zu verziehen. *Provinz*, dachte sie. *Und was, wenn du dich mal irgendwo bewerben willst?* Sie zog ein Orbit ohne Zucker aus ihrer Hosentasche.

»Hast du dich schon mal verschrieben?«

Der Schlaks bekam große Augen und schüttelte so entsetzt den Kopf, dass ihm wieder ein paar Haarsträhnen ins Gesicht fielen.

»Zum Glück nicht. Mit den meisten Leuten hier ist nicht gut Kirschen essen. Hat man ja gerade gesehen.«

»Bei so einem will man wirklich nichts falsch machen. Aber komm, irgendwas hat doch jeder schon mal verkackt.«

Draußen kam die Müllabfuhr vorbei. Als die schweren grauen Tonnen beim Ausleeren gegen das Fahrzeug bollerten, musste Rudi die Stimme heben, was ihm sichtlich schwerfiel.

»Einmal ... Einmal hatte einer im Radio Karten für ein Avicii-Konzert an dem Abend gewonnen. Der kam vormittags rein und wollte unbedingt noch ein riesiges Avicii-Tattoo auf den Unterarm. Bevor es losging.«

Luz verdrehte die Augen. Der Schlaks taute allmählich auf, er lächelte noch einmal und wandte sich ihr zu. Jetzt sah er sie sogar an.

»Ganz tolle Idee, das hab ich ihm auch gesagt. Aber er wollte unbedingt. Auf jeden Fall hat er mir das für die Vorlage nur mit einem i aufgeschrieben. Ich kannte Avicii gar nicht.«

»Ist auch besser so«, sagte Luz und ließ das Kaugummipapier in den Mülleimer unter dem Tresen fallen. Rudi schüttelte den Kopf.

»Das war so verrückt. Wie der hier am nächsten Tag ankam. Ich dachte, der springt über die Theke und erwürgt mich. Natürlich hatten den Leute drauf angesprochen, dass er das falsch auf dem Arm stehen hat. Stocksauer war der. Als wäre das *meine* Schuld gewesen. Und das zu korrigieren war ja auch ganz leicht.«

»Ja eben«, sagte Luz. »Zu mir kam mal einer und wollte den Namen von seiner neugeborenen Tochter auf die Brust haben.«

Sie schrieb den Namen mit dem Finger in die Luft.

»*Vi-vi-ene*, mit einem N. Ich hab *dreimal* gefragt, ob die Vorlage so richtig ist, der war irgendwann schon richtig genervt. Einen Tag später stand er dann wieder auf der Matte. Das heißt ja nie was Gutes.«

Rudi schnaubte.

»Tja, seine Freundin hatte ihm verklickert, dass sein Töchterchen ›Vivienne‹ heißt, mit Doppel-N.«

»Und dann?«

»Na ja, das Übliche halt. *Mach ein n aus dem e.* Bin ich David Copperfield oder was? Ich hab ihm gesagt, er soll wiederkommen, wenn er sich das scheiß e weggelasert hat.«

Der Schlaks grinste, wodurch er plötzlich noch jünger aussah, als er vermutlich war.

»Von Muddy wollte wohl mal einer ›Sex, Dogs and Rock'n'-Roll‹ haben. Der hatte sich verhört.«

Diesmal musste Luz laut lachen.

»Und? Hat er sein Tattoo bekommen?«

Er lächelte schüchtern und schüttelte den Kopf.

»War noch minderjährig.«

Draußen am Fenster wanderte ein Schatten vorbei, und als ihr Kunde den Laden betrat, war es keine leichte Aufgabe, sich nicht anmerken zu lassen, dass er aussah, als wäre er gerade aus einer Calvin-Klein-Werbung herausgestiegen, als hätte jemand an der Wunderlampe gerieben und sich einen attraktiven Mann gewünscht. Selbst der Schlaks, der bisher gewirkt hatte, als wäre er mit seinen Gedanken überall, aber nicht in diesem abgeranzten Studio, gab sich offenkundig Mühe, nicht zu starren: Luz' Kunde war so groß, dass er sich beim Hereinkommen automatisch ein wenig geduckt hatte, und obwohl er Pullover und Jacke trug, konnte man sehen, dass er entweder Berufssportler oder Model oder zumindest Fitness-Enthusiast war. Falls ihn der Zustand des Ladens verwunderte, ließ er es sich nicht anmerken, er zog sich eine grüne Wollmütze vom Kopf, strich sich ein paar dicke schwarze Locken hinter die Ohren und sagte: »Hi, ich bin Miguel.« Als er lächelte, bekam er Grübchen, natürlich, wie hätte es anders sein können. So etwas passierte Luz vielleicht zweimal im Jahr. Zum einen, weil sie weitaus häufiger von Frauen gebucht wurde, und zum anderen, weil die genetische Lotterie ihre Joker nur selten so freigiebig ausspielte. Und er wollte ein ziemlich großes Tattoo von ihr, einen Gorillakopf, auf die Brust. Sie stand auf und ging mit ausgestreckter Hand auf ihn zu.

»Ahoi.«

6

HÄNK HATTE keinen guten Morgen gehabt. Sein Shampoo war endgültig alle, und die Duschgelflasche stand auch schon auf dem Kopf, aber das war noch nicht alles. Seit geraumer Zeit ließ er sich das Wasser in den Nacken prasseln, sah zu, wie es über seinen Bauch lief, der tatsächlich in der letzten Zeit größer geworden war, auch aus dieser Perspektive, dafür brauchte man noch nicht mal eine Waage, um das zu überprüfen, da reichte Augenmaß, jedenfalls stand er da und versuchte, seinem schlaffen Johannes ein wenig Leben einzuhauchen – doch da tat sich nichts. Das Blut wanderte einfach nicht in die üblichen Bahnen, als hätte jemand nachts mit dem Bolzenschneider die Leitung gekappt. Oder mit der Bastelschere, reichte vermutlich auch. Je länger es dauerte und je heftiger er an sich herumfuhrwerkte, desto peinlicher wurde er sich selbst. Irgendwann gab er auf, er beendete die Dusche möglichst rasch, ohne die Haare zu waschen, ohne überhaupt irgendetwas wirklich zu waschen. Nachdem er sich notdürftig ein zu kleines grünes Handtuch um die Hüfte geschlungen hatte, ging er zu seiner kläglichen Hausapotheke im Flurschrank, die aus einem Wärmepflaster, einem leeren Döschen Tiger Balm, leerem Nasenspray und abgelaufenem Immodium akut bestand. Er überlegte einen Moment und sah zu, wie sich um seine nackten Füße herum eine Pfütze bildete. Er wusste selbst nicht, was er hier wollte, was zu finden er sich vorgestellt hatte. Dass er kein Viagra besaß, wusste er selbst. Er atmete tief durch und spannte aufmunternd erst links, dann rechts seinen Bizeps an. Die Muskeln zeichneten sich verlässlich unter der bunten Haut ab. *Kopf hoch, mein Alter.* Vielleicht war heute der Tag gekommen, an dem er abends mal wieder zu den Hanteln greifen würde. Vielleicht brauchte er mal wieder ein Röhrchen Vitamintabletten. Er ging dazu über, sich mit dem Handtuch den Kopf abzurubbeln, das war das Gute an einer Dachgeschosswohnung, nur der Himmel guckte einem auf den blanken Arsch.

Doch das leere Shampoo und die enttäuschende Morgentoilette waren noch nicht alles gewesen. Selbstverständlich nicht. Unglück zog immer noch mehr Unglück an, wenn man schon mit dem Wagen von der Straße abkam, musste man auch noch drei Poller mitnehmen, ein Maisfeld durchpflügen und in einen allein auf weiter Flur herumstehenden Hochsitz krachen. Draußen vor dem Haus war er gerade über die Kreuzung gegangen, da machte es hinter ihm unangenehm laut und schrill *Weouuu-wuuup*, und als er sich umdrehte, rollerte ihm auch schon ein Polizist auf einem viel zu groß geratenen Motorrad entgegen. *Nicht dein Ernst*, dachte Hänk, wobei er sich nicht an Gott wandte, an den er nicht mehr glaubte, seit er nicht mehr musste, sondern eher an eine kosmische Negativenergie, die ihm seit geraumer Zeit am Schuh zu kleben schien. Der Bulle stieg von seinem Motorrad und zog sich den Helm von einem Kopf, der plötzlich im Vergleich zum Körper erstaunlich klein wirkte. Im Grunde sah er aus wie eine Flasche Kümmerling mit Schlagstock. Hänk konnte sich sofort vorstellen, was das für einer war. Bei dem hing zu Hause ein ironisches »Dienst nach Vorschrift«-Schild über dem Bierkasten, die Frau war fürs Essen zuständig, sonnabends wurde mit Licht aus gevögelt, und wenn er seine Kinder ansprach, mussten sie mit »Ja, Herr Vater« antworten. Bestimmt hatten sie Allergien.

»Einmal Ihren Ausweis, bitte. Sie wissen, warum ich Sie angehalten habe?«

»Nein.« *Du Schrumpfkopf*, fügte Hänk noch in Gedanken hinzu.

»Weil Sie die Ampel bei Rot überquert haben.«

Hänk hätte beim besten Willen nicht mehr sagen können, ob er bei Rot oder bei Grün gegangen war. Die Verkehrslage an seiner Straße war überschaubar.

»Bin ich nicht.«

»Die Mätzchen können Sie sich sparen. Den Ausweis, aber dalli.«

Hänk zog an seiner Zigarette. Dann pustete er seelenruhig den Qualm in die nasskalte Herbstluft.

»*Aber dalli*. Lernt man das so auf der Polizeischule? Drohen wie bei TKKG? Sind Sie das, Herr Glöckner?«

Eine alte Frau mit braunem Filzhut und schwarzem Kläffer an der Leine kam vorbei, sie schüttelte vielsagend den Kopf, als sich ihre Blicke für eine Sekunde trafen.

Im nächsten Moment wurde Hänk vornüber geworfen, etwas krallte sich in seine Haare und seine Backe klatschte auf angewärmtes Leder. Die Kippe fiel ihm aus der Hand, und ein unerträglicher Schmerz fuhr in sein Schultergelenk.

»Aaaaaah«, machte Hänk mit gequetschtem Mund.

Er hörte den Polizisten über sich.

»Jetzt pass mal auf, Freundchen, von solchen wie dir hab ich heute die Faxen dicke.«

Die Faxen dicke. Das musste er sich für die Arbeit merken.

»Sie geben mir jetzt Ihren Ausweis oder wir klären das auf der Wache.«

»Okay«, sagte Hänk. »Aber ich fahre.«

Seine Schulter platzte fast.

»AAAAH«, rief er. »*Mann*. Schon gut. Ich zahl ja. Wenn Sie

meinen Ausweis wollen, müssen Sie loslassen, ich bin kein Houdini.«

Der Bulle drückte noch einmal kräftig zu, dann ließ er von Hänk ab.

»Na also.«

Er zog die dicke Jacke seiner Uniform straff, deren Bund im Eifer des Gefechts hochgerutscht war, schaute sich um, ob sein beherztes Durchgreifen von eventuellem Publikum bewundert wurde, und strich sich über die Haare, während Hänk zwei Schritte von ihm weg machte, finster guckte und seinen Arm kreisen ließ.

»Das haben Sie sich selbst eingebrockt«, sagte der Polizist und kam wieder auf ihn zu. »Den Ausweis.«

Hänk zog sein Portemonnaie aus der Hosentasche und dachte an Muddy, der einmal, als sie nach Feierabend vor dem Laden gesessen hatten, seine Käppi angehoben und, als ein Polizist vorbeigelaufen war, gesagt hatte: »Schön' guden Abend, Herr Oberwaldmeister.«

»Geldkarte dabei?«, fragte der Schrumpfkopf, als Hänk ihm einen Zwanziger hinhielt.

»Ja sicher hab ich meine Geldkarte dabei«, erwiderte Hänk, steckte den Schein wieder weg und fummelte seinen Personalausweis aus dem blöden Schlitz.

»Stimmt. Man darf euch ja kein Bargeld geben.«

Der Cop ignorierte ihn, scheinbar hatte er sich mit dem Schmerzgriff verausgabt, er nahm Ausweis und Geldkarte entgegen und umrundete sein Motorrad, um alles in die Bußgeldmaschine einzugeben, wobei er, gleichzeitig lässig und gebieterisch, einen Stiefel auf der Fußraste abstellte. Immerhin war am Ende noch ein dicker Laster durch eine Pfütze gerauscht und hatte das Motorrad vollgepleddert, Hänk hatte, schon im Gehen begriffen, *Römer, geht nach Haus!* gerufen und übertrieben die

Augenbrauen hoch- und die Mundwinkel runtergezogen, dann hatte er die Klappe gehalten und sich vom Acker gemacht, weil er für die Arbeit spät dran war.

Im Shop war das Fass dann allerdings endgültig übergelaufen, und zwar nicht bloß ein bisschen, nicht tropfenweise, sondern in einem riesigen Schwall, als wäre jemand mit Anlauf und Arschbombe hineingesprungen. Als er den Laden betrat, schallte ihm aus dem Arbeitsbereich nervtötender Pop-Mist entgegen, irgend so ein Ohrwurm, den man den ganzen Monat nicht mehr loswurde. Der einen bis in den Schlaf verfolgte und dann am nächsten Morgen beim ersten Öffnen der Augen weiterging, bis man bereit war, die Hände in den Toaster zu stecken, um an etwas anderes zu denken. Für Hänk gab es genau drei Arten von Musik: die gute, die als Soundtrack für all seine Erinnerungen diente und sich, genau wie Alkohol, nach Belieben verstärkend über jede Stimmung legen ließ, bis man sich lachend oder weinend mit Freunden oder Fremden in den Armen lag, je nachdem, was man gerade brauchte; die erträgliche, die meist seine Bekannten hörten, und zuletzt die schlimme, die man sofort ausschaltete oder, wenn es keinen Schalter gab, räumlich hinter sich ließ. Nervtötenden Pop hatte es hier noch nie gegeben, im Grunde, dachte Hänk, war der Laden jetzt entweiht. Angesäuert zog er den Vorhang zur Seite, und sein Blick fiel als Erstes auf den grün-blau-schwarzen Hinterkopf der Neuen, die an *seinem* Arbeitsplatz saß und den Brustmuskel von irgend so einem halbnackten Adonis volltätowierte, der mit geschlossenen Augen auf Hänks Liege lag, als hielte er unnötigerweise auch noch Schönheitsschlaf. Rudi hockte wie ein Groupie daneben und sah zu.

Eigentlich hatte Hänk sich gestern Abend mit einer riesigen Pizza Margarita doppelt Käse Knoblauch aufs Bett gesetzt, stundenlang *Columbo* geguckt und irgendwann einigermaßen befriedet gedacht, dass das mit der Neuen vielleicht doch nicht so schlimm werden würde wie befürchtet. Eigentlich, hatte er gedacht, war das, was sie mit Laber-Jochen abgezogen hatte, da musste er ehrlich sein, unterhaltsam gewesen, und tätowieren konnte sie scheinbar auch, eigentlich hatte er sich vorgenommen, sie Muddy zuliebe so lange zu ertragen, bis sie sich wieder nach Köln oder Hamburg oder Berlin verziehen würde, oder nach Leipzig, wie es alle von ihrer Sorte früher oder später taten. Das war ja nur eine Frage der Zeit. Doch sie hier am frühen Morgen ohne seine Erlaubnis an seinem Platz arbeiten zu sehen, als wäre er schon Schnee von gestern, passé, als hätte es ihn nie gegeben, das war, objektiv betrachtet, zu viel des Guten.

»Was ist das denn hier für 'ne Nummer?«, platzte es etwas zu laut aus ihm heraus, oder zumindest lauter, als er vorgehabt hatte, die Neue zuckte zusammen und drehte sich erschrocken um, dann sah sie zurück auf ihre Maschine und das Tattoo, und dann zum Kunden. *Scheibenkleister*, dachte Hänk. *Die ist abgerutscht.* Rudi stand auf und hob beschwichtigend die Hände, als wäre gerade ein Schwarzbär reingekommen, der die Mülltonnen suchte.

»Keine Sorge, ist gleich fertig«, stammelte er.

»Gibt's ein Problem?«, fragte der Adonis, der jetzt ein wenig den Kopf anhob. Hänk konnte sehen, wie sich der Reihe nach seine beachtlichen Bauchmuskelpaare anspannten, na schönen Dank auch, solche Menschen gab es also tatsächlich. Vielleicht war heute der Tag gekommen, an dem er auch mal wieder zu den Hanteln greifen würde, vielleicht aber auch nicht.

»Und ob es hier ein Problem gibt«, pöbelte er möglichst schnell, damit der Adonis nicht aufs Tattoo guckte. Dann marschierte er rüber zur Anlage und drückte der Reihe nach alle fünf Aus-Knöpfe, die es an Quellgerät, CD-Player und Verstärker gab. In der plötzlichen Stille drehte er sich um.

»Das da ist *mein* Platz, seit fünfzwanzig Jahren ist das *mein* Platz, und da hat verdammt noch mal keiner einfach so dranzugehen.«

Die Neue saß stocksteif auf seinem Hocker und hielt etwas robotermäßig ihre Maschine in die Luft. Als sie sich zu ihm umdrehte, klang ihre Stimme ganz normal, als wäre alles in bester Ordnung, doch ihre Lippen waren blass vom Zusammenpressen, und ihr Gesicht sah insgesamt aus, als wäre Hänk der unappetitliche Abschaum der Welt, den sie wegwischen würde, sobald der Kunde erst einmal aus dem Laden raus wäre.

»Hier war das Licht am besten«, sagte sie mit sehr merkwürdiger Stimme, als wäre sie eine Nachrichtensprecherin, die so tun musste, als wäre der gerade erwähnte Bombenanschlag halb so wild, und jetzt zum Wetter. Hänk wäre es lieber gewesen, sie hätte zurückgebrüllt, dann hätte er weniger geisteskrank gewirkt. Aus irgendeinem Grund schwoll ein unerträgliches Gefühl in ihm an, es staute sich in seiner Kehle wie schäumende Kohlensäure unter dem Kronkorken, sein Herz raste, und er wurde immer wütender, nicht unbedingt auf die Neue, sondern einfach auf alles, auf die Gesamtsituation, auf schlaffe Lümmel und Motorradpolizisten und widerliche Ohrwürmer, also wurde er immer lauter und fahriger, weil das nun einmal der Weg der Wut war, Lautstärke und Bewegung.

»Das weiß ich auch, dass das Licht da am besten ist«, keifte er, »deshalb ist das ja auch *mein* Platz. Aber klar, die feine Dame ist wahrscheinlich einfach gewöhnt, sich alles zu nehmen, was sie gerade haben will, bitte, in der Schublade sind meine Farben, vielleicht will sie die ja auch noch, oder am besten auch noch meine Maschinen, kommt sofort, bitte sehr, bitte gleich ...«

Bestimmt sah er aus wie ein wahngeistiger Typ, der ohne Bälle jonglierte, aber drauf geschissen. Der Adonis, der sich jetzt auf die Ellenbogen stützte und verwirrt die Stirn runzelte, wollte gerade etwas sagen, doch die Neue hatte schon ihre Maschine zur Seite gelegt und sich zu Hänk umgedreht. Jetzt stand sie auf und kam einen Schritt auf ihn zu.

»Klingt eher so, als würdest *du* dir einfach nehmen, was du haben willst. Und keine Sorge, deine Maschinen sind mir zu *laut*.«

Hänks Oberlippe spannte sich wie bei einem knurrenden Hund, der seine Lefzen zeigte, doch gleichzeitig verlor er die Überzeugung in die eigene Sache. Das lief hier alles nicht so wie geplant. Gerade wollte er fragen, wo sie die Schlangen gelassen hatte, die ihr normalerweise aus dem Kopf wuchsen, da fiel sein Blick auf Rudi und er beschloss, auf bekannteres Terrain umzuschwenken. Sicher war sicher.

»Und du sagst auch nichts oder was?«, blaffte er ihn an. »Sag mir mal eins: Darfst *du* an meinem Platz arbeiten?«

Rudi rührte sich nicht und blinzelte auch nicht mehr, endlich eine Reaktion, mit der Hänk arbeiten konnte.

»Hallo?«, rief er. »Jemand zu Hause? Ob du an meinem Platz arbeiten darfst, hab ich gefragt.«

Auf einmal nahm er Muddy wahr, der mit einer dicken Brötchentüte in der Hand reingekommen war. Verwundert sah er von Hänk zur Neuen, blieb kurz auf dem Adonis hängen und sah dann wieder zu Hänk.

»Moin allerseits. Erklärt mir mal wer, was hier los ist?«

Irgendwie war Hänk froh, dass er jetzt Verstärkung bekam, als wäre genau im richtigen Moment die Kavallerie über den Hügelkamm getrabt.

»Was hier los ist?«, sagte er mit etwas mehr Selbstbeherrschung. »Die Neue arbeitet an *meinem* Platz, hört Scheißmusik und beleidigt meine Maschinen, *das* ist hier los!«

Muddy sah einen Augenblick in die Runde, dann warf er die Brötchen auf die Anrichte.

»Okay raus, sofort.«

Hänk warf der Neuen einen hämischen Blick zu und verschränkte die Arme, auf Muddy war also doch Verlass, aber dann zog eine Hand an seinem Oberarm, er verlor das Gleichgewicht und musste einen peinlichen Ausfallschritt zur Seite machen.

»Du!«, hörte er Muddy ganz nah an seinem Ohr. »Raus. Jetzt.«

Bevor er nachdenken konnte, hatte Muddy ihn auf die Straße gezerrt, und statt seinen Ärger abzukühlen, fachte die frische Luft ihn noch zusätzlich an. Hänk riss sich los.

»Ey, was soll das?«

Muddy baute sich vor ihm auf.

»Wie, was soll das? Was war das denn gerade?« Er fing an, Hänk nachzuäffen und maulte: »*Die arbeitet an meinem Platz. Die beleidigt meine Maschinen*. Soll ich dir auch noch den Hintern abwischen oder was? Brauchst du eine frische Pampers?«

Hänk konnte nicht mehr. Er zog seinen Notfall-Jägermeister aus der Innentasche, kippte ihn runter und schmiss die leere Flasche auf den Gehsteig, den Deckel warf er über die linke Schulter, ein, das wusste er selber, bescheuerter Aberglaube, den er sich als Jugendlicher angewöhnt hatte und jetzt nicht mehr lassen konnte. Danach verschränkte er wieder die Arme.

»So, dann klär mich mal auf, ich hab da scheinbar was verpasst. Das ist also plötzlich alles in Ordnung oder was? Dildo-Maschinen und Spice Girls? In unserem Laden?«

Jetzt äffte er wiederum Muddy nach, es war erschreckend, wie gut sie beide darin waren, er machte sich absichtlich ein Doppelkinn, wackelte mit dem Kopf und brummte: »*Scheiß Pen-Maschinen. So was kommt uns nicht in den Laden. Nur über meine Leiche*. Was kommt denn als Nächstes? Betäubungscremes und Farben von Edding?«

»Jetzt pass mal auf«, sagte Muddy und kam mit ausgestrecktem Zeigefinger auf ihn zu, auch er wurde jetzt laut, Fußgänger blieben stehen, und der Obsthändler von nebenan reckte hinter seinen Orangenpyramiden den Hals.

»Wenn das so weitergeht, ja, dann können wir den Laden nächstes Jahr dichtmachen, kapiert? Und es ist Oktober! Sven war schon wieder wegen Miete hier, und mit dem ist langsam nicht mehr zu spaßen. Ich wollte dir das nicht sagen, damit du dir keinen Kopp machst, aber im Moment sieht's finster aus.«

Er fuhr sich durch die Haare, sah in den Himmel. Dann hob er ratlos die Arme.

»So«, sagte er nach einer kurzen Pause. »Nu isses raus.«

»Ja und das ist deine Lösung oder was?«, rief Hänk, der gerade versuchte, wegen der verdammten Kälte seine Jacke zuzuknöpfen. Er hatte sich um ein Loch vertan, und jetzt war alles schief.

»Scheiße ist das!«

Muddy schüttelte resigniert den Kopf und zeigte in Richtung ihrer alten Ladentür, von deren Rahmen der schwarze Lack abblätterte.

»Weißt du, wie viel die uns in diesen zwei Tagen eingebracht hat? Hm? Kann ich dir sagen. *Mehr als du in der ganzen letzten Woche.*«

»Ach soo.« Hänk ließ von seiner Jacke ab und tat so, als wäre ihm gerade ein Licht aufgegangen. »Du willst also mehr Kohle machen. Dann hab ich 'ne bessere Idee.«

Er deutete auf den Alligator im Schaufenster.

»Schmeiß du erst mal dein stinkendes *Scheiß*vieh da in den Müll und lass deine Kauleiste sanieren! Vielleicht rennen uns dann nicht mehr so viele Kunden weg.«

Ihm brannte die Kehle. Er klopfte seine Jackentaschen nach mehr Schnaps ab, obwohl er wusste, dass da nur noch sein Tabakbeutel steckte. Eine rauchen musste er auch unbedingt.

Muddy sah mittlerweile aus wie ein Stier, der ein paar Mal das rote Tuch verfehlt hatte, er kam einen Schritt auf Hänk zu, der vorsichtshalber die Arme vor die Brust hob.

»Und was ist mit *dir*?« Er schubste Hänk eine Armlänge von sich weg. »Du denkst immer, du wärst so ein umgänglicher Typ, weil dir ja alles so egal ist. Dabei stimmt das gar nicht. *Um dich rum laufen alle permanent auf Eierschalen, und du merkst das noch nicht mal!* Deine ewige Scheißlaune, ja, die kannst du demnächst zu Hause lassen, die steht mir nämlich bis hier.«

Muddy hob die flache Hand weit über seinen Kopf und für einen Moment sahen sie einander bitterböse an, wie es nur älteste Freunde konnten, die den anderen mit einem einzigen Blick wissen ließen, dass er ohne einen ein Nichts wäre, eine Nullnummer, ein Mitesser am Arsch der Hölle, dass man mehr für den anderen getan hatte, als man zurückbekommen hatte, dass man sich so oft mit ihm abgegeben hatte, und das war nun der Dank dafür. Muddy ließ die Hand wieder sinken, als könnte Hänk jetzt abtreten, als wäre hier alles gesagt, und das tat Hänk auch, er machte ein paar Schritte rückwärts, drehte sich um und ging. In die falsche Richtung. Weg von zu Hause, aber das war ihm gerade völlig egal. Fast hätte er eine Joggerin angerempelt, die leichtfüßig wie eine Gazelle aus einem Hauseingang gesprungen kam. Hänk drehte sich noch einmal um und rief, so laut er konnte: »Mach deinen Scheiß doch alleine, *ich hab die Faxen dicke*!«

Doch vor dem Shop stand schon niemand mehr.

7

DIE FRIEDHOFSBANK war feucht, und es fing wieder an zu regnen, doch Hänk störte sich nicht daran. Er trank und betrachtete im Dämmerlicht das Grab seiner Mutter, auf dem der Zauberschnee blühte, den er im Frühjahr gepflanzt hatte. Die Christrosen würden erst später kommen, die Kosmeen waren inzwischen vertrocknet, bald würde er die Knollen aus der Erde holen müssen, damit er sie über den Winter bekam. In ihren letzten Tagen hatte seine Mutter die traurigen Pausen, wenn er bei ihr am Bett saß und es eigentlich keine Worte mehr gab, mit genauen Anweisungen dafür gefüllt, was auf ihrem Grab wachsen sollte und was nicht. Sie hatte ihre warmen, von der Bettlägerigkeit weich gewordenen Hände um seine gelegt – eigentlich hätte es andersherum sein müssen, wer tröstete hier schließlich wen –, und dann hatte sie ungewohnt heiser so etwas gesagt wie: »Herbstenzian. Der ist hübsch und winterhart. Aber keine Besenheide, keine Stiefmütterchen und kein Silberblatt. Versprichst du mir das?« Hänk hatte ihr Kissen zurechtgerückt, das Wasserglas auf ihrem Nachttisch aufgefüllt und es ihr versprochen. »Oder Hornveilchen. Aber die muss man im Sommer gießen, nicht, dass du zu viel Arbeit damit hast.« Er versicherte ihr, sich nicht zu viel Arbeit zu machen, Hornveilchen zu pflanzen und im Sommer zu gießen. Dann hatte sie wieder die Augen geschlossen und beruhigt ausgesehen, Hänk hätte ihr gerne gesagt, dass es keiner komplizierten Grabpflege bedurfte, damit er zu ihr kommen würde, doch er war sich am Ende nicht ganz sicher gewesen, ob es ihr nicht doch um die Blumen ging, um den letzten Eindruck, den sie auf die Welt machen wollte. Keine Besenheide, keine Stiefmütterchen, kein Silberblatt.

Er hatte sich an alles gehalten.

Das Grab seines Vaters nebenan lag brach. Die einzige dafür infrage kommende Pflanze, die Rafflesie, ein Vollschmarotzer, deren Blüte nach Aas roch und nach ein paar Tagen zu zähem schwarzem Schleim zerfiel, benötigte eine Wirtsliane und ließ sich außerhalb von Südostasien nicht heranzüchten. Das kahle Grab, um das sich seit dem Tod seiner Mutter niemand mehr kümmerte, war eine späte Rache für das, was Hänk von seinem Vater zu Lebzeiten bekommen hatte, nämlich irgendwie nichts. Kein Schulterklopfen, keine Lebensweisheiten und vor allem keine Nähe. In den Armen seines Vaters war er sich immer vorgekommen wie ein unhandliches Paket, das man nicht zurückschicken konnte. Als Kind hatte er darunter gelitten, unter diesem väterlichen Fremdeln, doch dann kam die Pubertät mit ihren Joints und Slayer und einem angenehmen Hass auf alles, und er hatte festgestellt, dass es ihm weitaus leichter fiel, nichts zu fühlen, als ständig traurig zu sein. Auch der plötzliche Tod seines Vaters, ein Herzinfarkt auf einer Kaffeefahrt zur Insel Mainau, hatte zu ihrer nicht vorhandenen Beziehung gepasst: keine letzten Worte, keine Versöhnung, sondern nur mehr vom selben, nunmehr endgültigen Nichts.

Unter seiner Haut prickelte es kalt. Hänk lehnte sich zurück, sodass die etwas ungünstig montierte oberste Holzlatte der Bank in seinem Rücken drückte, und ließ den Blick über die Grabsteine wandern, über die Kreuze und die erloschenen roten Plastikkerzen mit den goldenen Deckeln, die zerfressenen Buchsbäume und zusammengekehrten Laubhaufen. Vereinzelt kamen Rentner mit Schirmmützen oder Haarnetzen vorbei, die sich wie sehr langsame Pacman-Monster ihre unvorhersehbaren Wege durch das Labyrinth aus Grabreihen bahnten. Die Männer gingen am Stock, die Frauen schoben Rollatoren. Er hob jedes Mal mechanisch die Hand und nickte einmal kurz, weil sich das auf dem Friedhof so gehörte, doch sie reagierten nicht. Stattdessen beäugten sie ihn misstrauisch, als wäre er ein möglicher Altenschreck, der es auf ihre Golduhren abgesehen hatte, und Hänk konnte in diesem Fall nicht genau sagen, ob es an seinen Tätowierungen oder an der Schnapsflasche lag, oder schlicht und ergreifend an dem desolaten Gesamteindruck, den er vermutlich machte. Die sollten sich mal nicht so anstellen, dachte er. Immerhin führte er hier noch keine störenden Selbstgespräche.

Mit dem Ärmel wischte er ein paar Tropfen von der tiefgrünen Flasche und trank, der Hirsch mit seinem bescheuerten Strahlenkreuz über dem Geweih glotzte teilnahmslos zurück. *Guck nicht so doof*, dachte Hänk, *ich will gar nicht wissen, wie viele Leben du mit deinen kalten Knopfaugen schon ruiniert hast.* Er erinnerte sich daran, wie er seinem Kindergartenkumpel Schorschi mal zwei Stunden lang ein Geweih auf die Rippen tätowiert hatte, nachdem der seinen Jagdschein bestanden hatte. Schorschi hatte zwei Stunden lang durchgeweint, der hatte gejault wie ein Hund mit Dorn in der Pfote, aber wenn man einmal angefangen hatte, wenn die erste Linie gezogen war, dann gab es tendenziell kein Zurück mehr. Wer abbeißt, muss auch kauen. Er dachte an seine Freundin Saskia, die zwei Flügel auf den Rücken tätowiert haben wollte, aber Geld hatte sie erst mal nur für den linken gehabt, und nach drei Jahren war der rechte Flügel immer noch nicht da, also hatten alle zusammengeschmissen und sie am Geburtstag mit verbundenen Augen ins No Regrets gebracht, und Saskia hatte auch zwei Stunden lang geheult, aber nicht wegen der Schmerzen. Gute Tage waren das gewesen, an denen Hänk sich nicht hatte vorstellen können, dass das irgendwann aufhören könnte, dass ihm irgendwann seine Felle davonschwimmen würden und er nur hilflos am Ufer stand und hinterhersah. Seine Leute hatten jetzt kein Geld mehr für Tätowierungen, die brauchten ihren letzten Pfennig für Miete und anderen Krempel. Wenn es bei denen gut lief, kauften die sich jetzt viel zu starkes Gras und ab und an mal was auf Vinyl, und die, bei denen es schlecht lief, waren längst weggezogen. Die stopften ihre Zigarettenhülsen jetzt bei ihren alten Eltern auf dem Dachboden oder im bezahlbaren Niemandsland. Seine Leute hatte Hänk damals glücklich machen wollen, weil sie es verdient hatten, gottverdammt, weil sie die ganze Woche über schufteten wie blöde und mal kurz ihre Probleme vergaßen, wenn sie mit hochgekrempeltem Ärmel bei Muddy und ihm vor dem Spiegel standen und strahlten. Die waren ins No Regrets gekommen, weil es ihnen egal war, was die Gesellschaft von ihnen hielt, das war der Spirit gewesen, und dass das heute genau umgekehrt war, dass sich jeder Ich-bin-der-Nabel-der-Welt-Hansfranz jetzt den Hals volltätowieren lassen wollte, um noch mehr Klicks abzusahnen, damit kam Hänk einfach nicht zurecht. Handykids mit hochgekrempelten Hosenbeinen und tätowierten Fingern waren kein Ersatz dafür, und dann guckten die auch noch die ganze Zeit, als säße ihnen ein Furz quer. Jetzt verdienten sie im No Regrets einen beachtlichen Teil ihres Geldes damit, alte Tätowierungen zu überstechen, und wenn jemand seinen schielenden Delfin aus El Arenal nicht mehr sehen mochte, war das ja auch in Ordnung, aber nicht alles, was zwanzig, dreißig Jahre alt war, war automatisch schlecht. Oft konnte man sehen, dass sich jemand richtig Mühe gegeben hatte, dass er aus den damaligen Mitteln das Beste herausgeholt hatte, und Hänk kam sich dann vor wie in einem dieser Kriegsfilme, wenn das treue Pferd am Boden lag und weiße Wolken schnaubte und alle Umstehenden wussten, dass der Gnadenschuss auf dem Schlachtfeld zwar gerechtfertigt sein mochte, doch was dieses Pferd wirklich verdiente, war ein Arzt und dann eine kleine Scheune mit Koppel und Apfelbaum, für den geruhsamen Lebensabend.

Hänk sah hinunter auf die Flasche in seinen Händen – sechsundfünfzig erlesene Kräuter! – und trank, er trank in großen Schlucken, bis seine Kehle streikte, er verzog das Gesicht, schüttelte sich und wartete ab, bis der Schmerz nachließ.

Die konnten ihn alle mal. Alle. Muddy und der Bulle und *Luz*, einen dämlicheren Namen hatte er in seinem ganzen Leben noch nicht gehört. Dass er Muddy mit seinen Launen auf den Wecker ging und gelegentlich auch Kundschaft verprellte, war verdammt noch mal ein Tribut, der ihm zustand. Er ertrug schließlich auch einiges. Er ertrug Muddys ständiges Geschnaufe, beim Hinsetzen und beim Aufstehen und beim Bücken, und seine morgendlichen Zwiebelmettbrötchen, eine Zumutung war das, er ertrug die ganzen Arschlöcher, die ihre Termine sausen ließen und um die Preise feilschten, als ginge es nicht um eine Tätowierung, sondern um ein Paar Schlappen auf dem Basar. Er lächelte, als eine riesige schwarze Krähe auf dem Grabstein seines Vaters landete und ganz unbedarft ihre Schwanzfedern hob. Dann breitete sie unter tiefem Krächzen die Flügel aus und verscheuchte ein paar Zaunkönige, die davonhüpften, so schnell sie konnten.

*

Bei Hausnummer Sechs trudelte vermehrt Kundschaft ein. Luz bemerkte, wie unterschiedlich die vielen Freier aussahen, die, mal nervös um sich blickend, mal von keinem Wässerchen getrübt, der Reihe nach die graue Tür aufdrückten, an der ein Reisigherz mit roter Schleife baumelte. Vom Taxifahrer bis zum Anzugträger war alles dabei. Manchmal tauchte an einem der oberen Fenster hinter rosa Gardinen eine Silhouette auf und schaute nach, wer unten stand. Dann wurde gewunken.

Muddy, der den ganzen Tag über so ausgesehen hatte, als trüge er einen Sack Findlinge mit sich herum, drehte *Back in Black* auf, reichte Luz ein Bier und ließ sich zum Dröhnen der Glocke ins Sofa sinken. Als die Gitarre einsetzte, nahm er einen beachtlichen Schluck, der die Flasche zur Hälfte leerte, dann fuhr er den Ellenbogen aus, stützte seinen Kopf ab und starrte mit glasigem Blick vor sich hin. Luz fühlte sich genau so, wie Muddy aussah. Sie wollte nicht raus auf die Straße, nicht in den Bus, nicht in das leere Zimmer in Veros Wohnung, in dem es nach klammer Wäsche und Paarproblemen roch.

»Du darfst dem das nicht krummnehmen«, sagte Muddy schließlich und setzte erneut zum Trinken an.

»Der is unglücklich.«

Draußen stellte sich eine ältere Frau mit Kopftuch und Hackenporsche unter und fing recht rabiat an, einen grauen Regenschirm zu schütteln, bis sie ihn aufspannen und weitertippeln konnte. Luz trank in kleinen Schlucken und ließ den Blick eine Weile über die vielen Fotos und Flash-Sheets an den Wänden schweifen. Sailor Jerry. Aitchison. Koeplinger, Wilson, Krak. Schlangen, Rosen, Panther, Teufel. Kakteen und Kompasse, ein Pin-up in einem Martiniglas. Als sie Muddy ansah, fiel ihr auf, dass er gar nicht ins Leere starrte, sondern dorthin, wo vorher sein Alligator gestanden hatte, den er nach Ladenschluss sehr vorsichtig in seine große Jacke gewickelt und hinter dem Tresen verstaut hatte. Auf der Fensterbank ließ sich nun anhand der dunklen Lücke im Staub erahnen, dass etwas fehlte.

»Wie habt ihr euch denn jetzt eigentlich kennengelernt,

Hänk und du?«, fragte sie und ritzte mit ihrem Daumennagel das Etikett an, wie sie es immer tat, um ihre Flasche zu markieren.

»Tja«, sagte Muddy, »also, das war kein Flachs, was der Hänk gesagt hat. Wir haben uns wirklich im Knast kennengelernt. Ist 'ne lange Geschichte.«

Luz sah hinaus in die Dunkelheit.

»Ich hab Zeit.«

Muddy stützte sich auf der Rückenlehne ab und schaute sie an.

»Also, das war in der JVA Castrop. Ich war da für eine Weile eingebuchtet und Hänk war deren Zivi.«

»Der hat seinen *Zivi* in der JVA gemacht?«

Was für ein Vogel.

Muddy sah sie kleinlaut an.

»Das ist das Erste, was du fragst?«

Sie zuckte die Achseln und griff nach ihren Luckys, die zum Glück noch halb voll waren. Als sie Muddy die Schachtel hinhielt, hob er die Hände und zog stattdessen ein abgewetztes Lederetui aus der Hosentasche, in dem sein Tabakbeutel steckte.

»Hänk und ich, wir haben uns direkt gut verstanden. Der war einfach ein guter Kerl. Bisschen grün hinter den Ohren, aber war ja auch noch jung, ne. Jedenfalls gab's da so einen Oberschließer, einen üblen Choleriker, der hieß bei allen nur Kommando Schluckauf, weil der immer Schluckauf bekommen hat, wenn er auf hundertachtzig war. Das war natürlich ungünstig von wegen der Autorität.«

Er lachte einmal kurz auf und steckte sich einen Filter in den Mundwinkel.

»Kommando Schluckauf. Hab ich ewig nicht mehr dran gedacht. Den konnte Hänk jedenfalls astrein nachmachen. Und irgendwann hab ich ihn dann mal in seiner Pause zeichnen sehen, da hatte der so kleine Comicstreifen von Kommando Schluckauf gemacht, die waren zum Schießen. Die gingen später durch alle Zellen, hat richtig Ärger gegeben deswegen, aber alle haben dichtgehalten.«

Er fuhr sich mit den Händen über die Unterarme und hob plötzlich den Blick.

»Warte. Hier.«

Er wandte sich zur Seite und zog sein T-Shirt ein wenig hoch. Auf seinen Rippen erkannte Luz eine kleine uniformierte Figur mit knallrotem Kopf und erhobenem Zeigefinger, aus deren aufgerissenem Mund eine Sprechblase kam.

Abführen! Hicks.

Muddy lächelte und ließ das T-Shirt wieder los.

»Hänk hat dann natürlich spitzbekommen, dass ich Tätowierer war. Damals waren noch nicht so viele Leute stark tätowiert, auch nicht hinter Schloss und Riegel. Nu ja. So haben wir uns jedenfalls angefreundet, und als ich dann, also als die Zeit dann um war, haben wir zusammen den Laden aufgemacht und ich hab ihm alles gezeigt, was ich konnte. Nach 'nem knappen Jahr war der besser als ich.«

Er zündete seine Zigarette an und deutete auf seinen linken Oberarm.

»Mein Rabe, der ist vom Hänk.«

Auf der Straße johlten ein paar Kids in schwarzen Baseballjacken, die sich gegenseitig herumschubsten. Einer von ihnen prallte gegen die Schaufensterscheibe, ein anderer trat vor Hausnummer Sechs eine Laterne aus. Luz sah ihnen hinterher, bis sie um die nächste Ecke verschwunden waren.

»Und warum ist der so unglücklich?«

Muddy sah ebenfalls nach draußen. Wieder leerte er ein halbes Bier auf einen Zug, Luz schätzte, dass sein Mundvolumen überdurchschnittlich groß sein musste. Er schielte kurz auf ihr

Bier, das noch fast voll war, stand schwerfällig auf, um zum Kühlschrank zu gehen, einer mattschwarzen Monstrosität mit amerikanischem Griff, die im Arbeitsbereich vor sich hin dröhnte. Als er wiederkam, hatte er sich einen Pullover übergezogen, von dem das Misfits-Logo abblätterte.

»Das letzte Mal, das ich den glücklich gesehen habe, da war der noch mit Nina zusammen«, sagte Muddy, nachdem er sich wieder aufs Sofa hatte fallen lassen. »Nina. Die war schwer in Ordnung. Und konnte tanzen, meine Herren.«

Luz konnte sich ungefähr ausmalen, was als Nächstes kommen würde. Mit einem leisen Zischen hebelte Muddy den Kronkorken ab.

»Was dann war, kann ich nicht genau sagen«, sagte er und lehnte sich wieder zurück. »Muss ich ehrlich sein. Wenn der über was nicht reden will, dann redet der da nicht drüber. Mit Nina war plötzlich Schluss und Hänk ist für 'nen Monat verschwunden. War wie vom Erdboden verschluckt.« Er senkte den Blick und drehte seine Flasche in den Händen. »Ich dachte, ich seh den nie wieder. Hat mir nie erzählt, wo er war und was er gemacht hat. Und dann ist auch noch die Mutter gestorben. Ab da war bei dem irgendwie Schluss mit lustig.«

Er drückte seine Kippe aus.

»Neulich hat er Nina in der Stadt mit Kerl und Kinderwagen gesehen. Das war auch nicht so gut.«

Luz nickte langsam und versenkte ihren Kippenstummel in der leeren Flasche auf dem Tisch. Muddy sah wieder zur Fensterbank und eine Weile hingen sie beide ihren Gedanken nach. Nur das leise Brummen des Kühlschranks war zu hören.

»Habt ihr die *No Sleep 'Til Hammersmith*?«, fragte Luz irgendwann. Draußen rollte im Schritttempo ein aufgemotzter A4 vorbei, aus dem Gangsta-Rap plärrte.

Überrascht hob Muddy die Brauen.

»Alter, guck nicht so«, sagte Luz. »Ich bin neunundzwanzig Jahre alt, und ich kenne die Platten von Motörhead. Ich bin kein Wesen vom anderen Stern.«

»Motörhead. Ja sicher«, sagte er schnell und hievte sich hoch. »Find ich auch gut. Kommt sofort.«

Luz drehte die Kippenschachtel zwischen Daumen und Zeigefinger und bekam Lust, gleich die nächste zu rauchen, doch sie zwang sich dazu, noch ein wenig zu warten. Sie zog das klebrige, feuchte Etikett von ihrer Flasche, zerknüllte es und warf es vor sich auf den Glastisch, auf den Muddy, nachdem er mit zwei neuen Flaschen in der Hand zurückgekommen war, einen Schlüssel legte. Mit dem Zeigefinger schob er ihn zu ihr rüber und lächelte, sodass Luz seine krummen dunklen Zähne sah.

»Willkommen im No Regrets.«

Er deutete auf das Bier in ihren Händen.

»Der richtige Trinker hält die Flasche übrigens am Hals fest. Dann bleibt das länger kalt, nech.«

Luz sah runter auf die Flasche in ihrer Hand und musste zugeben, dass da was dran war. Sie wechselte den Griff. Dann steckte sie den Schlüssel ein und deutete mit dem Kinn auf Muddys Bier.

»Du lässt ja eh nichts anbrennen.«

»Das kommt vom Durst«, sagte er verlegen und kratzte sich am Hinterkopf. In seiner Achselhöhle kamen einige Mottenlöcher zum Vorschein.

»Und übrigens«, sagte er dann. »Wegen der Kohle. Wir machen vierzig/sechzig. Ist nicht dolle, ich weiß, aber geht grad nicht anders. Und wenn dir das nächste Mal einer mit fifty-fifty kommt, zeigst du dem den Mittelfinger und gehst. Dann zieht der dich über den Tisch.«

»Ich weiß«, sagte Luz und hob ihre Flasche. »Und danke.«

Er hob ebenfalls die Flasche und trank.

»Da nich für.«

Dann sah Muddy wieder aus dem Fenster, ließ die Mundwinkel sinken und wippte gedankenversunken mit dem Fuß zur Musik.

*

Hänk hing durchnässt auf der Bank, und die Flasche war leer, er hatte sie schon einige Male erfolglos angesetzt und geschüttelt, er brauchte eine neue, konnte sich aber nicht dazu bringen aufzustehen. Der nächste Rentner, der hier vorbeikam, sollte ihm gefälligst einen Schluck Klosterfrau Melissengeist abgeben. Wobei, vermutlich war das verschnörkelte Eisentor zwischen den Löwenstatuen längst schon abgeschlossen. Er würde sich durch irgendeine Hecke schlagen müssen. Auf dem schmalen Weg mit dem rötlichen Lehmboden, der zum südlichen Teil des Friedhofs führte, wo die efeubewachsene Kapelle für die Beerdigungen stand, tauchte nun eine schmale Gestalt auf, die langsam näher kam und kurz vor der Bank im gelblichen Lichtkegel der Laterne stehen blieb.

»Tach, Junge.«

Etwas verdattert richtete Hänk sich auf, blinzelte ein paarmal verkniffen und erkannte Heinrich vom Büdchen, der gerade seinen Hut lüpfte. Das sah man heute gar nicht mehr, dachte Hänk, jemanden, der seinen Hut lüpft, eine Schwarzweißfilmgeste, die irgendwie Stil hatte. Hänk tat so, als habe er auch einen auf.

»Heinrich«, grüßte er und klopfte neben sich auf die Bank. »Setz dich. Was machst du denn hier?«

»Ich will nicht stören«, sagte Büdchen-Heinrich und wollte sich schon abwenden, doch Hänk, der plötzlich alles dafür gegeben hätte, nicht mehr allein auf dieser feuchten Friedhofsbank zu sitzen, streckte die Hand aus, wie um den Alten festzuhalten.

»Du störst doch nicht«, rief er. »Komm, setz dich. Setz dich.

Hast du zufällig ein Bier dabei? Guck mal, hört auch auf zu regnen.«

Tatsächlich fielen die Tropfen jetzt nur noch von den Ästen der vielen Büsche und Bäume, ein Scheinregen, der all die Stellen nass machte, die sonst am längsten trocken blieben. Heinrich zögerte kurz, nahm dann jedoch Platz, er legte seinen Hut neben sich ab, schlug die Beine übereinander und schien einige Zeit die glänzend flirrenden Blätter der Blutbuche zu betrachten, die zu ihrer Linken in den Himmel ragte. Tiefe, senkrechte Furchen bestimmten seine Gesichtszüge, als hätte man eine Klinge durch Knete gezogen. Hänk roch Rasierwasser, einen schweren Großvaterduft nach Leder, Seife und süßlichen Zigarillos, wie er früher über jeder Kneipe gehangen hatte, als man noch drinnen rauchen durfte und in jedem Badezimmer ein Rasierpinsel stand. Der Alte lehnte sich etwas näher zu Hänk herüber und sah ihn von der Seite an.

»Was machst du denn hier, Junge?«

»Ich?«

Hänk sah sich einmal um, wie um sicherzugehen, dass Heinrich niemand anderen meinte.

»Ich sitze hier und denke an früher«, sagte er und deutete auf das Grab. »Aber eigentlich besuche ich meine Mutter.«

»Ah so.« Der Alte nickte. »Hübsche Blumen. Macht das hier der, sach noch schnell, der Goosen vom Friedhof?«

»Nee«, sagte Hänk. »Das mach ich.«

»Ah so. Und was ist mit daneben?«

»Daneben? Daneben liegt mein Vater.«

Der Alte sah ihn an, sagte jedoch nichts. Dann glitt seine Hand ins Innenfutter des Mantels, und er zog einen Flachmann hervor, den er aufschraubte und Hänk reichte, noch ehe er selbst einen Schluck genommen hatte. Ein Weinbrand, dachte Hänk, nachdem er getrunken hatte, guter Mann.

»Ah«, machte Hänk und schüttelte sich. »Und was machst du hier?«

»Ich habe meine Frau besucht«, sagte Heinrich, lehnte sich an und verschränkte die Finger über der Gürtelschnalle. Dann verzog er das Gesicht und drehte sich um.

»Unbequem, ne?«, sagte Hänk empört, bevor er den Flachmann wieder ansetzte.

»Ja, recht unbequem«, pflichtete Heinrich ihm bei.

»Gretel, so hieß meine Frau«, sagte er dann. »Ich habe sie immer Gretchen genannt. Sie war Verkäuferin im Geschäft von ihren Eltern, in Dümpten.«

Er hob seine Hand und beschrieb in der Luft einen Halbkreis.

»›Meterware und Zubehör Raschke‹. Das Schild habe ich heute noch vor Augen. Der Vater war Kriegsrückkehrer, hochdekoriert, das wussten die Leute. Der hatte treue Kundschaft bis an sein Lebensende.« Er zog eine Packung Zigarillos aus der Manteltasche und steckte sich einen an. Hänk sah, wie das Feuerzeug zitterte, wobei es eher ein rhythmisches Dauerwackeln war, nichts Akutes. Der Alte musste ein paarmal schnippen, bevor es klappte.

»Der Raschke hatte zwei Töchter, Anni und Gretel. Anni war die Jüngere. Ein hübsches Mädchen mit dicken Haaren, strohblond wie die Mutter. Wohnt immer noch drüben in Heimaterde. Na ja. In die waren die ganzen Jungens von meiner Arbeit verliebt.«

Er paffte und sah dem Rauch hinterher.

»Gretel, die galt als eine auf dem Weg zur alten Jungfer. Mit fünfundzwanzig, stell dir das mal vor. War ja Frauenüberschuss damals. Die war kleiner als ihre Schwester, die hatte nicht so die Kurven und hatte ein bisschen eine krumme Nase, weil sie als Kind mal die Kellertreppe runtergefallen war.«

Er sah Hänk an und zuckte die Achseln. Dann tippte er sich

an die Schläfe und zog die Brauen hoch, die, wie Hänk nun feststellte, fast ausschließlich aus zu langen Haaren zu bestehen schienen.

»Aber die Augen«, sagte Heinrich, »die hatte so wache Augen, da konnte man sehen, dass da jede Menge los war in dem Kopf, krumme Nase hin oder her. Das gefiel mir.«

Hänk holte nun auch seinen Tabak raus und fummelte die richtige Menge aufs Blättchen, was mit halb feuchten Fingern gar nicht so einfach war.

»Aber was macht ein Junggeselle auf Freiersfüßen«, nuschelte er mit dem Filter im Mund, »wenn die Liebste Meterwaren verkauft?«

»*Genau*«, sagte Heinrich und paffte. »Das war wirklich ein Problem. Ich konnte ja nicht jede Woche neue Gardinen bestellen. Und selbst wenn, waren immer die Eltern im Geschäft. Und Geld hatte ich ja auch kaum. Die Anni hat der Vater nie aus den Augen gelassen, die durfte noch nicht mal mit Männern reden. Aber Gretel durfte Sonntagsmorgens auf den Markt, um einzukaufen. Und da hab ich sie mir geschnappt.«

Hänk lächelte nun ebenfalls und klopfte Heinrich anerkennend auf den Oberschenkel.

»Also, leicht war das auch nicht. Die Leute haben ja so schnell geredet, da musste man aufpassen. Aber ich habe immer versucht, ein paar Groschen für den Sonntag zur Seite zu legen, damit ich ihr Blumen schenken konnte, oder eine Schokolade. Damals machte man das so. Am liebsten mochte sie Pfingstrosen. Aber die waren teuer. Die bringe ich ihr heute noch zum Geburtstag. Pfingstrosen. Und Kerzen. Die mochte sie auch.«

Plötzlich wirkte der Alte ganz gedankenversunken, er nickte sanft mit dem Kopf und atmete einmal tief aus. Hänk rauchte in Ruhe und versuchte zu vergessen, dass er zwar nass war, alkoholtechnisch aber wieder auf dem Trockenen saß.

»Weißt du«, sagte Heinrich schließlich und drückte den Zigarillo am Mülleimer aus, »wenn man so alt ist wie ich, kann man den ganzen Tag mit seinen Erinnerungen zubringen. Man erinnert sich sogar an Sachen, an die man sich unmöglich erinnern kann.«

Er warf den Stummel weg und senkte ein wenig die Stimme.

»Und jetzt hör mal zu, Junge, eins ist nämlich wichtig.«

Er sah Hänk aus dem Augenwinkel an und lehnte sich etwas näher zu ihm herüber.

»Es gibt zwei Arten, sich zu erinnern. Man kann sich an die schlimmen Zeiten erinnern. Dann wird man froh, dass es nicht mehr so ist. Oder man erinnert sich an die schönen. Dann wird man traurig, dass es nicht mehr so ist.«

Hänk zog an seiner Zigarette.

»Und was wirst du?«

»Ich?«, fragte Heinrich gedehnt. »Ob ich froh oder traurig werde?« Er setzte seinen Hut wieder auf. »Ich werde nächstes Jahr achtzig, mein Junge. Ich werde beides.«

Er deutete ein Lächeln an und stützte sich, als er mit Mühe aufstand, auf Hänks Schulter ab.

»Ich will ja nur sagen, fang nicht zu früh damit an. Macht das Leben nicht einfacher. Und mach nicht mehr so lang.«

»Nee, mach ich nicht«, sagte Hänk, richtete sich auf und schlug die Beine übereinander, um etwas weniger bedient zu wirken.

»Tschö, Heinrich. Bist'n feiner Kerl. Mach's gut.«

Der alte Mann drehte sich noch einmal um und winkte mit seinen krummen Fingern, wie es alte Leute für gewöhnlich taten. Nicht hin und her wie beim Fensterputzen, sondern auf und ab, wie um zu sagen, *Ach hör doch auf.* Hänk sah ihm hinterher, einer schmalen Figur mit Hut und Mantel, die an Gräbern vorüberging.

Als Heinrich nicht mehr zu sehen war, fühlte Hänk sich mit einem Mal einsam und verlassen, er fühlte sich wie ein alter Hund, der an der Autobahn ausgesetzt worden war, weil er zu oft auf den Wohnzimmerteppich gepinkelt hatte. Wieder hob er vergeblich die leere Flasche an die Lippen. Das hatte man davon, wenn man zur Melancholie neigte, dachte Hänk, dann saß man mir nichts, dir nichts im Regen auf dem Friedhof und der Schnaps war alle. Er hätte nicht herkommen sollen, dachte er dann, seine Mutter war so zäh gewesen, die hatte noch mit neununddreißig Grad Fieber Holz gehackt, und trotzdem hatte dieser scheiß Krebs sie binnen eines Jahres kleingekriegt. Er starrte auf die ungleichen Gräber, bis sie vor seinen Augen verschwammen, und es dauerte einen Moment, bis er begriff, dass er weinte. Er warf die Flasche neben sich in eine Dornenhecke. Kurz fragte er sich, ob es sich lohnen würde, hier auf der Bank einzuschlafen, doch mit ziemlicher Sicherheit war es nachts noch nicht kalt genug. Das reichte höchstens für eine Lungenentzündung. Außerdem drückte diese vermaledeite oberste Latte im Rücken. Er rutschte etwas tiefer, breitete die Arme auf der Lehne aus und ließ den Kopf einfach zur Seite kippen. Das tat gut. Was für ein fabelhaftes Kissen die eigene Schulter doch manchmal abgab. Er spürte noch, wie ihm ein Tropfen von der Nase rollte. Dann machte er die Augen zu. Nur einmal kurz.

8

RUDI STAND in der Eiche-rustikal-Küche seiner Eltern und sollte Sahne schlagen. Das klang zunächst einfach, wie jede Tätigkeit im Haushalt zunächst einfach klang – Treppe saugen, Schuhe putzen, Spülmaschine einräumen. War es aber nicht. Nicht in diesem Haus. Die Sahne durfte weder zu steif noch zu flüssig werden. Zu süß durfte sie auch nicht sein, doch da war die Anweisung seines Vaters idiotensicher, zwei Teelöffel Zucker, nicht mehr und nicht weniger, der richtige Löffel lag extra schon auf dem Tisch bereit. Offenbar eignete sich nicht jeder Teelöffel zum Zuckerabmessen. In den Kaffeefilter kamen vier gestrichene Löffel Kaffee, der Griff der Kaffeekanne zeigte unbedingt nach vorn, um die Wärmeplatte beim Hineinstellen und Hinausziehen der Kanne so wenig wie möglich zu beanspruchen oder gar zu zerkratzen. Für alles, was es hier zu tun gab, hatte ihm sein Vater von jeher unmissverständliche Leitsätze eingebläut, und einer von ihnen lautete: Schaden minimieren, Nutzen maximieren. Warum die Pflaumenmarmelade öffnen, bevor die Erdbeerkonfitüre verbraucht war? Für seinen Vater grenzte das an Wahnsinn. Eine Tasse auf der unteren Schiene der Spülmaschine, wo eigentlich die Teller hinkamen? Platzverschwendung. Ein etwas zu großer Bettbezug? Unerträglich. Hätte sein Vater gekonnt, er hätte alles allein gemacht: Rudi und seine Mutter hätte er tagsüber in eine Ecke gestellt und um sie herumgelebt, als wären sie zwei sehr große Porzellanfiguren. Auf diese Art wären sie da gewesen, ohne dass er ständig ihre Gedankenlosigkeiten richten musste, ihre saloppen Handschläge, denen jede Liebe zum Detail abging. Rudis Mutter ertrug das rigide Regelwerk seines Vaters mit übermenschlichem Stoizismus, regte ihn allerdings zu Hobbys außerhalb des Hauses an: Bogenschießen, Vögel beobachten, zum Baumarkt fahren. Auf eine Art, das merkte Rudi nun immer häufiger, war sie ihm schon früh ein wenig unheimlich gewesen, seine Mutter, in diesem Sich-zurücknehmen, in diesem Alles-ohne-Widerworte-Ertragen. Sein Vater sagte ihr, wie man sich die Fingernägel schnitt, wie breit die Zwiebelringe zu sein hatten, wie man die Betten machte und lautlos Türen schloss. Wie man die Einkaufsliste strukturierte (nach dem Standort des Artikels im jeweiligen Supermarkt, die Liste gab den kürzesten Weg vor). Ihr schien es, im Gegensatz zu Rudi, nichts auszumachen. Sie schien nicht innerlich zu verbrennen. Auf sie wirkte sich das Ganze nur insofern aus, als dass sie über die Jahre zu einer verblassten Nebelfrau geworden war, deren Blick nie so ganz das sah, was vor ihr lag, sondern wirkte, wie in eine Jenseitswelt gerichtet. Eine Stephen-King-Mutter, vor der die Nachbarskinder intuitiv Reißaus nahmen, obwohl sie niemandem jemals ein Haar gekrümmt hatte oder krümmen würde. Heute beim Bäcker hatte ihr der geschwätzige Inhaber mit der glänzenden Stirn den Bienenstich über die Theke gereicht und gesagt: »Aber nicht stechen lassen, ne.« Rudi hatte sich zusammengerissen, um nicht an die Decke zu gucken, doch seine Mutter hatte das Päckchen wie beseelt angenommen und entgegnet: »Doch! Da weiß man, dass man am Leben ist.«

»*Dolf*«, rief sie gerade, »soll ich dein Bett machen?«

Er schaltete das Rührgerät aus und hob prüfend die Quirle aus der Sahne. Etwas zu steif. Verflixt. Er klopfte sie am Schüsselrand ab.

»Nein, ich hab morgen früh Vorlesung.«

»Ach, wie schade. Im Vierten läuft *Fünf gegen Jauch ...*«

»Ja, schade. Aber den Anfang können wir ja noch zusammen gucken.«

Rudi kniff die Augen zusammen und holte tief Luft. Mit einem einzigen Satz hatte er seinen Besuch um mindestens drei Stunden verlängert. Sein Vater kam mit einer Art Schraubenschlüssel in der Hand herein.

»Liegt hier irgendwo meine achtzehner Nuss?«

Schnell schirmte Rudi die Sahneschüssel mit dem Körper ab. »Auf der Fensterbank, glaube ich.«

»Wer hat die denn da schon wieder hingelegt?« Er nahm die Schirmmütze ab und wischte sich den Schweiß von der Stirn.

»Iris! Nicht immer meine Nüsse verlegen bitte.«

»Wie?« Rudis Mutter steckte den Kopf zur Tür hinein.

»Ich suche ständig mein Werkzeug, weil du es irgendwo verlegt hast. Das ist mir wirklich lästig. So wird das Fahrrad nie fertig.«

»Tut mir leid, Rainer. Kaffee ist fertig, und der Kuchen steht auf dem Tisch. Also kommt und setzt euch. Klaus und Tante Ilona sind auch schon da.«

Sein Vater grummelte etwas und schüttelte seine senfgelbe Steppjacke aus dem Schlussverkauf ab, die er und Rudis Mutter nun immer im Partnerlook trugen, als wären sie Team Senfgelb. Er wusch sich energisch die Hände, als wäre all das der Feind: Kettenfett, Seife, Wasser. Rudi rührte unterdessen verzweifelt einen Schuss Milch in die Sahne und trug die weiße Porzellanschüssel wie eine drittklassige Gabe für den Sultan ins Esszimmer, wo seine Mutter schon mit Onkel und Tante bereit saß, um sich ausdauernd anzuschweigen. Einmal hatte Rudi das Radio angestellt, da hatten alle sofort das Gesicht verzogen und Tante Ilona hatte protestiert: »Ach komm, mach aus, das ist so ungemütlich.« Wobei es für Rudi im Grunde sehr viel besser war, wenn nicht geredet, sondern geschwiegen wurde. Solange geschwiegen wurde, fing Onkel Klaus nicht mit den Zoten aus seiner Bauernjugend an, die niemanden interessierten, und knuffte Rudi nicht andauernd in die Seite, dass ihm der Kaffee überschwappte, und fragte zum hunderttausendsten Mal: »Na, wann stellst du uns mal deine Freundin vor? Du kannst mir doch nicht erzählen, dass so ein kerniger Lümmel wie du keine Freundin hat.«

Rudi schob sich dann eine große Gabel voll Kuchen in den Mund, um nichts sagen zu müssen, und Tante Ilona winkte ab und sagte: »Ach Klaus, bei den jungen Leuten ist das nicht mehr so, die treffen sich heutzutage einfach so, wie sie wollen, manchmal sogar einfach nur, um du weißt schon was zu machen …«, und an der Stelle schaltete sich dann sein Vater ein und sagte: »So, Schluss jetzt, der Junge soll die Finger von den Mädchen lassen und mit seinem Studium fertig werden. Ich habe heute im Wald einen Sprinz gesehen.«

Jedes Mal, wenn Rudi seinen hageren, ständig angespannten Vater längere Zeit beobachtete, musste er an einen Tag denken, an dem sie zusammen vor dem Fernseher gesessen hatten, weil eine Wiederholung von *Forsthaus Falkenau* lief. Es war kurz vor Weihnachten gewesen, der Baum stand schon in der Wohnzimmerecke, die Kiste mit dem Schmuck daneben, und Rudi durfte eine große Schale Kellogg's Smacks essen, obwohl das Abendessen noch keine halbe Stunde her war. Sein Vater sah gerne *Forsthaus Falkenau*, weil es ihn an seine Kindheitsurlaube im Bayerischen Wald erinnerte. Rudi mochte die Sendung, weil er sich vorstellte, mit Markus Rombach im kalten Fluss zu baden oder Schlitten zu fahren oder beim Nachbarn heimlich Äpfel zu pflücken. Seit einiger Zeit dämmerte ihm, dass etwas bei ihm anders war, ohne in seinem neunjährigen Kopf die richtigen Worte dafür zu haben, dass er eben bei Markus Rombach diese aufregenden Dinge dachte. Dass er sich vorstellte, wie ihn der Förstersohn aufmunternd bei der Hand nahm und ins Wasser zog und mit einem Zwinkern in den Augen sagte, *Na los, sei kein Frosch*, und sie sich voller Übermut gegenseitig nass spritzten und nach dem Schwimmen glücklich bibbernd in der Sonne saßen, Arm in Arm, und dann ... Bei Rica Rombach dachte er so etwas jedenfalls nicht.

Mit seinen Eltern, das wusste er damals schon, konnte er darüber nicht sprechen. Nicht nur, weil sie waren, wie sie waren, sondern auch, weil man nicht über etwas sprechen konnte, von dem man gar nicht wusste, worum es sich genau handelte. Bis zu jenem frühen Vorweihnachtsabend war ihm das Ausmaß dieser Markus-Rombach-Sache allerdings nicht in vollem Umfang bewusst gewesen, sie war eher ein verschwommenes Fragezeichen gewesen, das er im Hinterkopf mit sich herumtrug und über das er allenfalls kurz vor dem Einschlafen nachdachte. Jedenfalls lief gerade noch die Promi-Sendung, die seine Mutter so gerne sah, und eine stark geschminkte blonde Moderatorin kommentierte eine MAZ von zwei Männern in Anzügen, die sich freudestrahlend an der Hand hielten und im Blitzlichtgewitter winkten. Elton John und ein gewisser Simon lebten nun, wie sie berichtete, in etwas, das sich »eingetragene Partnerschaft« nannte. Rudi hatte sich die schwierigen Wörter wegen dem gemerkt, was danach kam.

»Diese Homos«, hatte sein Vater zu seiner Mutter gesagt. »Dass so was jetzt erlaubt ist. Komm, schalt um, bevor mir schlecht wird.«

Seine Mutter hatte umgeschaltet und sein Vater hatte noch ein bisschen Knöterich gegessen, ihm war also nicht schlecht geworden, im Gegensatz zu Rudi, dessen Smacks in der blauen Power-Rangers-Schale aufgeweicht waren, bis nur noch ein süßer Brei übrig blieb, und später hatte seine Mutter geschimpft, weil sie die Pampe wegschütten musste und man Essen nicht verschwendete.

»Da können wir uns ja auch gleich Butter auf den Kuchen schmieren!«, hörte er seinen Vater nun, als der die Sahne begutachtete. Sein Vater hatte von Natur aus sehr schmale Lippen, aber wenn man gar keine mehr sah, hatte man etwas falsch gemacht. Er schüttelte den Kopf und kleckste sich verärgert einen Löffel auf den Teller, und Rudi fragte sich, was das überhaupt sollte, Sahne zum Bienenstich, im Grunde war das doppelt gemoppelt und stand in krassem Gegensatz zur üblichen Effizienzsucht seines Vaters, der die Schüssel gerade angewidert an Tante Ilona weiterreichte, als handle es sich um eine mittelalterliche Spuckschale.

»Man möchte meinen, wer studiert, der kann auch Sahne schlagen. Und wie sehen überhaupt deine Haare aus?«

»Tut mir leid«, sagte Rudi. Er spürte, dass er alle zehn Zehen auf den Boden presste. »Ich habe gestern meine Hausarbeit zu modernem Design wiederbekommen.«

»Und?«, fragte sein Onkel mit vollem Mund und einem Mandelstück im Bart, auch seine Mutter hob den Blick.

»Eine Eins.«

»Na, das ist doch mal was.«

Sein Vater stach mit der Kuchengabel zu, dass der Teller quietschte.

»Wann stellst du uns mal deine Freundin vor?«, hörte Rudi nun seinen Onkel abspulen, er setzte zu einem langen Schluck Kaffee aus der viel zu kleinen Schnörkeltasse an und guckte auf das hin und her schwingende goldene Pendel der alten Standuhr neben der Tür, und dann auf den großen Zeiger, der eigentlich nur noch fünfundvierzigmal hätte zucken müssen, bevor er wieder ins Auto steigen und nach Hause hätte fahren können. Aber jetzt stand ja Günther Jauch auf dem Programm.

9

HÄNK KLEBTE fest.

Ohne die Augen zu öffnen, wusste er, dass er nicht wusste, wo er war. Kurz fragte er sich, ob er tot war, doch Tote stellten sich keine Fragen mehr. Hinter seinen geschlossenen Lidern war es so dunkel, dass es in der Welt auch noch dunkel sein musste. Er stöhnte und beschloss, sein Bewusstsein unbedingt noch einmal möglichst weit von sich wegzuschieben. Als er sich umdrehen wollte, spannte seine Backe und löste sich mit einem leisen Schmatzgeräusch vom Untergrund. Benebelt wischte er sich etwas Sabber aus dem Mundwinkel, bevor er sich wie eine Robbe auf den Rücken wälzte. Worauf auch immer er lag, es war glatt und weich. Er hatte eine Decke. So schlimm konnte es also nicht sein. Und dafür, dass er keine Hose trug, konnte es tausend Gründe geben.

*

Nun war es hell, und es gab auch Geräusche. Ein Auto holperte irgendwo über Pflaster. Hänk murrte und legte sich einen kühlenden Unterarm auf die Stirn. Als er vorsichtig ein Auge öffnete, sah er Spinnweben. Es roch nach kaltem Rauch. *Thank you, Jesus*, dachte er und stöhnte noch einmal. Das tat gut, Stöhnen.

Er lag im Laden. Auf dem Sofa.

Es dauerte jedoch nicht lange, bis die Erleichterung einem diffusen, unguten Gefühl wich. Die Dämonen der Erinnerung an den gestrigen Abend reckten ihre Krallen durch die Tür. *Lass deine Kauleiste sanieren.* Was er zu Muddy gesagt hatte, war nicht in Ordnung gewesen, es war unterste Schublade gewesen, er hatte da hingeschlagen, wo es wehtat, und das beinahe grundlos. Muddy hatte nun mal Panik vor dem Zahnarzt, das war sein gutes Recht, seine Achillesferse, die hatte doch jeder. Wer Lust hatte, sich Muddy zum lebenslangen Feind zu machen, musste nur behaupten, eine Tätowiermaschine klänge wie ein Zahnarztbohrer. Hänk wusste, wie sehr sein Freund unter seinen schlechten Zähnen litt, dass sie ständig wehtaten und nachts abbrachen und er deshalb auch nie eine Frau ansprach, die ihm gefiel.

Er fragte sich, wie spät es war. Ekelhaft früh vermutlich, ab einem gewissen Alter war es einem nicht mehr vergönnt, seinen Rausch vernünftig auszuschlafen. Ihn fröstelte, sein ganzer Körper war eine einzige Gänsehaut.

Klonklonklonk.

Erst reagierte er nicht, doch das Klopfen hörte einfach nicht auf. Ganz in der Nähe klopfte jemand penetrant an eine Scheibe. *Satan*, dachte Hänk, drehte mit Mühe den Kopf und konnte durch seine Augenschlitze ausgerechnet Betty sehen, eine der erfolgreicheren Damen aus Hausnummer Sechs, die gut gelaunt in Leopardenrock und Trenchcoat vor dem Laden stand und winkte. Dann deutete sie mit dem Finger auf seine Körpermitte und machte mit der anderen Hand einen Daumen hoch. Hänk hob den Kopf ein wenig an, und da sah er auch schon die deutliche Beule in seiner Boxershorts. Die scheiß Decke war runtergefallen. Er stieß ein paar Flüche aus. Trotz der Dringlichkeit der Lage fischte er die Decke nur langsam vom Boden auf, zog sie sich hasserfüllt über die Schulter und drehte Betty und dem Rest der Welt den Rücken zu.

*

Draußen kam ein Krankenwagen mit Sirene durch die Straße gebrettert, und jetzt war er wach, endgültig wach, der *point of no return* war überschritten. Außerdem war es scheiße, hier weiter auf dem Präsentierteller zu liegen, warum hatte er die Vorhänge nicht zugezogen, verdammt. Allein war er auch nicht mehr, er hörte gedämpfte Stimmen und Herumwerkelgeräusche aus dem Arbeitsbereich. Ein Staubsauger ging an. Hänk warf einen grimmigen Blick in Richtung Vorhang, doch der Vorhang war nicht mehr da. Verwirrt richtete er sich auf und rieb sich einige Male über sein zerknautschtes Gesicht. Vermutlich sah er aus wie eine Bulldogge. Eine hässliche. Auf dem Tisch stand ein Wasserglas für ihn bereit, aus dem er vorsichtig ein paar Schlucke nahm. Etwas überrascht stellte er fest, dass seine Schläfen nicht pochten, oder zumindest noch nicht, dafür war ihm speiübel. Als er sich umsah, entdeckte er auf der Heizung seine Jeans mit den Löchern an den Knien. Der Alligator war weg. Er stöhnte leise und rieb sich weiter das Gesicht, dann die Kopfhaut, dann knetete er seinen Nacken und dehnte einmal links und rechts den Hals. Sein Rücken tat weh.

»Moin moin, Schlafmütze«, hörte er eine Stimme hinter sich. Muddy trug gelbe Putzhandschuhe und hatte eine Flasche WC-Ente in der Hand, das albernste Reinigungsmittel der Welt, mit dem gebogenen Hals, der aussah wie ein Dünndarm.

»Es ist schon Viertel vor Kuckuck. Aber keine Sorge, der Laden bleibt heute dicht. Ruh dich aus. Brauchst du was? Wasser? Kaffee? Hier, deine Buxe.«

Eine warme Hose landete in seinem Schoß, zur Feier des Tages war also die Heizung an. Sonderbar. Hänk stellte erleichtert fest, dass sein Portemonnaie noch dort steckte, wo es immer steckte, in der rechten Arschtasche. Seine Jacke hing auch an der Garderobe, sie sah dreckig aus. Muddy wirkte freundlich, das war natürlich gut, doch so ganz traute er dem Braten nicht. Vielleicht, dachte Hänk, sparte sein Kumpel sich das Donnerwetter wie eine geübte Mutter für später auf, weil sie nicht allein waren.

»Wie bin ich hierhingekommen?«, fragte er und stieg mit dem ersten Fuß ins hochgekrempelte Hosenbein.

»Keine Ahnung«, sagte Muddy. »Du standst plötzlich vor der Tür.«

Hänk kniff die Augen zusammen, weil es entschieden zu hell hier vorn war und weil er versuchte, sich zu erinnern, aber das Stück zwischen Friedhof und Laden war weg. Er zog sich im Schneckentempo an, um seinen Körper nicht zu überfordern, die Verbindung zwischen seinen Sinnen und seinem Gehirn war noch nicht ganz synchron. Gleichzeitig beobachtete er Muddy aus dem Augenwinkel, der anfing, unter lautem Geklimper einige leere Bierflaschen vom Tisch in eine grellgelbe Netto-Tüte zu räumen.

»Waren wir das?«, fragte Hänk unsicher, um das Ausmaß seines Filmrisses genauer einzugrenzen. Das Schlimmste war, wenn man mit jemandem geredet hatte. Sein Mund klebte widerlich und seine Zähne waren belegt, er brauchte noch mehr Wasser und pinkeln musste er auch, dringend, ein Teufelskreis.

»Ich schon«, sagte Muddy und stellte die Tüte an die Tür. »Du warst schon voll, als du hier ankamst. Und dann bist du eingeschlafen.«

»Mh.«

Beim Aufstehen entfuhr Hänk wieder ein Stöhnen, er zog seine Hose hoch, ließ sie allerdings offen und wollte sich gerade leicht gekrümmt auf den Weg zum Klo machen, da hörte er Muddy sagen: »Du warst klatschnass. Deshalb haben wir dich ausgezogen. Und du hast Mülltonnen umgetreten, hast du gesagt.«

Hänk fror noch in der Bewegung ein und schloss die Augen. *Ach ja.*

»Was heißt denn *wir*?«

»Na, Lutz und ich.«

Er hielt die Luft an, um nicht sauer aufzustoßen, und legte sich eine beruhigende Hand in die Magengegend, was nicht viel half.

»Ihr habt hier zusammen gesoffen oder was?«

»Ja«, sagte Muddy. »Was dagegen?«

Er zog theatralisch an jedem einzelnen gelben Finger und faltete die Handschuhe, bevor er sie auf den Tresen legte.

»Wir haben ein Feierabendbierchen getrunken. War sehr nett.«

Hänk reagierte nicht und schleppte sich weiter in Richtung Klo. Nichtsahnend betrat er den Arbeitsbereich und sah nur noch, wie Rudi, der mit geballten Fäusten auf seinem Stuhl saß, die Augen schloss. Vor ihm hing die Neue und hielt ihm irgendwelche Folterinstrumente ins Gesicht.

»Jetzt einmal tief ausatmen. So. Schon vorbei.«

Rudi tat etwas sehr Merkwürdiges, er sah plötzlich aus wie ein auf stumm geschalteter Opernsänger, dann fingen seine Augen an zu tränen. Er atmete hörbar aus und sagte schließlich so etwas wie: »Uaah.« Die Neue reichte ihm ein Taschentuch, und nachdem er sich die Tränen abgetupft hatte, hielt sie ihm einen Taschenspiegel vor die Nase, in der nun ein Ring steckte.

Wäre Hänk nicht sowieso schon schlecht gewesen, wäre es ihm spätestens jetzt geworden. Dann merkte er, dass er hier mit offener Hose herumstand, er wandte sich ab und schloss die Klotür lautstark hinter sich. Es war ein großes Glück, dass der menschliche Körper genau dafür gemacht war, auf dem Pott den Kopf in die Hände zu stützen. Seine Blase leerte sich und er atmete auf.

Irgendwann schreckte er hoch, weil er drüben Stimmen hörte.

»Mensch, Schotter, wie geht's dir, Diggi?«, rief Muddy. »Komm rein, komm rein! Lange nicht gesehen. Wie geht's, wie steht's?«

»Schlechten Menschen geht's immer gut«, hörte er Schotters heisere Kratzstimme. »Ich komm grad vonne Frühschicht. Und was treibt ihr hier?«

»Wir machen heute klar Schiff. Wurde mal wieder Zeit. Und nächste Woche Freitag ist Walk-in. Komm rum, wenn wir was für dich tun können.«

Hänks Gesicht zog sich zusammen, als hätte er auf eine faule Nuss gebissen. *Walk-in*? Er zerrte seine klamme Hose hoch, drückte die Spülung und wusch sich, ohne in den Spiegel zu sehen, Hände und Gesicht.

»Hänkster!«, rief Schotter ihm vom Sofa aus zu, als er nach vorn kam. Der Schweißer trug seine übliche Jeanskutte, die ihm bis über den Hintern reichte, weil er nur etwa eins sechzig groß war. Was ihm an Größe fehlte, machte er mit einer beeindruckenden Bierplauze wieder wett.

»Ich hab gehört, du hast hier ein Rohr verlegt!«

Sofort lief Schotter, der ohnehin eine gesunde Gesichtsfarbe besaß, knallrot an und haute sich mit seinen Patschhänden auf die Knie, während Muddy, der gerade Tassen vom Tresen einsammelte, fragend zwischen ihnen hin- und hersah.

»Hä?«

»Frag Betty«, japste Schotter.

Das kann doch alles nicht wahr sein, dachte Hänk, ging zu seiner Jacke und zog den Tabak aus der Innentasche. Der Beutel war leer. Vollends bedient ließ er sich neben ihrem Gast auf das Sofa fallen und suchte seine Schuhe zusammen, die, wie er angewidert feststellte, innen noch feucht waren.

»Mach dir nix draus«, winkte Schotter nun ab, der sich gerade eine Zigarette ansteckte und ihm den Arm tätschelte. »Ihr ahnt ja nicht, was *mir* letzten Samstag passiert ist.«

Die Neue kam rein und ließ Schotter kurzzeitig verstummen.

»Darf ich vorstellen«, sagte Muddy schnell, »das ist Lutz, unsere Neue. Keine dummen Sprüche bitte, das hatten wir schon. Was war denn nu am Samstag?«

Schotter parkte seine Zigarette im Aschenbecher. Sein Blick wurde plötzlich unscharf und er schüttelte den kahl rasierten Kopf, als wäre er ein Lawinenopfer im Fernsehen, das gerade von den Sanitätern eine goldene Rettungsdecke umgelegt bekam.

»Also, ich hab ja schon einiges erlebt, aber so was ... so was ist mir echt noch nie passiert. Darf man eigentlich gar nicht erzählen so was.«

Muddy, der sich neben ihm auf die Sofalehne gesetzt hatte, klopfte ihm einmal aufmunternd gegen den Oberarm. Wieder schüttelte Schotter den Kopf, und es dauerte eine Weile, bis er zu erzählen anfing.

»Also ... Ich hab so 'ne Alte kennengelernt. Beim Darten, drüben bei Ingo. Wir haben alle gebechert, bis wir nicht mehr getroffen haben, und dann wollte die mich unbedingt mit zu sich nach Hause nehmen.«

Muddy runzelte die Stirn.

»Ist doch super.«

»Ja nix, super, ey, pass auf«, sagte Schotter. »Die hatte so ein Hochbett, ja? Mit 'ner Leiter.«

Er hielt inne und sah einen Moment fragend in die Runde.

»Wer hat denn bitte heutzutage noch ein *Hochbett*? Mit 'ner *Leiter*?«

Um das Ganze zu verdeutlichen, hob er den Unterarm, als wollte er einen Karateschlag abwehren.

»Ich wach morgens auf, so 'ne Birne, am Verdursten, und kacken musste ich auch direkt.«

Plötzlich sah er erschrocken zur Neuen rüber, die mittlerweile hinter dem Tresen auf dem Hocker saß und Kaugummi kaute.

»Alles gut«, sagte sie unbeeindruckt und hob die Hände. »Muss ich auch regelmäßig.«

Schotter sah sie einen Moment lang an, dann nahm er einen hastigen Zug von seiner Zigarette.

»Jedenfalls bin ich beim Aufstehen auf halbem Weg irgendwie abgerutscht und in dieser scheiß Leiter stecken geblieben.«

»Wie, stecken ge-ieben?«, nuschelte Muddy, dem gerade ein Filter zwischen den Lippen klemmte.

»Ja stecken geblieben halt! Zwischen den scheiß Sprossen!«

Er verdeutlichte das Malheur mithilfe seiner Finger. Die Neue kicherte, Muddy sah ihn irritiert an und widmete sich wieder seinem Blättchen. Verzweifelt sah Schotter ihn an und rang die Hände.

»Ich hing da wie so ein Idiot in der Luft und konnte nix machen, ich hatte keinen Boden mehr unter den Füßen, verstehste? Ich hab gedacht, ich explodiere.«

Die Neue hielt sich eine Hand vor den Mund.

»Ja und dann?«, fragte Muddy.

Schotter lehnte sich fix und fertig im Sofa zurück.

»Ja was glaubst du, und dann?«

Es wurde still.

»Dann hast du da einen abgeseilt«, sagte Muddy schließlich und versuchte, seinen Worten einen Rauchring hinterherzuhauchen.

»Abgeseilt.« Empört drehte Schotter den Kopf in Muddys Richtung. »Du bist gut. Abgeseilt. Nach fünfzehn Bier.«

Er schüttelte den Kopf und nahm, wie um eine schlimme Nachricht zu verdauen, den letzten Zug von seiner Zigarette. Mit

Rauch in der Lunge presste er hervor: »Zum Glück hatte ich nichts an.«

Hänk vermutete, dass Schotter nackt in etwa aussah wie eine rote Billardkugel. Er nahm einen großen Schluck Wasser.

»Und die Alte hat das nicht mitbekommen?«

»Nee, die hat tief und fest geschlafen.«

»Ja, und dann?«

Schotter hob einen Fuß und drückte seine Kippe an der Stiefelsohle aus.

»Dann bin ich da mit aller Kraft doch noch rausgekommen und konnte runterklettern.«

»Wahrscheinlich warst du auch einfach dünner«, sagte Muddy mit einem Achselzucken. Dann lachte er plötzlich schallend und verschluckte sich am Rauch. »Shit happens.«

Die Neue hielt sich mittlerweile den Bauch, und ihre schwarze Schminke lief ihr die Wangen runter.

»Und dann? Hast du schnell *geputzt*?«

Schotter sah sie resigniert an und warf den Kippenstummel auf den Tisch.

»Ja schön wär's gewesen, schnell geputzt. Da lag Teppich, ey. Ich hab getan, was ich konnte. Dann hab ich mich gewaschen und gesagt, der Hund war's.«

»Wie, der Hund war's?«

»Ja, die hatte so einen Hund. Der war auch ziemlich groß. Ich hab ihr erzählt, der hätte gejault und dann hätte es gestunken. Ich bin ein schlechter Mensch.«

Muddy nickte anerkennend.

»Wär ich nicht so schnell drauf gekommen. Hut ab. Also alles halb so wild.«

Schotter musterte ihn völlig entgeistert.

»Halb so wild? Von wegen halb so wild, Alter. Die ist mit dem zum *Tierarzt* gefahren.«

Er schüttelte den Kopf.

»Ich ruf die jedenfalls nicht mehr an.«

Schotter sah zur Neuen rüber.

»Und du arbeitest jetzt hier bei den Ludolfs mit? Tickst du noch ganz sauber?«

Muddy lachte nervös. Hänk, der mittlerweile unerträglichen Schmacht hatte, suchte den Tisch nach Muddys Tabak ab, als eine Schachtel Luckys gegen seine Brust prallte und ihm in den Schoß fiel. Er sah auf, und die Neue hob zwei Finger an die Stirn.

»Hat sich so ergeben«, sagte sie.

Hänk konnte nicht anders, er zog eine Zigarette heraus, die vorletzte, er klopfte seine Hosentaschen nach einem Feuerzeug ab, fand darin jedoch nur einen Mercedesstern. Schotter sah auf die Uhr.

»Soh, ich muss in die Pofe, ab fünf hab ich die Kids.«

Er sprang auf, umarmte Muddy, und die beiden hauten sich ein paar Mal so fest auf den Rücken, dass es so aussah, als wollten sie sich gegenseitig abstauben. Hänk hob nur abgekämpft die Hand. Nachdem Schotter draußen am Fenster vorbeigetrippelt war, sah er eine Weile raus auf die Straße und rauchte. Bei Hausnummer Sechs wurde gerade die Post eingeworfen. Hänk fragte sich, ob der eine oder andere Freier der Dame seiner Wahl vielleicht aus dem Urlaub eine Karte schrieb:

In Nizza ist es schön, aber nicht so schön wie bei dir. Alles Gute und bis bald,

dein Jürgen

Irgendwann wurde es warm an seinen Fingerknöcheln. Als er sich in Richtung Aschenbecher streckte, um die runtergebrannte Kippe auszudrücken, saß ihm die Neue im Schneidersitz gegenüber. Muddy war weg.

Sofort wandte Hänk sich wieder ab.

»Sehnenscheidenentzündung«, hörte er sie sagen.

Unwillkürlich kräuselte sich seine Stirn, und das Kräuseln stieß nun doch einen Kopfschmerz an, allerdings einen von der milderen Sorte.

»Was, Sehnenscheidenentzündung?«

»Ich hatte eine Sehnenscheidenentzündung. Deshalb hab ich zur Rotary gewechselt. Nicht, weil die leiser war. Weil die leichter war. Wenn ich könnte, würde ich viel mehr mit meinen Spulenmaschinen arbeiten. Die sind mir nicht zu laut, im Gegenteil. Ich liebe das Geräusch.«

Hänk massierte sich die Schläfen.

»Warum hast du dann was anderes gesagt?«

Möglichst übellaunig sah er sie an. Ihre Schminke war um die Augen immer noch schwarz verschmiert, und in ihrem Blick lag eine Härte, die Hänk nicht gewohnt war. Wenn hier jemand das Recht hatte, dauerhaft angepisst zu sein, dann war er das.

»Weil du genau das über mich denkst. Du denkst, ich bin so eine Tussi, die hier alles auf den Kopf stellt und mit ihrer Pussymaschine Mini-Porträts stechen will, die in fünf Jahren vermatscht aussehen. Dabei kennst du mich überhaupt nicht.«

Hänk deutete ein Kopfschütteln an und sah wieder aus dem Fenster. Dann strich er sich über den Bart, eine Geste, die ihn normalerweise beruhigte, doch heute half es nicht.

»Weißt du, was komisch ist?«, sagte er langsam. »Du willst hier nicht alles auf den Kopf stellen, aber du bist noch keine drei Tage da, und Muddy rennt mit WC-Ente rum und macht Putztag.«

Die Neue sah an die Decke und holte tief Luft. Nun sah Hänk sie an und lehnte sich zu ihr vor.

»Und dass du uns für zwei arme Schweine hältst, die schon längst aufs Abstellgleis gehören, ja, das sieht ein Blinder mit

Krückstock aus zehn Kilometern Entfernung. Eigentlich müsstest du *schielen*, so oft wie du die Augen verdrehst. Du schneist hier rein mit deinem iPad und deinem Klotzhandy und denkst, dass wir dir dafür die Füße küssen sollten. Dabei hast du überhaupt keine Ahnung hiervon. Du hast noch nicht mal den *Hauch* einer Ahnung, was uns das alles hier gekostet hat.«

Er sah sich um.

»Glaubst du, als wir angefangen haben, hätten die Leute gesagt, *Oh toll, endlich ein Tattoostudio! Da schaue ich morgen gleich mal vorbei. Das sind bestimmt richtig feine Jungs da.* Nix da, ey. Der Bordstein auf der anderen Straßenseite hat garantiert 'ne Kuhle, so oft wie hier ein Bogen drum gemacht wurde. Und jetzt«, er schnippte einmal mit dem Finger, »schwuppdiwupp, ist es zwanzig Jahre später, und plötzlich will jeder ran an den Speck. Tut mir leid, wenn mir das gegen den Strich geht.«

Die Neue zog die Ärmel über die Hände und kniff ihre schwarzen Mandelaugen zusammen.

»Du klingst wie ein Kind auf dem Spielplatz, das den Bagger nicht teilen will.«

»Ist das so, ja?«

Hänk schnaubte hörbar. Er sah aus dem Fenster in den grauen Vormittag, wenn auf dieser Straße nie etwas passierte, der Vormittag war nicht ihre Zeit, er war nur dazu da, um zu vergehen. Dann wandte er sich wieder um.

»Vielleicht hast du recht«, sagte er. »Oder du *hättest* recht, wenn das Kind in dieser schönen kleinen Analogie den Bagger selbst *gebaut* hätte, obwohl ihm alle Eltern auf dem gesamten scheiß Spielplatz immer nur gesagt hätten, was für ekelhafter kleinkrimineller Abschaum Baggerbauer sind, und deren Kinder jetzt alle angerannt kämen, um mit dem Bagger zu spielen, weil Bagger zu ihrem hippen Lifestyle plötzlich dazugehören.«

»Ja ja, ist ja gut«, sagte die Neue ungerührt, doch es nützte nichts.

»... und die Kinder ihm dann am Schluss auch noch einen Tritt in die Eier geben würden und sagen würden, sein Bagger wäre nicht mehr gut genug, weil es jetzt abgefahrene Bagger gibt, die aussehen wie aus Wasserfarbe oder mit Marker gemalt oder *verpixelt*, dann bin ich gerne dieses Kind auf dem Spielplatz und ihr könnt mich alle mal AN MEINEM DICKEN HAARIGEN ARSCH LECKEN!«

Sein Magen rumorte. Er musste aufpassen, da gärte eine ganz toxische Mischung, die konnte leicht überschwappen, und dann wäre er hier der, der Putzhandschuhe brauchte.

»Keine Ahnung hast du, echt«, fügte er leise hinzu, mehr zu sich selbst, und sah wieder raus auf die Straße. Der Postbote war verschwunden.

»Weißt du, was der erste Tätowierer gesagt hat, bei dem ich mich für eine Ausbildung vorgestellt habe?«, hörte er die Neue fragen. Er reagierte nicht.

»Der hat gesagt: *Als ob das deine Zeichnungen wären. Raus hier.* Und weißt du, was meine Eltern dazu sagen, dass ich Tätowiererin bin? Gar nichts, die sagen gar nichts dazu, die reden nämlich nicht mehr mit mir. Ich weiß, mir hat kein Lötzinn in der Nase gebrannt, und ich musste keine durchgeknallten Biker befrieden, aber keine Sorge, genug Scheiße habe ich auch gefressen. Mir wurden Farben verwässert und Maschinen geklaut, und frag nicht, wie oft mich Kunden für das *Shopgirl* halten und drauf warten, dass ›der richtige Tätowierer‹ um die Ecke kommt.«

Er hörte, wie ein Feuerzeug schnippte.

»Vor zwanzig Jahren wäre ich in euren Club gar nicht reingekommen.«

Hänk konnte sich genau vorstellen, wie Muddy und Rudi

drüben zu zwei Wachsfiguren erstarrt im Raum standen und die Ohren aufsperrten.

»Pass auf«, sagte die Neue nach einer Weile und knüllte in ihrer Faust die leere Kippenschachtel zusammen. »Dass ich deine Liege benutzt habe, tut mir leid. Echt. Ich hab nicht nachgedacht, wird nicht wieder vorkommen. Ich will hier einfach nur arbeiten. Wenn dir das nicht passt, pack ich gleich zusammen und hau ab.«

Sie streckte ihren Oberkörper, um etwas aus ihrer Hosentasche zu fischen, und legte einen Schlüssel auf den Tisch.

Hänk blinzelte träge und musterte sie. Plötzlich war er sehr müde, als hätte ihm der Abend auf dem Friedhof sämtliche Kraft aus den Knochen gesogen. Er verschränkte die Arme, damit sie ihm nicht aus Versehen auf den Boden fielen.

»Und was soll der Quatsch mit dem Walk-in?«

Die Neue zuckte die Achseln.

»Ihr braucht neue Kunden und Kohle. Wer neue Kunden und Kohle braucht, macht einen Walk-in.«

Bevor er etwas erwidern konnte, stand Muddy in der Tür und schnitt ihm das Wort ab.

»Mir egal, was du jetzt sagst, Hänk. Mach mit oder lass es sein. Wir machen das.«

Hänk verdrehte die Augen.

»Das hab ich gesehen«, sagte die Neue und pustete ihm Rauch entgegen. Hänk sah wieder aus dem Fenster. Er fühlte sich wie eine Rosine – ausgetrocknet, klein und ungeliebt.

»Ja, was weiß ich«, sagte er grimmig. »Meinetwegen. Und steck das scheiß Ding wieder ein.«

Als die Neue sich vorbeugte, um den Schlüssel wieder an sich zu nehmen, sagte sie beiläufig: »Ihr solltet übrigens euer Schild reparieren lassen.«

Sie deutete mit dem Kopf in Richtung Straße, doch Muddy

hatte sich schon in Bewegung gesetzt und die Tür aufgerissen, er stiefelte nach draußen, Hänk sah, wie er vor dem Laden die Hände in die Hüften stemmte, den Kopf in den Nacken legte und das Gesicht verzog. Dann winkte er Hänk zu sich.

Die frische Luft tat gut. Hänk nahm einige tiefe Atemzüge und sah auch nach oben.

In ihrer roten Neonschrift war das N ausgefallen.

Muddy schnaufte und schüttelte langsam den Kopf.

»*O Regrets Tattoo Shop*. Na super. Kein Wunder, dass die Woche so mau war. Ich ruf mal bei Enno an, dass der sich das anguckt.«

Erleichtert spürte Hänk, dass Muddy ihm einen Arm um die Schulter legte, dann warfen sie einander einen kurzen Blick zu, der sagte, *Schwamm drüber*.

»Wir lassen das so«, sagte Hänk trotzig. Muddy lachte heiser und klopfte ihm auf den Rücken, was wehtat, doch Hänk biss die Zähne zusammen, denn gleichzeitig fühlte es sich gut an.

10

RUDI TIGERTE in seinem Zimmer auf und ab. Im fliegenden Wechsel sah er zur großen weißen Wanduhr über seiner Tür und dann hinunter zum Gehweg vor dem Haus, wo immer dann kleine Menschentrauben vorbeikamen, wenn unten an der Ecke eine der beiden Buslinien gehalten hatte. Auf der anderen Straßenseite sank die Sonne zügig hinter die porösen, mit Flechten bewachsenen Ziegeldächer und warf ihre letzten rötlichen Herbststrahlen in die Wohnung. Normalerweise liebte Rudi die Dämmerung, morgens wie abends, doch heute hatte er keinen Kopf für stimmungsvoll glühende Himmelskörper.

Bis vor wenigen Minuten hatte er sich in seinem blauen Pullover und der Jeans noch ganz wohlgefühlt, doch nun blieb er schon wieder vor dem Spiegel stehen, der sich in einer schmalen Welle die Wand hinunterschlängelte, und dachte: *Langweilig, wie kann man nur so langweilig aussehen, du siehst aus wie ein Playmobil-Männchen*. Yuuto saß mit geschlossenen Augen im Schneidersitz auf dem Bett und schien, wie um Rudi zu verhöhnen, vollkommen in sich zu ruhen. Ab und zu summte er. Mit einem Ruck öffnete Rudi die oberste Schublade seiner Kommode und durchwühlte die Stapel. Ganz unten fand er ein schwarzes T-Shirt, das immerhin einen Aufdruck hatte: VANS. Er schälte sich aus dem Pullover, dass seine Haare knisterten, zog das Shirt über, sah noch einmal in die Spiegelwelle, dann auf die Uhr und dann runter auf die Straße.

Gott sei Dank waren seine Mitbewohnerinnen nicht zu Hause. Sie trainierten freitagabends immer in unterschiedlichen Fitnessstudios und legten es beide darauf an, später als die andere zurückzukommen, um sportlicher zu wirken. Sie hätten sofort gewittert, dass hier etwas im Busch war, er hatte das Badezimmer geputzt, die Staubmäuse im Flur aufgesaugt und die Küche saubergemacht, als kämen seine Eltern zu Besuch. Warum, wusste er selbst nicht so genau. Vielleicht war manchmal vor einem wichtigen Abend ein Reinigungsritual notwendig. Im überfüllten Kühlschrank lagen Wein, Sekt und bunte Limonaden aus irgendwelchen Bio-Manufakturen bereit, und alles, was im Zimmer auf sein beschämendes Eigenbrötlertum hindeutete, hatte er in seinen riesigen Wandschrank verbannt. Er hatte kiloweise Kunsthaut aufeinandergestapelt, bis die linke Tür fast nicht mehr zuging, für den Spanner von gegenüber hatte er wahrscheinlich ausgesehen wie ein Serienmörder, der seine tätowierten Opfer gehäutet hatte, um Souvenirs zu sammeln oder Lampenschirme zu beziehen. Gerade wollte er ein wenig Desinfektionsmittel auf einen blassrosa Q-Tip träufeln, um das Piercing noch einmal abzutupfen, das er warm und wund in seinem Nasenflügel spürte, da klingelte es an der Tür. Rudi zuckte zusammen wie ein ertappter Einbrecher, dabei war er ja bei sich zu Hause. Er wischte die Tropfen mit der Fußspitze vom Boden und eilte zur Tür.

»Dolf.«

Luz lehnte als dunkle Silhouette im Flur an der Wand, das Licht war schon wieder ausgegangen. Sie trug einen kurzen schwarzen Rock und riesige schwarze Stiefel. Ihre Haare waren hochgesteckt.

»Hi. Ähm ... Lutz«, sagte Rudi und öffnete die Tür ein Stück weiter. »Immer hereinspaziert.«

Bevor er sich über seine Wortwahl ärgern konnte, und auch darüber, wie unstet seine Stimme klang, fast als befände er sich in einem zweiten Stimmbruch, hatte sie sich schon an ihm vorbeigeschoben und war schnurstracks in die Küche marschiert, wo er sie eigentlich gar nicht hatte haben wollen. Er hatte sie mit in sein Zimmer nehmen wollen, wo man eine Tür hinter sich schließen konnte, wo neugierige, verschwitzte Mitbewohnerinnen nichts von dieser einmaligen Weltpremiere mitbekamen, *Besuch für Rudi, das Musical*. Doch nun hatte sie ihre Tasche an einen der Küchenstühle gehängt und eine Flasche Rotwein herausgezogen, und es kam ihm zu unhöflich vor, sie woandershin zu lotsen. Außerdem würden Joanna und Ellen vermutlich einige Stunden auf ihren jeweiligen Crosstrainern verbringen und am Ende noch das wahnsinnig wichtige *Dehnen* dranhängen, über das sie sich an einem Sonntagnachmittag vor ihrem Rosenkrieg mal zwei Stunden lang auf dem Flur unterhalten hatten. Insofern hatten Rudi und Luz Zeit, und auf eine Art gefiel es ihm, dass die Küche an diesem Abend ausnahmsweise einmal nicht nur eine Kochstelle war, in die er huschte, wenn niemand darin zu hören war, sondern tatsächlicher Platz in einem Mietobjekt, für dessen Nutzung er immerhin monatlich Geld bezahlte.

»Hier«, sagte Luz und hielt ihm mit ausgestrecktem Arm die Weinflasche hin. Rudi öffnete den Drehverschluss mit einem leisen Knacken und nahm zwei Weingläser aus dem Hängeschrank, die er nicht zurückhaltend elegant, sondern großzügig befüllte. Als er sie zum Tisch trug, saß seine neue Kollegin kerzengerade mit einem stumpfen weißen Plastikstift in der Hand da, vor ihr leuchtete der Bildschirm eines Tablets auf, und noch ehe er das Glas vor ihr abgestellt hatte, sagte sie fordernd:

»Zeig mir, wie das geht.«

In ihren schwarzen Augen spiegelte sich das Licht der Glühbirne in einem strahlenden Punkt. Rudi nippte an dem Wein, der dumpf und säuerlich schmeckte und ein merkwürdiges Gefühl auf seiner Zunge hinterließ.

»Wie was geht?«

»Deine Letterings. Wie machst du das?«

Sie ließ ihn nicht aus den Augen.

»Wie ich das mache?«, wiederholte Rudi langsam und nippte noch einmal am Wein. *Tja*, dachte er bei sich, *ich habe keine Hobbys und keine Freunde, stattdessen sitze ich tagelang in meinem Zimmer und zeichne immer wieder dieselben Buchstaben. So mache ich das.*

»Ja, also ... Das ist Übungssache«, sagte er schließlich möglichst diplomatisch und stellte das Glas zurück auf den Tisch.

»Okay. Aber wie fange ich an?«

Rudi dachte einen Moment nach. Dann deutete er mit dem Kinn auf das iPad.

»Jedenfalls nicht damit«, sagte er und hielt ihr seinen Zeichenblock hin. »Hier.«

Er stand auf und ging mit langen Schritten in sein Zimmer. Aus dem Bücherregal neben dem Schreibtisch zog er drei seiner Lieblingsbücher mit Alphabeten und Fonts heraus und blätterte kurz durch die Seiten. Machte Eselsohren. Spürte, wie es in seinem Brustkorb pochte. Er kam sich vor, als wäre er wieder fünf Jahre alt, als hätte er endlich einen Spielkameraden gefunden, und nun kam die Angst, der andere könnte es sich in der Zwischenzeit anders überlegen und bei seiner Rückkehr bereits verschwunden sein. Doch als er in die Küche zurückkam, saß Luz immer noch da. Er legte die Bücher vor ihr auf den Tisch.

»Oh, wow.« Sie nahm sich das oberste und schlug es auf. »Darf man hier rauchen?«, fragte sie, ohne den Blick von der Seite zu lösen.

Rudi schluckte und überlegte, ob er überhaupt einen Aschenbecher besaß. In der Wohnung wurde nie geraucht, wenn es nach Joanna ging, war Rauchen eine faltenfördernde Bankrotterklärung an den eigenen Körpertempel, zu der sich nur hinreißen ließ, wer sich vollends aufgegeben hatte. Was für Karl Lagerfeld die Jogginghose war, war für Joanna die Zigarette. Rudi war nur Gelegenheitsraucher, doch wenn er seine Schachtel mal in der Küche liegen ließ, schnalzte sie angewidert mit der Zunge, wenn er sich an ihr vorbeidrückte, und sagte, während sie mit spitzen Fingern in der *Shape* herumblätterte, in so einem albernen Singsang: »Rauchen gefährdet die Pote-henz.«

Vielleicht lag es am Wein, doch der Gedanke, sich hier und jetzt in der WG-Küche mit Luz gemeinsam eine anzustecken, kam Rudi wie das Beste vor, was er in dieser Wohnung je getan hatte.

»Ähm ... Ja klar, warte kurz«, sagte er möglichst lässig und ging noch einmal zurück in sein Zimmer. Sein Blick fiel auf eine kleine silberne Schmuckschatulle, die ihm seine Mutter vor Jahren geschenkt hatte, er leerte den spärlichen Inhalt zusammen mit etwas grauem Staub auf seiner Matratze aus und ging zurück in die Küche. Als er den frischen Qualm roch, musste er lächeln und zog sich ebenfalls eine Zigarette aus der Packung.

»Danke«, sagte Luz und aschte zwei Zentimeter ab, als er ihr die Schatulle hinstellte. Rudi nahm seine ersten Züge und fühlte ihnen dabei nach, wie sie durch seinen ganzen Körper zu wandern schienen, um überall das Licht anzuknipsen. Er pustete den Rauch genüsslich in die Küche. Auf der Anrichte sah er Joannas supergesundes Chia-Goji-Grüntee-Bircher-Müsli, das immer für den nächsten Tag durchweichen musste. *Hervorragend.*

Er beugte sich etwas näher zu Luz und deutete auf die Seite, die sie gerade aufgeschlagen hatte, auf der zwei sehr unterschiedliche Schreibschriften abgedruckt waren, die eine verspielt, die andere clean.

»Also ... Eigentlich kommt es nur auf Präzision an. Die vertikalen Linien, hier, und hier, alles, was parallel verläuft, muss dieselbe Neigung und dieselbe Länge haben, sonst sieht das nicht aus. Vergiss die Schnörkel und Verzierungen, das ist am Anfang erst mal egal.«

Er zog auf dem Papier zwei Hilfslinien und schob es ihr hin.

»Such dir ein Wort und eine Schrift aus und mach erst mal eine Skizze, und achte nur darauf, dass du die vertikalen und horizontalen Linien sauber hinbekommst.«

»Okay.«

Konzentriert fing Luz an zu zeichnen. Sie skizzierte ein H und ein A, sah immer wieder ins Buch und zurück auf den Block. Rudi hörte, wie die kleine eingebaute Uhr am Herd tickte.

»Und was mach ich?«, fragte er nach einer Weile in die Stille hinein, was dermaßen idiotisch klang, dass er am liebsten in einem kreiselnden Rudistrudel in der Spüle verschwunden wäre. Luz zog die Brauen zusammen und sagte, wieder ohne von ihrem Blatt aufzusehen:

»Mach doch Totenköpfe. Für den Walk-in.«

»Totenköpfe?«

Sie nickte.

»Gibt's Millionen von. Make it new.«

Rudi kaute an einem Stück Haut am Rand seines Daumennagels, das abstand und zwickte. Er zog noch einige Male an seiner Zigarette und starrte auf das weiße Blatt Papier, das vor ihm lag.

»Tu nicht so, als könntest du nicht zeichnen«, sagte Luz nun, die gerade ein T und ein R von der Buchseite kopierte. »Ich seh dich immer nur mit der Nase über deinem Block hängen. Du bekommst übrigens ab dreißig Rückenprobleme, wenn du so weiterarbeitest. Das nur nebenbei.«

Kritisch betrachtete sie ihr Werk, neigte den Kopf und kniff wieder ihre perfekt geschwungenen Brauen zusammen. Rudi erwiderte nichts.

»Du machst seit Jahren nur die Pflicht, *weón*.« Sie schraffierte ein E und ein D. Dann lehnte sie sich zurück, hob ihr Weinglas an die Lippen, an dessen Rand schon einige rote Lippenabdrücke zu sehen waren, und nahm einen großen Schluck.

»Es wird Zeit für die Kür.«

*

Draußen war es mittlerweile dunkel geworden, und das Licht der Stehlampe warf ihre gebeugten Schatten an die Wand. Rudi war überrascht, wie schnell er seinen Rhythmus fand, obwohl ein anderer Mensch neben ihm saß, und ihm kam der Gedanke, dass es sich so anfühlen musste, Geschwister zu haben. Statt ihn aus dem Tritt zu bringen, schien Luz' Anwesenheit ihn eher zu beflügeln. Nachdem ihm einige Ideen gekommen waren, zeichnete er einen Totenkopf nach dem anderen, jeweils mit neuer Mimik und aus unterschiedlicher Perspektive, mit Zylinder und Goldzahn und Fliege und Zigarre im Mund, und ab und an sah Luz auf sein Blatt und deutete auf eine Stelle, die stärker schattiert werden musste.

»Sag mal, kann ich dich was fragen?«, sagte Rudi irgendwann, als er die letzten Weintropfen aus der Flasche in sein Glas tröpfeln ließ. Luz runzelte die Stirn und radierte einen Strich wieder aus. Dann pustete sie die Gummiwürmer vom Papier und fuhr einmal schroff mit der Hand darüber.

»Was denn?«

»Reden deine Eltern wirklich nicht mehr mit dir?«

Sie radierte noch einen Strich weg. Ihr Gesicht blieb unbewegt.

»Nope.«

»Und das macht dir nichts aus?«

Nun zog sie eine neue Zigarette aus der Schachtel und nahm ein paar Züge, während sie weiterhin ihr Werk betrachtete. Schon fragte Rudi sich, ob er zu weit gegangen war, doch dann schürzte sie die Lippen und sah ihn abgeklärt an. Atmete einmal hörbar ein und aus.

»Es gibt Menschen, die mögen keine Äpfel, und es gibt Menschen, die mögen kein Grün. In meinem Fall war ich ein grüner Apfel und die Menschen waren meine Eltern.«

Nun blieb es eine Weile still. Rudi wusste nicht, wohin mit seinen Händen, gerade wollte er aufstehen, um die leere Flasche in den Altglaskorb zu bringen, da aschte Luz ab und sprach weiter, und diesmal klang ihre Stimme sanfter.

»Nein, keine Ahnung. Natürlich macht mir das was aus.«

Sie drückte ihre Zigarette in die Schatulle.

»Kennst du diese Luftballontiere? Auf dem Jahrmarkt? Ich habe mich als Kind immer so gefühlt, als hätten die mich zu einem Dackel geknotet. Dabei war ich eigentlich ein Schwert. Und ich wusste, wenn ich mich nicht irgendwann entknote, dann platze ich.«

Rudi hielt sich an seinem Glas fest und versuchte, das Gefühl runterzuschlucken, das ihm den Hals zuschnürte. Luz hatte ein weiteres der Bücher genommen und schien die Seiten in sich aufzusaugen.

»Wie ist das eigentlich für dich bei No Regrets?«, fragte sie, blätterte, las. Dann blätterte sie weiter. »Die behandeln dich da wie Scheiße.«

Rudi ging zum Kühlschrank, um nicht sofort antworten zu müssen, und öffnete ungewohnt souverän den Sekt. Zurück am Tisch schenkte er ihnen ein und beobachtete die Kohlensäureperlen dabei, wie sie am Glas aufstiegen und dabei einen Schweif aus immer kleiner werdenden Bläschen hinterließen.

»Ich weiß nicht«, sagte er langsam. »Muddy und Hänk sind ... und ich bin ... Wir haben nichts gemeinsam. So ist das eben. Was soll man machen.«

»Ihr seid alle Tätowierer«, sagte Luz, nahm ihr Glas und schlug die Beine andersherum übereinander.

»Ja, das schon. Aber sie sind auch meine Chefs. Wenn die mich rausschmeißen ...«

» ... nimmt dich jeder andere Laden mit Kusshand. Salud.«

Beim Anstoßen fiel Rudi auf, dass man Sekt nicht aus Weingläsern trank, doch nun war es zu spät.

»Hab ich dir das mit dem Zettel erzählt?«, fragte er schnell und nippte.

»Dass bei No Regrets ein Zettel an der Tür hing?«

»Ja genau. ›Tätowierer für Schriftzüge gesucht.‹ Jeden Tag bin ich auf dem Weg zu meinem Job in der Bahnhofsbäckerei daran vorbeigelaufen und habe mir vorgestellt, wie es wäre, in den Laden zu gehen und mich da vorzustellen. Wie ein wiederkehrender Tagtraum. Ich habe mir ein ganzes innerliches Doppelleben herbeifantasiert. Dann habe ich mir eine Maschine bestellt. Und Kunsthaut. Habe mir Tutorials angesehen. Aber eher so als Witz vor mir selber. Ich dachte die ganze Zeit nicht, dass ich da eines Tages wirklich reingehen würde.«

»Und dann?«

Luz hatte das Buch weggelegt und hörte ihm nun aufmerksam zu.

»Dann war der Zettel eines Tages weg. Einfach so. Ich stand da und kam mir vor, als ... als hätte man mich auch zerknüllt und in den Müll geworfen. Als gäbe es jetzt nichts mehr, wofür sich das Aufstehen lohnt. Das war's, dachte ich. Da war eine Chance, eine einzige, und ich hab mich nicht getraut. Den ganzen Tag bin ich rumgelaufen wie ein Geist, ich bin über jede rote Ampel gegangen, ohne nach links oder nach rechts zu sehen.«

»Und dann?«

Über den Rand seines Glases hinweg suchte er in ihrem Gesicht nach Anzeichen dafür, dass sie ihn jetzt für plemplem hielt. Er nahm einen Schluck Sekt.

»Dann war der Zettel am nächsten Tag wieder da. Der war nur runtergefallen.«

Er suchte ihren Blick und sah, dass Luz lächelte. Dann hob sie einmal vielsagend die Augenbrauen und deutete auf seinen Goldzahntotenkopf.

»Ich will den da. Hast du eine Maschine hier?«

*

Rudi spürte seinen Herzschlag im Hals. Konzentriert starrte er die Zeichnung an, bis sich das Negativ in seine Netzhaut eingebrannt hatte, zog schließlich die weiche Haut an Luz' Wade straff und drückte das Pedal. Dass sie sich von ihm tätowieren ließ, kam ihm vor wie ein Ritterschlag. Nie war er dankbarer für seine Latexhandschuhe gewesen, denn seine Finger schwammen in Schweiß. Sein Besuch hingegen saß seelenruhig auf dem grauen Ecksofa und sah sich in seinem Zimmer um.

»Bereit?«, fragte er, bevor er seine Maschine einmal aufsurren ließ.

»Warte.«

Hätte sie es sich noch einmal anders überlegt, er hätte es ihr nicht übel genommen. Er war betrunken, und freihand hatte er auch noch nie gestochen. Er hatte an der Spüle zwei große Gläser Wasser getrunken, die nach dem Sekt langweilig und schal schmeckten – trotzdem rauschte ihm der Alkohol in den Ohren.

Doch nun nahm Luz sich bloß eine neue Zigarette, dann lehnte sie sich zurück.

»Bereit.«

Rudi atmete tief aus und setzte die Nadel auf die Haut. Nachdem ihm die ersten langen Linien gelungen waren, beruhigte sich sein Puls ein wenig.

»Wie bist du eigentlich Tätowiererin geworden?«, fragte er, um sich weiter abzulenken. Luz pustete Rauchwolken in die Luft und überlegte einen Augenblick.

»Eigentlich ist meine Mutter da selber dran schuld«, sagte sie und aschte in die mittlerweile halb volle Schatulle, die sie auf ihrem Bauch balancierte. »Wir waren mal in Berlin, weil mein Vater zu irgend so einem Empfang eingeladen war, in einer Villa in Grunewald. Da war ich vierzehn oder so. Wir saßen in einem feinen Restaurant, und sie hat sich beschwert, weil ihre Suppe angeblich kalt war. Ich weiß noch, dass die gedampft hat, aber egal.«

Sie verdrehte die Augen und Rudi lächelte, als er die Nadel ins Schwarz tauchte.

»Jedenfalls kam dann eine Köchin raus, um die Beschwerde entgegenzunehmen. Die hatte die weißen Ärmel hochgekrempelt und ihre Arme waren volltätowiert.«

Rudi wischte über die Outlines und neigte den Kopf. Dann wechselte er zum Shader.

»Der war das völlig egal, was meine Mutter da quatscht. Ein Ohr rein, ein Ohr raus. Und zum Schluss hat sie mir zugezwinkert. Als sie gegangen ist, hat meine Mutter mich am Arm gepackt und geschimpft. *Guck da nicht so hin.* Da war es um mich geschehen.«

Sie prostete ihm zu und zwinkerte, und hätte Rudi gekonnt, er hätte diesen Moment eingerahmt und auf seinen Nachttisch gestellt. Er dachte noch einmal daran zurück, wie Luz im Laden aufgetaucht war, ein Irrlicht, das bei jeder falschen Bewegung wieder verschwinden konnte. Er hatte, als Muddy ihre Mappe tatsächlich angesehen hatte, die Kiefer aufeinandergebissen und innerlich gefleht, sein Chef möge bitte, bitte Ja sagen, dabei wusste er genau, dass das niemals passieren würde. Es kamen ständig Leute in den Laden, die ausgebildet werden wollten, und Muddy und Hänk verfuhren mit ihnen wie eine Firewall mit einem Virus. Und nun saßen sie hier. Ein letztes Mal musterte er die ursprüngliche Zeichnung.

»Fertig.«

Er hatte die Maschine noch nicht weggelegt, da wurde seine Zimmertür so heftig aufgestoßen, dass der Luftzug die Zeichnung vom Tisch riss. Joanna kam in einem hautengen schwarzen Sportoutfit ins Zimmer gestürmt und ließ ihre riesige schwarze Sporttasche auf den Boden fallen. Luz, die vor Schreck ihren Sekt verschüttet hatte, drehte sich entgeistert um. Einen Augenblick lang musterten sich die beiden Frauen, und Rudi wunderte sich, dass in der Zimmermitte keine grellgelben Blitze aufeinanderprallten.

»Sag mal, geht's noch? In der ganzen Wohnung stinkt's nach Rauch, ey. *Disgusting*. Was soll der Scheiß?« Dann zog sie hastig am Strohhalm einer übergroßen Trinkflasche, dass es brodelte. Ihre Wangen wurden hohl.

»Tut mir leid«, sagte Rudi und legte vorsichtig die Maschine auf den Tisch. »Ich hab vergessen zu lüften.«

Nun fiel die Haustür ins Schloss und Ellen tauchte im Flur auf. Sie tupfte sich mit einem kleinen Handtuch die Stirn ab und lächelte milde, als Joanna sich umdrehte.

»Ach, schon zu Hause?«

Neugierig lugte sie in Rudis Zimmer.

»JA!«, schrie Joanna so heftig, dass Ellen in einem Cartoon alle Haare verloren hätte. »ICH BIN SEIT FÜNF MINUTEN ZU HAUSE.«

Dann nahm sie wieder Luz und Rudi ins Visier.

»Und hier stinkt's wie in einem Aschenbecher und der da tätowiert seiner komischen Gothic-Freundin das Bein voll. Ist das nicht irgendwie illegal oder so?«

Luz sah ihn an und hob die Augenbrauen, als warte sie auf eine Reaktion.

»Willst du oder soll ich?«

Da er immer noch keinen Ton rausbekam, stand sie auf und ging einige Schritte auf seine Mitbewohnerin zu, die noch einmal vergeblich an ihrer Trinkflasche zog und ein wenig zurückwich. Luz verschränkte die Arme.

»Und du bist hier der Blockwart oder was? Schon mal was von Anklopfen gehört? Was wir hier machen, geht dich ja wohl einen Scheißdreck an. Er hat sich entschuldigt. Jetzt verzieh dich und mach Belly-Button-Challenge.«

Ehe Joanna antworten konnte, hatte Luz sie aus dem Zimmer geschoben und ihr die Tür vor der Nase zugeschlagen. Sie drehte den Schlüssel im Schloss.

»Wie ist die denn drauf?«, sagte sie, als sie sich wieder Rudi zuwandte. »Ich hoffe, hier gibt's 'ne Feuerleiter.«

Dann sah sie runter auf ihr Bein und hob ein wenig den Fuß an.

»Ist geil geworden. Danke dafür.«

Rudi überlegte, wie er die Frischhaltefolie aus der Küche holen sollte. Und dann fragte er sich plötzlich, wo Yuuto abgeblieben war. Der hatte sich den ganzen Abend nicht blicken lassen.

11

»DEN DA.«

Die Frau legte das Foto auf den Tresen und sah Hänk erwartungsvoll durch dicke Brillengläser an. Wieder so eine Blusenfrau, dachte er, immer wenn die reinkamen, war Muddy zufällig gerade hinten. Diese hier trug obendrein auch noch eine enge fleischfarbene Hose, die auf den ersten Blick so ausgesehen hatte, als trüge sie untenrum gar nichts. Hänk verschränkte die Arme und schob dabei die Hände in seine warmen Achselhöhlen.

»Ich glaube, Sie suchen eine Zoohandlung.«

»Sehr witzig«, entgegnete sie verkniffen.

Humor hatten Blusenfrauen nie, dafür klebte ihnen Lippenstift an den Zähnen, und sie rochen nach Kantine.

»Das war Porto, mein Hund. Ein portugiesischer Wasserhund.«

Sie nahm das Foto vom Tresen, drückte es an ihren Oberarm und posierte.

»Hierhin. Wie teuer wäre das?«

Hänks Augenlider wanderten auf Halbmast und er sah zur Uhr, deren kleiner Zeiger gerade erst auf dem Grünfink angekommen war.

»Kommt drauf an.«

Die Blusenfrau schaute, als wäre von irgendwo ein Gestank zu ihr herübergeweht.

»Wie, kommt drauf an? Worauf kommt es denn an?«

»Wie groß. Wie realistisch. Wie lange es dauert.«

Sie hielt ihm das Foto vor die Nase.

»Ich will ihn genau so. Genau so, wie er da ist. Er war so ein wunderbarer Hund. Das können Sie sich gar nicht vorstellen.«

Der zottelige, schwarz-weiße Hund, der, wie Hänk vermutete, schon auf dem Foto nicht mehr der Jüngste gewesen war, blickte mit geneigtem Kopf treudoof in die Kamera wie eine schlecht frisierte Plüschkugel, aus der unten eine rote Zunge heraushing.

Hänk seufzte und strich sich über den Bart.

»Dreihundert. Dreihundertfünfzig. So um den Dreh. Fünfzig Euro Anzahlung.«

»So viel?« Sie drückte ihre Handtasche fester an sich, als könnte Hänk jeden Moment hineingreifen. »Na, Ihren Stundenlohn möchte ich haben.«

Hänk klappte den Terminkalender zu, der vor ihm lag.

»Ist das so, ja?«, sagte er möglichst gelassen. Er warf den Kalender auf den Papierkramstapel und klemmte sich den Kugelschreiber hinters Ohr.

»Wissen Sie was, meinen Stundenlohn, den können Sie gerne haben. Geschenkt. Aber dann bekommen Sie obendrauf auch noch meine Ladenmiete. Und meine Materialkosten. Und meine steuerlichen Abzüge, meinen Krankenkassenbeitrag. Und die reine Vorbereitungszeit, die ich damit verbringe, Ihren *Porto*«, nun hielt er ihr wiederum das Foto vor die Nase, »zu zeichnen und zu stechen, die stelle ich Ihnen dann für die Hälfte in Rechnung. Abgemacht?«

Er hatte gehofft, die Frau hätte den Laden bereits verlassen, ehe er am Ende seines Vortrags angekommen wäre, doch sie rührte sich nicht vom Fleck. Unentschlossen stand sie da und fingerte an ihren hässlichen Klimperarmbändern herum. So waren sie, die Preisnörgler, es stand ihnen frei zu gehen, aber eine Tätowierung wollten sie am Ende dann doch haben. Hänk atmete hörbar aus.

»Passen Sie auf.«

Er deutete auf den Hund und wischte bei der Gelegenheit ein paar Fettspritzer weg, wahrscheinlich hatte das Bild jahrelang neben dem Herd gehangen. »Tiere sind meine Spezialität. Ich steche Ihnen da was Solides auf den Arm, das Ihnen in zehn Jahren immer noch gefällt. Ich nehme mir da Zeit für, kein Schluderkram. Um die Ecke bekommen Sie die Tätowierung billiger. Sieht dann aber auch dementsprechend aus. Sie sind die, die für immer damit rumlaufen muss. Ist Ihre Entscheidung.«

Während sie nachdachte, nahm Hänk das Bild und tat so, als leite er den Schaffensprozess ein. Er zog die Augenbrauen zusammen und hielt es mal näher, mal weiter von sich weg.

»Wirklich ein schönes Tier. Muss ich sagen.«

Die Blusenfrau, die gerade noch ausgesehen hatte, als müsse sie jeden Moment auf Portos Beerdigung gehen, hob den Blick.

»Ja, nicht?«, sagte sie liebevoll, faltete die Hände und presste sie an die Brust. »Er hat immer gehört. Und nie gebellt. Und er konnte so gut mit Kindern.« Kurz schien sie in Erinnerungen zu schwelgen. »In Ordnung.«

Sie öffnete mit einem leisen Klick den Druckknopf ihrer Tasche und zog ein riesiges Portemonnaie heraus, das so aussah, als könnte man es wie eine russische Puppe öffnen und ein normalgroßes Portemonnaie käme zum Vorschein.

»Dann hätte ich gerne einen Termin.«

Hänk lächelte und klappte den Kalender wieder auf.

*

Als Nächstes war Ragnar vermerkt, ein alter Stammkunde, der alle zwei Jahre auftauchte, um sich irgendeinen neuen keltischen Knoten stechen zu lassen und Hänk während der Sitzung mit seinen Mythologievorträgen den Tag zu vergällen. Er beschloss, sich vorher auf der alten Holzbank vor ihrem Schaufenster eine Beruhigungszigarette zu genehmigen.

Auf der Straße war kaum was los, der Obsthändler kehrte gelangweilt den Gehweg vor seinem Geschäft, was ein wenig so aussah, als zöge der Besen den Menschen hinter sich her und nicht umgekehrt. Ein paar Tauben pickten an den Resten einer Pommesschale herum. Als Hänk sich setzte und anfing, sich eine zu drehen, spürte er im Nacken ein paar heiße Mittagssonnenstrahlen. Das tat gut, ein wenig Wärme nach dem ganzen Grau der letzten Woche.

»Ey Chef, wann krieg ich ein Tattoo von dir?«

Eine beneidenswert weiße Zahnreihe grinste ihm entgegen. Der kleine Gangster, der ständig auf der Straße rumhing und alle anquatschte, als wäre er hier der wichtigste Mann am Block, der Strippenzieher, ohne den nichts lief, holte mit der Hand aus, um einzuschlagen, doch Hänk steckte sich nur die Kippe an und musterte ihn. Hochgekrempelte Hosenbeine, war ja klar, Brustbeutel von NanuNana-Versace und weiße Stöpsel in den Ohren.

»Als wärst du schon achtzehn.«

»Klar bin ich achtzehn, Mann. Neunzehn, zwanzig, kein Problem. Ausweis kein Problem.«

Der Junge drehte den Schirm seines Käppis nach hinten, feixte sich eins und sah rüber zu seiner Gang, die auf der anderen Straßenseite auf diese eigentümliche Art johlte, wie es Jugendliche eben heutzutage taten. Sie pressten sich eine Faust an die Lippen, als würden sie hineinpusten, und rüttelten aneinander herum. Hinter ihnen bog gerade sein Kunde um die Ecke, eine hagere schwarze Gestalt mit langen grauen Haaren, Umhängebeutel vom Weihnachtsmarkt und viel Silberschmuck, und zur Feier des Tages hatte er offenbar einen Freund mitgebracht, noch so einen Keltenhuldiger mit weniger als zehn Prozent Körperfettanteil, dünnem Bart und schlechtem Atem, der wahrscheinlich mit fünf Katzen und einem Skorpion bei seinen Eltern im Keller hauste. Der kleine Gangster grinste ihn immer noch an.

»*Every dog has his day*«, sagte er. »Hierhin.«

Mit dem Zeigefinger fuhr er sich über die Brust.

»Komm, verzieh dich«, sagte Hänk und hob einmal kurz das Kinn, doch er gab sich Mühe, dabei zumindest einen Mundwinkel ein wenig hochzuziehen, um nicht wie ein verbitterter alter Mann zu wirken und seine künftige Kundschaft zu verprellen. Der Jugendliche richtete sich die Bomberjacke, als trüge er ein Sakko.

»Alles klar Chef, bis bald Chef«, rief er noch über die Schulter. Dann stromerte er breitbeinig zurück zu seiner Crew.

»Hänk.«

Ein Schatten legte sich über die Bank und die Wärme in seinem Nacken verschwand. Ragnar verbeugte sich ein wenig und deutete auf seinen Kumpel.

»Das ist Gwydion.«

»Ich grüße dich«, sagte der Kumpel mit etwas leiernder Stimme, als wäre er eigentlich zu schwach, um zu sprechen.

Hänk trat seine Kippe aus.

»Gwydion«, wiederholte er und strich sich über den Bart.

Die beiden warfen einander einen wissenden Blick zu.

»Gwydions Vorfahren stammen aus *Wales*«, sagte Ragnar mit offenkundiger Bewunderung in der Stimme. »Genauer gesagt aus *Gwynedd*.«

Der merkwürdige Freund leierte etwas, das so klang, als habe er rückwärts gesprochen.

»Das war Walisisch«, erklärte Ragnar. *»Der rote Drache rückt vor.«*

»Ist das so«, sagte Hänk, weil ihm dazu wirklich nichts anderes einfiel. Dann stand er auf. Das Wetter war ja ganz schön, aber die Erdanziehungskraft kam ihm heute mal wieder außergewöhnlich stark vor.

*

Das letzte Glas Wein, dachte Luz, war nie eine gute Idee. Sie schwitzte, und das frische Tattoo an ihrer Wade spannte und zwickte bei jeder Bewegung. Muddy, der gerade von einem Kunden versetzt worden war, hing hinter dem Tresen auf dem Hocker und sah mit einer Lesebrille auf der Nasenspitze die Post durch.

»Rechnung. Rechnung«, sagte er mit jedem Umschlag, den er zur Seite warf. »Ich hoffe, das wird was am Freitag. Könnte keinen besseren Zeitpunkt geben.«

»Rudi und ich haben Wannados gemacht«, sagte sie. »Rudi bringt Totenköpfe mit.«

Zunächst schien Muddy erleichtert. Dann stutzte er.

»Unser Rudi hat Totenköpfe gemacht?«

»Ja, Totenköpfe«, sagte sie. »Richtig gute sogar.«

Vorsichtig zog sie ihre Hose über die Wade und hielt ihm die Tätowierung hin.

»Hat er freihand gemacht.«

Muddy schob sich die Brille höher auf die Nase und senkte den Blick. Sie gab ihm ein wenig Zeit, doch zu mehr als einem Mh-hm ließ er sich scheinbar nicht herab. Ihre Augen wurden zu Schlitzen.

»Rudi hat es voll drauf«, sagte sie wie eine Profilerin, deren Informant jetzt gefälligst mit der Wahrheit rausrücken sollte.

»Ihr könnt froh sein, wenn der euch nicht irgendwann abhaut. Und sag dem mal, der soll seinen Stundenlohn erhöhen.«

Muddy nahm die Brille ab, hauchte nacheinander auf beide Gläser und fing an, sie am Saum seines T-Shirts zu putzen, als hätte er nichts von dem gehört, was sie gerade gesagt hatte. Er hielt das Gestell ins Licht, runzelte die Stirn und putzte weiter. Luz verdrehte die Augen und ärgerte sich darüber, dass sie jetzt immer ein schlechtes Gewissen bekam, wenn sie die Augen verdrehte.

Der Grantige kam mit zwei Kunden rein, die sich vermutlich bei einem Rollenspielabend kennengelernt hatten, oder beim Bogenschießen auf einem Mittelaltermarkt. Der eine sah aus, als hätte Merlin ein paar Jahre lang Crack geraucht. Grußlos verschwanden sie im Arbeitsbereich. Muddy sah ihnen hinterher.

»Apropos Totenköpfe.«

Er zog den Ärmel hoch und drehte ihr den rechten Oberarm hin. »Hab ich dir die hier eigentlich schon gezeigt?«

Luz erkannte vier verblichene kleine Totenköpfe in einer Reihe. Das Tattoo war wahrscheinlich uralt, sah aber besser aus als viele, die sie sich mit achtzehn hatte stechen lassen.

»Mein erstes«, sagte Muddy stolz.

Luz kam näher. Sie stutzte.

»Ist das ... von Herbert Hoffmann?«

»Tja«, sagte Muddy, der nun den Hals verdrehte und ebenfalls die Tätowierung ansah. »Ich komm ja eigentlich aus Harburg. Aus der Hamburger Bronx. Sobald wir unseren Eltern ausbüxen konnten, waren meine Jungs und ich am Wochenende immer auf St. Pauli. Da haben wir vor den Kneipen rumgelungert, bis uns mal wer reingelassen hat. War ja immer was los. Und tätowieren lassen wollten wir uns natürlich auch, nur waren wir noch zu jung. Wir haben alles probiert, sogar aufgeklebte Schnurrbärte. Da war nichts zu machen.«

Deshalb klang er also wie ein Hafenarbeiter. Er grinste Luz mit seinen krummen und schiefen Zähnen an, die aussahen wie ein maroder Lattenzaun, und obwohl sie ihm sein mangelndes Lob für Rudi immer noch übel nahm, konnte sie nicht anders, als sich einzugestehen, dass sie Muddy mochte.

»Aber an einem Abend, ich werd das nie vergessen. Da hat mich Fortuna geküsst. Da war ich mit zwei Freunden irgendwo draußen am schnacken, ich glaub, das war Ecke Seilerstraße.«

Er lehnte sich vor, als würde es jetzt vertraulich.

»Jedenfalls steh ich da so rum und ahn nichts Böses, da fängt hinter mir plötzlich lautes Gebrüll an, aber frag nicht wie. Ein Kerl kommt auf uns zugerannt und dahinter ein zweiter, der mit den Armen fuchtelt. Ich hab gar nicht nachgedacht. Bein raus, zack. Da lag der erste auf'm Boden.«

Er lachte laut auf und schlug einmal mit der flachen Hand auf den Tresen. Drüben sprang eine Maschine an und Muddy wurde lauter, um sie zu übertönen.

»Da war nämlich einer aus 'nem Studio stiften gegangen, der wollte sich mit ein paar Vorlagen aus dem Staub machen.«

»Aus dem Hamburger Berg Nummer acht«, sagte Luz und schüttelte den Kopf.

»*Touché*«, rief Muddy gedehnt und lachte heiser. »Als Dankeschön hab ich vom Herbert ein Gratistattoo bekommen. Drei Monate später hat er sich zur Ruhe gesetzt. Richtig feiner Kerl. Schalk im Nacken, sag ich nur.«

Luz ging zurück zum Sofa und zog eine kalte Cola aus ihrer Tasche, während Muddy selbstvergessen weitererzählte.

»Das war so klasse. Vor meinen Jungs war ich natürlich der Held vom Erdbeerfeld, ab da wollte ich das lernen. Aber den paar Tätowierern in unserer Ecke, denen musste man mit so was man gar nicht kommen, da gab's direkt was auf die Zwiebel. Die brauchtest du nicht fragen, wo man eine Maschine herkriegen könnte. Damals war das wahrscheinlicher, vom Blitz getroffen zu werden, als von 'nem Tätowierer was übers Tätowieren zu hören.«

Nun deutete er auf eine leere Jack-Daniels-Flasche auf der Fensterbank, die Luz in diesem Moment zum ersten Mal auffiel. Wahrscheinlich war ihr vorher immer gleich der Alligator ins Auge gesprungen.

»Irgendwann hat ein Bekannter von meinem Bruder in Harburg ein Studio aufgemacht, wo wir erst mal viel rumgehangen haben. Musik hören und so, wie das halt so ist. Versuchskaninchen spielen. Du ahnst das nicht, wie viel vernarbte *Scheiße* ich auf den Beinen hab. Na ja. Auf jeden Fall saßen wir abends mal auf dem Trockenen, da meinte der zu mir, wenn ich ihm 'ne Buddel Whisky klau, lässt er mich auch mal ran an die Maschine. Das musste der mir natürlich nicht zweimal sagen. Ich bin losgeeiert und hab dem seinen Whisky geklaut.«

»Und dann?«

Muddy lachte. »Na, was glaubst du, und dann? Dann hat er den getrunken und ist eingeschlafen, war ja klar. Aber am nächsten Tag hat der sich da noch dran erinnert. Frag mich nicht wie. Und ab da hat der mir manchmal Sachen gezeigt. Eigentlich wollte der nur wen für die Drecksarbeit haben. Nadeln löten, dafür hatte ich irgendwie ein Händchen. Und sauber machen musste ich natürlich. Und irgendwann, als an einem Morgen alle verkatert waren, hieß es dann, so, den nächsten Kunden machst du. Das war meine Ausbildung. Aber die Jungs da waren schon in Ordnung. Das hat einfach 'ne Weile gedauert, bis die einem geholfen haben. Schissbuxen waren das, die immer gemeint haben, dass wer besser wird als sie selber und die Kunden abgreift. Als die gemerkt haben, dass ich harmlos bin und dass ich über deren Kram den Mund halte und auch mal mit anpacke, wenn's brenzlig wird, da gehörte ich irgendwann dazu. Aber war ’ne harte Schule, da will ich nicht lügen.«

Er zog die Mundwinkel runter und nickte eine Weile.

»Ich war auch nicht der große Zeichner, muss ich zugeben. Damals lief ja das meiste noch über die Vorlagen, die hab ich dann geübt wie ein Wahnsinniger. Als die ganzen Tribals in Mode kamen, da bin ich besser geworden. Da konnte man nicht so viel falsch machen, wenn man die Farbe erst mal in die Haut bekommen hat, man brauchte nur Geduld. Da war ich nicht mehr so nervös, ne. Als das mit den Custom-Sachen anfing, stand ich erst mal ganz schön auf dem Schlauch.«

Er lachte nervös und senkte den Blick.

»Ja nu. War ein langer Weg. Aber das, was du da in deiner Mappe hast, das ist richtig stark, muss ich ehrlich sein.«

Luz lächelte und nahm einen großen Schluck Cola. Sie dachte an die unzähligen Stunden zurück, die sie als Kind allein in ihrem Zimmer verbracht hatte, mit immer neuen weißen Blättern, und wenn keine mehr da waren, kamen die Rückseiten dran, weil niemand sie anrief und ihre Eltern nicht zu Hause waren.

»Ich hab auch gezeichnet, seit ich einen Stift halten konnte«, sagte sie und brach die Lasche von der Dose ab.

Muddy nickte anerkennend und deutete nach draußen in die Sonne.

»Schmöken?«

»Schmöken«, sagte sie und stand auf, um ihre Kippen zu holen.

Im Arbeitsbereich roch es nach Räucherstäbchen und Patschuli. Dass Hänk noch bei den Outlines war und seine Maschine besonders laut surrte, hielt die beiden Freaks offenbar nicht von einer angeregten Diskussion ab.

»Das mit dem Baumhoroskop war natürlich völliger Blödsinn«, rief der Crack-Merlin gerade, der von der Besucherbank aus beim Stechen zusah.

»Neuzeitlicher Neopaganismus«, spuckte sein Kumpel aus, der bäuchlings auf Hänks Liege lag. »Aber dass es sich bei den Coelbren um eine reine Erfindung Iolo Morganwgs handeln soll, möchte ich doch stark bezweifeln.«

»Natürlich hatten die walisischen Barden eine geheime Schriftsprache«, rief der Crack-Merlin, als bestünde nun wirklich kein Zweifel an dem, was er sagte.

»Natürlich«, pflichtete der Kumpel ihm bei.

Hänk, der seinem Kunden gerade etwas auf die Wade tätowierte, das aussah wie die Labyrinth-Aufgabe aus einer Wundertüte, wirkte sehr unglücklich, zog aber stoisch die Maschine über die Haut.

»Jedenfalls«, rief Crack-Merlin nun, »wenn du gleich noch eine Minute hättest ...«

Er fischte einen Zettel aus seinem Beutel und stand auf, um ihn Hänk zu zeigen. Der richtete sich auf und wischte über die Tätowierung, er warf einen kurzen Blick auf den Zettel und sah anschließend auf die Armbanduhr. Oder zumindest, dachte Luz, tat er so.

»Das wird heute zu eng«, sagte er dann. »Sorry Jungs, kann ich nicht machen.«

»Es wären wirklich nur diese paar Runen ...«

Der Crack-Merlin stand nun leicht gebückt im Raum, als müsse er dringend mal pinkeln.

»Ich hab grad Zeit«, sagte sie und machte einen Schritt auf ihn zu. Der Grantige hob den Kopf.

»Hi«, sagte sie zu dem Crack-Merlin. »Ich bin Luz. Kann ich mal sehen?«

Sie streckte die Hand aus, um sich die Runen auf dem Zettel anzuschauen, doch er machte keine Anstalten, ihn aus der Hand zu geben. Stattdessen wich er kaum merklich zurück und sah unsicher von dem Kerl auf der Liege zu Hänk.

»Keine Sorge«, sagte sie sehr langsam und näherte sich ihm wie einem scheuen Reh, das drauf und dran war, wieder im Unterholz zu verschwinden. »Ich habe das schon mal gemacht.«

Er faltete den Zettel zusammen und steckte ihn in die Hosentasche.

»Ich bin mir gerade doch nicht mehr sicher.«

Hänk nahm den Fuß vom Pedal, und es wurde ganz plötzlich still. Irritiert sah er vom einen Mittelalterkerl zum anderen und legte seine Maschine weg.

»Sie ist Tätowiererin. Du willst eine Tätowierung. Wo ist denn bitte das Problem?«

Er ließ die Handschuhe von den Fingern schnappen.

»Die paar Striche, das ist doch in fünf Minuten erledigt. Ein blinder Schimpanse könnte das stechen.«

Der Crack-Merlin sah in Richtung Ausgang und dann zu seinem Buddy auf der Liege.

»Weißt du was, Ragnar«, sagte er leiernd, »mir fällt gerade ein, ich habe vergessen etwas abzuholen. Ich komme wann anders wieder.«

Dann war sein schwarzer Mantel auch schon aus dem Laden geweht.

»Was war *das* denn bitte?«, hörte sie den Grantigen sagen.

Welcome to my world, dachte Luz und zuckte die Schultern. Dann zog sie ihre Kippen aus der Jackentasche und ging wortlos zurück nach drüben.

Durch das Schaufenster sah sie, dass draußen jemand auf der Bank saß, doch Muddy konnte es nicht sein, der stand mit einer hübschen blonden Frau auf dem Gehweg vor Hausnummer Sechs und erzählte irgendwas, während sie sich mit einer Zigarette im Mund zu seinem Zippo beugte, das er galant für sie abschirmte. Auf den zweiten Blick erkannte sie Rudi auf der Bank, der offensichtlich heute Morgen beim Friseur gewesen war. Statt seiner unförmigen Matte trug er nun ausrasierte Seiten, die restlichen Haare hatte er vermutlich mit so etwas wie Schaumfestiger gebändigt und zur Seite gekämmt.

»Schicko«, sagte sie, als sie die Stufe zum Shop runterging und plötzlich ein angenehm laues Lüftchen abbekam, als wollte der Sommer sich ein letztes Mal empfehlen. Sie klopfte die Kippenpackung auf ihren Handballen und winkte Muddy und seiner Gesprächspartnerin zu. Dann setzte sie sich auf die sonnenwarme Bank.

Plötzlich flog die Ladentür auf und Hänks wütende Stimme drang nach draußen.

»Ja, ja. Das kannst du von mir aus in einer langen Raunacht deinem Druiden erzählen.«

Er schob den merkwürdigen Kunden vor sich her, der sich Jacke und Beutel wie ein Schutzschild vor die Brust hielt, und deutete die Straße runter.

»Da geht's lang. Und sag deinem Runen-Kumpel, der braucht sich hier auch nicht mehr blicken lassen.«

Er warf ihr einen Blick zu und nickte knapp. Dann verschwand er wieder im Laden.

»Was war das denn?«, fragte Rudi. Luz hob einen Mundwinkel, nahm einen langen Zug und pustete den Rauch senkrecht in die Luft.

»Wie viele Tätowierer braucht man, um eine Glühbirne zu wechseln?«

Rudi zuckte die Schultern.

»Keinen. Die scheiß Lampe bleibt aus, du Arsch.«

12

FÜR DEN letzten Eierkuchen war nicht mehr genug Teig da gewesen, er war nur an einer Seite rund geworden und erinnerte Rudi an die gelbe Frisbeescheibe, die er als Kind einmal aus Versehen bei einer Ferienfreizeit ins Lagerfeuer geworfen hatte. Er war von seinen Eltern nach Scharbeutz verschickt worden, es hatte zwei Wochen lang geregnet, und er war ständig hungrig gewesen, da er beim Essen zu sehr seinen Gedanken nachhing und sich erst an das notwendige Schlingen bei den Akkordmahlzeiten gewöhnt hatte, als es wieder nach Hause ging. Geblieben war ein wiederkehrender Albtraum, in dem er zu viel Hagebuttentee trank und nachts auf den endlosen Fluren des Jugendclubs die Toilette nicht fand.

»Das riecht aber gut. Bekomm ich auch einen?«

Ellen stand in Yogahose und weißem Unterhemd hinter ihm und wickelte sich eine lange braune Haarsträhne um den Finger. Sie bewegte sich immer so katzenhaft durch die Wohnung, nie hörte man, wenn sie sich an einen heranschlich. Rudi, dem vor Schreck beinahe die Kelle aus der Hand gefallen wäre, holte tief Luft und rüttelte am Griff der Pfanne, damit nichts anbackte.

»Klar«, sagte er und drehte die Hitze runter. »Mit Zimt und Zucker oder mit Nutella?«

»Nutella natürlich«, flötete sie gut gelaunt, kam näher und

lehnte sich an den Kühlschrank, um ihm zuzusehen. Sie tippte mit beeindruckender Geschwindigkeit auf ihrem Handy herum, das sie morgens beim Aufwachen vom Nachttisch nahm und erst wieder weglegte, wenn sie schlafen ging. Rudi fragte sich manchmal, ob sie es auf der Toilette auch in der Hand behielt und sich einhändig aus ihrer Hose schälte, wenn sie mal musste. Sie hielt ihm das Display hin.

»Kennst du das hier?«

Ein dicker Mann, der offensichtlich nichts außer einer Kochschürze und Pantoffeln trug, wollte gerade einen pizzagroßen Pfannkuchen in der Luft wenden und warf ihn sich dabei ins Gesicht. So lustig war das Video nicht, doch Rudi lachte trotzdem.

»Autsch«, sagte er und stellte die Herdplatte aus.

»Versuch mal«, sagte Ellen und hielt das Gerät ausgestreckt vor sich in die Luft, um zu filmen.

Seit seinem Abend mit Luz hatte in der Wohnung eine merkwürdige tektonische Verschiebung stattgefunden. Während Joanna immer weiter von ihnen wegdriftete, war zwischen Rudi und Ellen eine schmale, aber passierbare Landverbindung aufgetaucht, über die nun zaghafter Austausch stattfand. Er brachte ihr sozusagen den Mais und bekam dafür Kartoffeln. Wenn sie sich nun im Flur über den Weg liefen, behandelte sie ihn nicht mehr wie Luft, sondern lächelte freundlich. Gestern hatte sie ihm die Badezimmertür aufgehalten, nachdem sie sich fertig abgeschminkt hatte, sie hatte im Vorbeigehen gesagt, *Der Nasenring ist hot*, und er hatte sich bedankt und ihr eine gute Nacht gewünscht. Und jetzt wollte sie einen Eierkuchen von ihm probieren. Wen kümmerte es da, dass Joanna kein Wort mehr mit ihnen redete?

»Wo warst du eigentlich beim Friseur?« Sie neigte den Kopf und sah ihn an. »Der Schnitt ist echt super geworden. Ich muss auch mal wieder gehen, aber meiner versteht nie, was ich will.«

Die Butter hatte zu nahe an der Pfanne gelegen. Mit spitzen Fingern versuchte Rudi, das Papier um die weiche Masse zu schlagen und sie vorsichtig zurück in den Kühlschrank zu verfrachten. Er schloss die Tür mit dem kleinen Finger, um keine Fettabdrücke zu hinterlassen. Etwas verschämt dachte er an seinen Friseurbesuch zurück, bei dem er so getan hatte, als spräche er kein Deutsch. Er hatte dem Friseur ein Foto gezeigt und sich anschließend so lange in eine alte *Gala* vertieft – deren Seiten er zügig umgeblättert hatte, als sähe er sich nur die Fotos an –, bis er nicken, bezahlen und gehen durfte.

Ellen tippte weiter auf ihrem Handy herum.

»Schick mir mal die Nummer, ja Hase?«

Rudi schraubte das Nutellaglas auf. Ellens Worte mischten sich mit der Fettzuckerluft, die über der Küche lag, als wären sie auf der Kirmes. Dass seine Mitbewohnerin ihn durch seine äußerlichen Veränderungen plötzlich freundlich behandelte, ja sogar annähernd vertraut mit ihm umging, war zwar an Oberflächlichkeit nicht mehr zu überbieten, fühlte sich aber, das musste Rudi zugeben, trotzdem gut an. Ein bisschen wie eine unerwartete Beförderung, oder als hätte er am Speakeasy zum ersten Mal im Leben das richtige Codewort geflüstert. Nachdem er den Herd abgewischt hatte, holte er seinen Pfannkuchenturm aus dem Ofen, der zum Warmhalten darin gestanden hatte, und drapierte einen der schönsten für sie auf einem Teller. Feierlich kleisterte er ihn mit der Haselnusscreme ein und zeichnete zu guter Letzt mit der Messerspitze ein geschwungenes *Ellen* hinein.

»Oooh cute«, sagte sie, als er ihr den Teller reichte. Sofort machte sie ein Foto.

Eigentlich, das fiel ihm hinterher auf, hätte er sofort hellhörig werden müssen, als Ellen so freundlich zu ihm war. Eigentlich, das lag völlig auf der Hand, hätte es ihm schon zu denken geben müssen, dass sie ihn um *Kohlenhydrate* bat, doch er war so verblendet und glücklich gewesen, dass seine Alarmglocken nicht angegangen waren.

»Du, was ich dich fragen wollte«, sagte sie, nachdem sie den Pfannkuchen ein paarmal mit der Gabel zerteilt hatte, ohne zu essen, und den Teller zurück auf die Anrichte gestellt hatte.

»Ich will mich schon so mega lange tätowieren lassen, einen Löwen, hier auf die Seite, aber ...« Sie zog das T-Shirt bis zum Ansatz ihrer Brust hoch, drehte sich ein wenig zur Seite und sah Rudi auf eine Art an, die ihn, wenn er recht verstand, vermutlich scharf machen sollte, halb Unschuld vom Lande, halb Penthouse-Cover. »Ich bin gerade so richtig unnormal pleite. Hast du nicht Lust, mir was zu stechen? Vielleicht nächste Woche?«

Sie zog ihr Shirt noch ein wenig höher.

Rudi drehte sich um. Er spürte die Resthitze der Herdplatte im Gesicht, als er das Messer so tief es ging in die Nutella steckte und die Paste zentimeterdick auf den obersten Kuchen schmierte. Sie glänzte und zerlief, doch er hatte schon keinen Appetit mehr.

»Einen Löwen?«, fragte er tonlos.

»Genau«, sagte sie. »Ich hab im Internet schon einen gefunden, der mir total gut gefällt, da hättest du gar keine Arbeit mit. Der lauert so hinter einem Busch und hebt eine Tatze.«

Sie machte ein komisches Geräusch, das wohl ein Löwenfauchen sein sollte. Dann hielt sie ihm das Handy ins Sichtfeld und bewegte es ungeduldig hin und her. Rudi nahm es und warf es, ohne einen Blick darauf zu werfen, in die Teigschüssel, die in der Spüle stand. Dann stellte er das Wasser an. Es schien eine Sekunde zu dauern, bis Ellen begriff, was gerade passiert war, sie schrie etwas, stieß ihn zur Seite und fischte in der trüben Suppe herum, bis sie das Gerät zu fassen bekam. Es tropfte. Dann sah sie ihn an, als hätte er gerade vor ihren Augen einen Welpen zu Tode getreten.

»Bist du total geistesgestört?«, kreischte sie, drückte verzweifelt den Ausknopf und schlug das Gerät in ein Trockentuch ein. Rudi stand da wie ein Gummimann.

»Geistesgestört?«, wiederholte er und klappte den Mülleimer auf. »Wer von uns ist hier geistesgestört?«

Er ließ den für sie bestimmten Eierkuchen samt Teller hineinfallen. Der Deckel schlug von selbst wieder zu.

»Nächste Woche kann ich nicht«, sagte er. »Da ziehe ich hier aus. Ihr seid schreckliche Menschen, alle beide. Und wenn ihr Fotos von eurem Innenleben posten müsstet, wären sie so hässlich, da würde auch kein Filter mehr helfen.«

Er klemmte sich die Sprühsahne unter den Arm, nahm seinen Pfannkuchenturm und verschwand in seinem Zimmer.

*

Hänk ließ sich schwer atmend zurück auf das Laken fallen und schloss die Augen. Betty, die immer noch auf ihm saß, fuhr mit ihren Fingernägeln über seinen Bauch und seine Arminnenseiten, sodass ein wohliger Schauer bis in sein Gehirn wanderte. Schließlich spürte er, wie sie seine Hände nahm und sie auf ihre weichen Brüste legte.

Er öffnete die Augen.

Sie lächelte überlegen und strich ihm die Haare aus der Stirn.

»Klappt doch alles«, sagte sie, gab ihm einen Klaps auf die Backe und stieg von ihm ab. Beinahe hätte Hänk laut gelacht, doch er begnügte sich damit, sie noch ein wenig anzuschmachten. Er sah ihr dabei zu, wie sie in ihren schwarzen Spitzen-BH schlüpfte und sich im Schrankspiegel die roten Lippen nachzog.

Dann tastete er nach ihren Zigaretten auf dem Nachttisch und zog das Feuerzeug aus der Plastikhülle.

»Blond steht dir«, sagte er und suchte im Spiegel ihren Blick. Sie lächelte und wurde noch schöner.

»Warst lange nicht mehr hier.«

Dann sah sie auf die Uhr an der Wand und ihr Gesicht wurde ernst, sie bückte sich nach ihrem Slip, der zwischen Tür und Bett auf dem Boden lag. Hänk zog das Kondom ab, es war schlaff und klebrig wie ein alter Luftballon, den man Wochen nach einer Fete unter dem Sofa fand. Er knotete es zu und warf es in den Mülleimer.

Der Zauber war vorbei.

*

Auf dem Weg nach Hause hatte er einen Ohrwurm von *Singing in the Rain*, obwohl es ausnahmsweise einmal nicht regnete. Er warf dem schlafenden Obdachlosen vor dem Ghetto-Netto zwei Euro in seinen Kaffeebecher, beeindruckte sich selbst damit, dass ihm noch einfiel, für den nächsten Morgen Milch zu besorgen, und fasste den festen Entschluss, zu Hause als Allererstes endlich seinen Kaktus im Wohnzimmer zu gießen und gleich morgen früh seinen Werkzeugkasten aus dem Keller zu holen, um sich den Spülkasten vorzunehmen. Alles, was noch zum gelungenen Feierabend fehlte, war eine Pizza und ein frischer Beutel Tabak.

Am Büdchen angekommen, wollte er gerade an der Tür ziehen, als es bimmelte. Sie öffnete sich wie von selbst, und Serdar schob den alten Heinrich nach draußen, der nun mit einem Arm im Mantel auf dem Gehweg stand und leicht hin und her schwankte. Serdar hielt Hänk Heinrichs Hut hin.

»Mein Freund kannst du ihn nach Hause bringen? Ist gleich

da vorne Nummer dreiundvierzig Kirschbaum zweiter Stock. Ich bekomme Ärger von mein Vater wenn ich gehe.«

»Ah, der Herr Tätowierer«, sagte Heinrich und versuchte, den zweiten Ärmel zu finden, doch es gelang ihm nicht. Sein Blick war leer.

»Heinrich.«

Hänk nahm den Hut entgegen und nickte Serdar zu, der dankbar lächelte und wieder an die Kasse ging, hinter der auf einem schuhkartongroßen Fernseher ein Fußballspiel flimmerte. DFB-Pokal, fiel Hänk ein, wenn er sich beeilte, würde er die zweite Halbzeit noch mitbekommen.

»Auf nach Hause«, sagte er, half dem alten Mann in seinen Mantel und hakte sich bei ihm unter. Wackligen Schrittes gingen sie gemeinsam die Straße hinunter, vorbei an der Eisdiele und dem Schlüsseldienst, dem Blumenladen und der Apotheke, hinter deren verschlossener Glastür eine Art Grabbeltisch mit heruntergesetzter Sonnenmilch und Après Sun den endgültigen Jahreszeitenwechsel verkündete.

Als sie bei Nummer dreiundvierzig angekommen waren, sah Hänk an der Fassade hinauf. Er kannte das Haus, es war eines der wenigen hier im Viertel, deren Eigentümer sich die Mühe gemacht hatte, ihm einen frischen Anstrich zu verpassen, dunkelblau mit weißen Rahmen um die Fenster, und links und rechts der kleinen Treppe, die zur Haustür führte und die Heinrich gerade hochwankte, standen in großen Tontöpfen zwei akkurate Buchsbaumkugeln. Hänk zog den alten Tabakbeutel aus der Jacke und machte sich daran, aus den letzten Krümeln eine Kippe zu drehen. Heinrich versuchte unterdessen, mit dem Schlüssel das Schloss zu treffen.

»Ich wusste gar nicht, dass du hier wohnst«, sagte Hänk, um die Zeit zu überbrücken, denn es dauerte.

»Doch, doch«, sagte Heinrich und bückte sich tiefer. »Hier

wohne ich. Seit vierzig Jahren schon. Aber der Schlüssel passt nicht.«

Der Tabak reichte nicht mehr. Hänk zerknüllte das Blättchen und stieg ebenfalls die Stufen hoch. Als er den Bund abziehen wollte, hakte er.

»Das war der falsche, Heinrich.«

»So so, der falsche.« Der Alte lehnte sich an die Wand, griff in seine Mantelinnentasche und wollte einen Schluck aus dem Flachmann nehmen, doch der war leer. Zur Kontrolle schüttelte er ihn einmal über Kopf aus. Hänk probierte einen anderen Schlüssel, und das Schloss sprang auf.

»Voilà.«

Er nahm Heinrich den Flachmann vorsichtig aus der Hand, drehte den Deckel zu und ließ ihn in die Manteltasche des alten Mannes gleiten.

»Ich bin auch tätowiert«, sagte der nun und kippte bedrohlich zu Seite. Hänk lächelte. Bestimmt Marine, dachte er, wahrscheinlich hat der den ganzen Körper voll mit Schwalben, Hula-Mädchen und Dreimastern, täte mich nicht wundern, wahrscheinlich sieht der unter seinen Klamotten aus wie die alten Männer aus *Flammend Herz*. Hänk hielt ihn fest.

»Du? Echt?«, sagte er.

Umständlich befreite der Alte sich aus seinem Mantel, löste den Knopf an seinem Hemdsärmel und schob ihn hoch. Es dauerte einen Augenblick, bis Hänk die unterschiedlich großen, verblichenen Zahlen entziffern konnte, und dann noch einen Augenblick, bis er verstand. Der Alte sah ihn freundlich aus seinen unterlaufenen, dunklen Augen an und zog den Stoff zurück über den Arm. Er räusperte sich leise.

»Der hat sich damals keine Mühe gegeben.«

Ehe Hänk etwas erwidern konnte, hob Heinrich den Hut an und verschwand mit dem Mantel über dem Arm ins dunkle

Treppenhaus. Nachdem die Tür zugefallen war, sah Hänk durch das Milchglas, dass es etwas dauerte, bis er den Lichtschalter fand. Dann schob sich ein verschwommener Umriss langsam die ersten Stufen hinauf. Hänk blieb noch eine Weile dort stehen, bis das Licht wieder ausging.

»Wenn er traurig ist säuft er viel«, sagte Serdar, als er den neuen Tabakbeutel auf die zerkratzte Marlboro-Schale für das Rückgeld legte.

»Wer nicht ...«, sagte Hänk und stellte zwei Flaschen Export daneben, bevor er sein Portemonnaie aus der Hintertasche zog und das Kleingeld zusammensuchte.

13

ALS LUZ am No Regrets ankam, stieg vor dem Laden gerade ein Handwerker im Blaumann auf eine quietschende Leiter und fluchte. Auf der obersten Stufe stand ein Plastikeimer, aus dem eine Wasserwaage, eine Säge und diverse Kabel ragten. Muddy hielt unten die Leiter fest. Als er sie kommen sah, hob er einen Daumen und grinste.

»Kabelbruch«, rief er.

»Scheiße«, rief der Mann auf der Leiter. Eine Kneifzange fiel auf den Boden. Luz hob sie auf und reichte sie wieder nach oben, bevor sie die Tür zum Shop aufzog.

»Ich will ihn genau so«, nörgelte der Grantige gerade, als sie in den Arbeitsbereich kam. Er saß grimmig über seinen Zeichenblock gebeugt wie ein Matrose, der zum Kartoffelschälen verdonnert worden war. Bei jedem Wort wackelte er mit dem Kopf.

»Genau so, wie er da ist.«

Als er sie bemerkte, wurden seine Gesichtszüge schlaff.

»Oh«, sagte er. »Ich dachte, du wärst Muddy.«

»Ich dachte, du wärst Rudi«, sagte sie und stellte ihre Tasche ab.

Dann schwiegen sie.

Luz fing an aufzubauen, sie legte ihre Maschine und die Kartuschen der Reihenfolge nach ab und klebte die Farbkappen daneben, sie legte Handschuhe und Vorlage bereit und stellte den Hocker ein. Vor dem Durchgang blieb sie stehen.

»Hör mal«, sagte sie und wandte sich um. »Könnte sein, dass meine Kundin gleich etwas nervig wird.«

Hänk zeichnete weiter und beachtete sie nicht.

»Kunden sind immer nervig«, sagte er nach einem Moment, mehr zu sich selbst.

»Keine Ahnung«, sagte Luz, »ist nur so ein Bauchgefühl, also ... Ignorier die einfach.«

»Mit Vergnügen«, sagte er, riss plötzlich das Blatt vom Block, zerknüllte es und warf es Richtung Mülleimer. Es fiel daneben.

Ihre Kundin, der sie beim heutigen Termin eine viktorianische Halskette tätowieren sollte, hatte so lange am Entwurf rumgemeckert, bis Luz kurz davor gewesen war, heimlich einen Pimmel einzubauen, zwischendurch hatte sie gefragt, ob Luz auch Hausbesuche mache, da sie so *busy* sei, und nach ewigem Hin und Her war sie am Ende natürlich doch wieder auf den ursprünglichen Entwurf zurückgekommen. Luz atmete einmal tief durch, warf einen letzten Blick auf ihr Setup und ging zurück nach vorn.

Der Leitermann saß inzwischen im Sessel und trank Kaffee, während Muddy vor der geöffneten Kasse stand und einige Scheine für ihn abzählte. Dann ging die Tür auf, und ein Mann und eine Frau betraten den Shop. Sie ähnelten sich so stark, dass man hätte meinen können, ein und dieselbe Person wäre zweimal hintereinander reingekommen, ein mobiles Déjà-vu, nur dass die Frau fransige, schulterlange Haare hatte, der Mann dagegen eine Glatze. Beide trugen die gleiche ausgeblichene Jeans und ein himmelblaues Poloshirt, in das auf der linken Seite in Brusthöhe etwas eingestickt war. Sie setzten sich genau im selben Moment mit einer Selbstverständlichkeit in den Wartebereich, die nur bedeuten konnte, dass sie hier öfters saßen.

»Ah!«, sagte Muddy und nahm schnell seine Lesebrille ab, als habe sie sich nur aus Versehen in sein Gesicht verirrt. Er deutete auf die beiden Gäste.

»Darf ich vorstellen, das sind Tanja und Manfred. Die haben für Freitag Flyer gemacht. Das ist Lutz, unsere Neue.«

»Lutz?«, fragte die Frau gedehnt, bevor sie sich mit einem pinken Plüschhaargummi die totblondierten Haare zurückband. Luz setzte sich zu ihr aufs Sofa und schlug die Beine übereinander.

»Ja, genau. Hi.«

»Freut mich.« Die Frau strahlte sie an. Dann deutete sie mit ausgestrecktem Daumen über ihre Schulter.

»Wir sind nebenan vom Copyshop.«

Copycat, las Luz in knallgelber Schrift auf dem Arbeitsshirt. Sie lehnte sich zurück und verschränkte die Arme vor der Brust.

»Ihr seid Zwillinge und arbeitet in einem Copyshop.«

»Genau«, sagte die Frau und sah Luz an, als wäre nichts weiter dabei. Dann zog sie eine riesige Packung Donuts aus einer Tüte und stellte sie auf den Tisch. Der Mann legte einen Stapel Flyer daneben. Es dauerte keine zwei Sekunden, da stand Muddy neben Luz und ließ die Hand über dem Karton kreisen.

»Tanja war mal Model«, sagte er, nachdem er sich mit der Linken für einen Donut mit bunten Streuseln und mit der Rechten für einen mit Puderzucker entschieden hatte.

»Die hat die ganze Welt gesehen.«

»Ach, die Welt gesehen.« Tanja winkte ab. »Flughäfen hab ich gesehen. Und jede Menge Salat und Abführmittel hab ich gesehen.«

Sie schüttelte sich. Dann lehnte sie sich näher zu Luz herüber.

»Kennste diesen Spruch von Kate Moss?«, raunte sie. »*Nichts schmeckt so gut, wie sich Dünnsein anfühlt*?«

Kurz betrachtete sie den glänzenden Donut in ihrer Hand, biss hinein und sagte mit vollem Mund: »So einen Quatsch kann sich nur eine Engländerin ausdenken.«

Eigentlich konnte Luz es nicht ausstehen, wenn fremde Leute so taten, als wäre man schon seit Jahren miteinander vertraut, doch von Tanja ging eine ehrliche Freundlichkeit aus, die Luz an ihre Tanten erinnerte, die ihr als Kind heimlich Nappo und Kirschlutscher zugesteckt hatten, wenn ihre Eltern gerade nicht guckten. Ihr Lachen war ansteckend und brachte ihren ganzen stattlichen Körper zum Wackeln. Der Mann wirkte wesentlich reservierter. Er sah auf seine Schuhspitzen und rieb sich in regelmäßigen Abständen über das Gesicht.

»Was ist mit dir, Manfred«, fragte Muddy ihn gerade. »Keinen Appetit?«

»Der kann nicht«, sagte Tanja hastig und strafte ihren Bruder mit einem strengen Blick. »Der hat grad Eigenbrauersyndrom. Der wird besoffen, wenn der einen isst.«

»Vom Stress«, erklärte der Mann.

»Und weil du immer nur Bratkartoffeln essen tust.«

»Ich mag eben Bratkartoffeln.«

»Eigenbrauersyndrom?«

Der Leitermann beugte sich vor und stellte seine leere Kaffeetasse ab, um nun auch in den Karton zu greifen.

»Was soll das denn sein?«

»Dem seine Darmflora ist durcheinander«, sagte Tanja und hob vielsagend die Augenbrauen. »Weil der nichts als Bratkartoffeln essen will. Und wenner jetzt Kohlenhydrate isst, macht sein Körper da von selbst *Alkohol* draus. Der darf schon nicht mehr Auto fahren.«

Sie schob sich das letzte Stück Donut in den Mund und leckte zwei Finger ab.

»Das hatter jetzt davon.«

»Du liebe Güde.« Muddy schüttelte den Kopf und griff noch einmal zu. Donuts verschwanden offenbar genauso schnell in seinem Schlund wie Bier. »Deshalb guckst du also so trübe aus der Wäsche.«

»Ach«, sagte Manfred und winkte ab.

»Nee«, schaltete sich seine Schwester wieder ein. »Das ist wegen dem Lukas.« Sie sah Luz entschuldigend an, als müsse sie dolmetschen. »Manfred sein Sohn. Mein Neffe. Hübscher Junge. Aber *schwierig*.«

Sie zog die Mundwinkel nach unten und wackelte skeptisch mit der Hand, als würde sich eine Waage einpendeln. Manfred seufzte hörbar.

»Der ist grad mal siebzehn und will unbedingt ausziehen«, sagte Tanja, wieder an Luz gewandt. »Zu seiner Freundin. Ganz fiese Schlange. Die konnte Manfred von Anfang an nicht leiden. Die hat den Lukas gegen seinen eigenen Vatter aufgehetzt, ist das zu glauben? Jetzt redet er nicht mehr mit dem.«

»Na denn, Prost«, sagte Muddy und hielt Manfred den letzten Donut hin.

Plötzlich veränderte sich Muddys Gesicht wie eine Ampel, die von Grün auf Rot schaltete. Er ließ den Karton zurück auf den Tisch fallen, sprang auf und walzte mit Riesenschritten auf die geöffnete Ladentür zu. Draußen sah Luz einen jungen Kerl mit Dreitagebart und rotem Beanie auf dem Kopf, der sich die Wannados ansah, die sie als Werbung für den Walk-in in einen Aufsteller gehängt hatten. Irgendwie kam er ihr bekannt vor, doch sie konnte nicht sagen, woher. Vielleicht waren sie auf dieselbe Schule gegangen. Muddy baute sich vor dem Plakat auf und klatschte ein paarmal in die Hände, als wollte er lästige Vögel vertreiben.

»Mach dich vom Acker, du Pisspfütze, sonst fällt hier gleich der Schellenbaum um!«, rief er so laut, dass es die ganze Straße hörte. »Los, zieh Leine. Und richte deinem Chef 'nen schönen Gruß aus, wenn wer 'nen Schiss auf den Arm will, schick ich den bei euch vorbei.«

Der Typ erwiderte nichts, sondern versenkte nur die Hände in den Jackentaschen und suchte, mit großem Bogen um Muddys massigen Körper, das Weite.

»Der war von nebenan«, raunte Tanja. »Von *In Ink*.«

»Ah«, sagte Luz, bei der nun der Groschen fiel. Der Shopguy.

»Da hab ich mich auch vorgestellt.«

»Blöde Wichtigtuer«, sagte Tanja. »Und teuer. Hab ich zumindest gehört. Mich kriegen da keine zehn Pferde rein.«

Kopfschüttelnd kam Muddy zurück in den Laden und warf zur Sicherheit noch einen Blick über die Schulter, ob der Kerl auch wirklich verschwunden war.

»Wenn der Affe zuguckt, pflanze ich keine Erdnüsse«, raunte er gehässig und widmete sich dann wieder dem Papierkram, wobei er noch eine Weile immer wieder den Kopf schüttelte und misstrauische Blicke in Richtung Schaufenster warf.

Als Luz das nächste Mal nach draußen sah, stand eine Frau mit riesiger Sonnenbrille und Schlauchbootlippen vor dem Laden, die so fehl am Platz wirkte, dass es sich nur um ihre Kundin handeln konnte. Sie trug einen grauen Samtjogginganzug, der ihre Körpermitte frei ließ, und hatte eine Art Entourage mitgebracht, einen schmächtigen Kerl mit ironischem Vokuhila und vermutlich auch ironischen Tennissocken, daneben stand die sechste Kardashian-Schwester mit klobigem Make-up-Koffer in der Hand. Alle drei sahen sich um, als wären sie aus Versehen in die Favela abgebogen. *Das kann ja heiter werden*, dachte Luz und stand auf, um sie zu begrüßen.

*

Die Neue hatte nicht übertrieben.

Hänk hatte die Ladentür gehört, und dann hatte es keine drei Sekunden gedauert, ehe ein quäkiges Plappern näher und näher gekommen war wie eine Mücke an seinem Ohr. Dann war die Neue auch schon mit dieser Schreckschraube und ihrem Gefolge reingeplatzt. Ein Möchtegern-80er-Heini von Jahrgang zweiundneunzig, auf dessen Schulter nur eine Boombox fehlte, war scheinbar hier, um den großen Tag zu filmen. Er fing an, *Scheinwerfer* aufzubauen und mögliche Winkel auszuloten, als wäre er hier der neue Tarantino. Dann klackerte ihre persönliche Schminkerin rein, die jetzt mit erhobenen Händen dastand, als ekle sie sich vor der Welt, und die so penetrant roch, als hätte sich ihr Parfum einen Spritzer Frau aufgetragen und nicht umgekehrt. Die Neue warf ihm einen entschuldigenden Blick zu, die Schreckschraube kaute unterdessen mit offenem Mund auf ihrem rosa Kaugummi herum, sah sich skeptisch im Arbeitsbereich um und warf sich alle zwei Sekunden ihren Zopf über die Schulter. Hänk vermutete, dass sie gerade mal achtzehn war, doch durch alles Aufgeklebte und Aufgemalte in ihrem Gesicht sah sie aus wie achtundvierzig.

»Ich möchte bitte nicht gefilmt werden«, sagte die Neue gerade zu Tarantino, der jetzt mit einem Tablet in der Hand neben einer Art vertikalem Heiligenschein an der Wand lehnte und gelangweilt guckte. Die Kundin zwirbelte ihren Zopf und sah die Neue an, als hätte sie gerade zu einem Fünf-Sterne-Karibikurlaub *nein, danke* gesagt. Sie ließ ihre Sonnenbrille einmal am Bügel kreisen.

»Ich hab neunzehntausend Follower.«

Der Betonung nach sollte das wohl irgendetwas bedeuten, das sie nun nicht mehr auszusprechen brauchte. Hänks Stirn legte sich ganz automatisch in Falten.

»Trotzdem«, sagte die Neue mit einem angestrengten Lächeln und setzte sich, etwas steifer als sonst, wie Hänk zu bemerken meinte, auf den Hocker. Die Trulla schnippte mit der Vorlage in der Hand in Tarantinos Richtung.

»Hast du an?«

Er hob das Gerät und nickte knapp. Sie hielt sich die Vorlage an den Hals und schmollte in die Kamera. Ganz unvermittelt quäkte sie mit Kleinmädchenstimme in einem derart schwindelerregenden Tempo los, dass Hänk hätte schwören können, jemand spule sie vor.

»So Leute ich bin jetzt hier im Studio angekommen und ich bin schon voll nervös ey ich mach mir voll in die Hose aber das sieht so böse aus, ich komm gar nicht klar drückt mir die Daumen dass das nicht so weh tut Leute bis gleich aaaaaah.«

Sie warf ein paar Küsse in die Kamera. Dann machte sie diese Ich-schneid-mir-die-Kehle-durch-Geste, und der Tarantino ließ das Tablet sinken. Die Neue zog einmal an ihren Handschuhen, dass das Latex schnappte, und wirkte sehr unglücklich. Hänk beneidete sie nicht. Die Vorlage war kompliziert, die Stelle schwierig zu tätowieren und äußerst schmerzhaft, das wäre, dachte er, schon bei einer Schlaftablette eine Herausforderung, aber so?

Plötzlich drehte sich die Schminkerin zu ihm um.

»Kann der Musik anmachen?«

Mit spitzen Fingern hielt sie ihm ihr Handy hin.

Hänk, der nicht vieles an sich mochte, aber seine Schlagfertigkeit schon, blieb der Mund offen stehen. Die Retourkutsche hatte sich in seinem Kopf ganz offensichtlich verfahren. Er drückte sich mit konsterniertem Blick an ihr vorbei und sah, als er nach drüben kam, dass er die Donuts mal wieder verpasst hatte, denn der Wartebereich war genauso leer wie der Karton auf dem Tisch.

»Na, mein Alter«, sagte Muddy, als Hänk sich draußen zu ihm auf die Bank gesellte und seinen Tabak aus der Hosentasche fischte. Es roch nach Gras.

»The times they are a-changing«, sagte Muddy mit angehaltener Luft, machte eine Kopfbewegung in Richtung Laden und hielt ihm den Stickie hin. Hänk streckte die Beine aus, nahm einen tiefen Zug und sah hinüber zu Hausnummer Sechs.

»Gruselig«, sagte er mit dem süßlich kratzigen Rauch in der Lunge. Er verzog das Gesicht und spuckte einmal auf die Straße. Dann begutachtete er die Wannados im Aufsteller. Die Totenköpfe, das musste er zugeben, waren gar nicht mal so übel. Muddy legte den Kopf in den Nacken und pustete den Rauch senkrecht in die Luft.

»Betty war grad hier. Die will Freitag irgendwas Kleines von dir gestochen haben. Ach ja genau, 'nen Skorpion.«

»Hat sie gesagt wohin?«

Muddy grinste und hob zweimal die Augenbrauen.

»Hüfte, glaub ich. Aber das kann sie dir dann ja selber zeigen. Du Glückspilz.«

Noch einmal sah Hänk zu Hausnummer Sechs hinüber, doch so gut wie alle Vorhänge waren geschlossen. Dann spürte er Muddys Ellenbogen am Arm.

»Guck mal.«

»Ach was«, sagte Hänk, lehnte sich zurück und verschränkte die Arme.

Auf der gegenüberliegenden Straßenseite kam gerade Laber-Jochen vorbei und ignorierte sie angestrengt, er wirkte wie ein Huhn, das sich fest vorgenommen hatte, heute auf gar keinen Fall beim Gehen mit dem Hals zu zucken.

»Hat der einen Haufen in der Hose oder was?«

Muddy lachte rasselnd und zuckte die Achseln. Aus der anderen Richtung steuerte nun ein Geschäftsmann mit glänzenden Schuhen und blütenweißem Hemd auf sie zu, der so zügig ging, dass ihm seine Krawatte über die Schulter geweht war. Sichtlich angewidert rümpfte er die Nase, scannte mit den Augen die Straße ab, bis er den Ursprung des Marihuanageruchs lokalisiert hatte, und eilte an ihnen vorüber.

»*Wir fühlen uns wohl hier unten*«, rief Hänk ihm hinterher und tippte sich an die Stirn.

»*Viel Bier und ohne Aktien!*«, ergänzte Muddy. Als sie lachten, warf er ihnen über die Schulter einen bitterbösen Blick zu.

»Pass auf, der ruft gleich die Bullen«, sagte Muddy, wedelte ein paarmal mit der Hand um sich herum und trat den Stummel auf dem Bordstein aus, bevor er ihn zwischen die parkenden Autos schnippte. Hänk beschloss, sich eine zu drehen.

»Hallo.«

Rudi zog, ohne auf Antwort zu warten oder sie anzusehen, die Tür zum Shop auf. Muddy zupfte sich ein paar Fussel vom Pullover. Dann seufzte er und breitete die Arme auf der Lehne aus.

»Der Junge hätte was Besseres verdient gehabt als uns.«

»Hä?« Hänk sah ihn irritiert an, aber sein Freund schaute nur stur geradeaus.

»Du weißt genau, was ich meine. Wir waren keine guten Chefs.«

»*Der* hat doch nie die Zähne auseinanderbekommen.«

Muddy schüttelte den Kopf und seufzte einmal langgezogen.

»Ich bin genauso geworden wie Tobo.«

»Das stimmt doch überhaupt nicht«, protestierte Hänk, der Muddys Ausbilder nur aus wüsten Geschichten kannte. »Mir hast du noch nie eine geknallt.«

»Zu dir war ich auch anders«, sagte Muddy, »aber Rudi hat's immer abbekommen. Und loben tu ich ihn auch nicht. Ich weiß selber nicht warum. Ich glaube, ich weiß gar nicht, wie das geht.

Mir hat auch nie wer auf die Schulter geklopft. Aber das ist nicht in Ordnung.«

»*Du* hast immer gesagt, das hier ist nichts für Mimosen.«

»Ja«, sagte Muddy und stand mit einem leisen Schnaufen auf. »Aber vielleicht war das Blödsinn. Wenn die Mimosen sauber tätowieren können, dann ist das vermutlich Blödsinn.«

Er massierte sich das Kreuz.

»Und jetzt hol ich mir 'ne Pommes. Willst du auch?«

»Schranke mit viel Rot«, sagte Hänk. »Und Grüße an Monika.«

Er lehnte sich zurück und sah seinem besten Freund hinterher, der etwas gebückter zu gehen schien als sonst. Müde hatte er auch ausgesehen. Oder vielleicht stimmte das mit dem Schrumpfen im Alter, dachte Hänk, wahrscheinlich war es das, und wenn das mit dem Schrumpfen stimmte, stimmte vermutlich auch das mit den großen Ohren. Er sah sich um und tastete einmal. Dann holte er tief Luft und sah wieder hinüber zu Hausnummer Sechs. Immerhin gab es jetzt etwas, auf das er sich am Freitag freuen konnte.

*

Wie lange sie dort gesessen hatten, wusste Hänk hinterher nicht mehr. Muddy war mit der Pommes angekommen, und Currywurst hatte er natürlich auch mitgebracht, im Grunde, dachte Hänk, war seine wachsende Wampe mindestens zur Hälfte Muddys Schuld. Dann war Baumarkt-Bernie vorbeigekommen und hatte ewig lange von seinem kranken Köter erzählt, der eine Hüft-OP brauchte, und ein Ödem am Oberschenkel hatte er auch, und eigentlich hatte Bernie das Geld doch in den Notfallbunker stecken wollen, den er gerade in seiner Kellerparzelle anlegte, mit Trinkwasser, Axt und jeder Menge Tomatenmark.

Irgendwann war es Hänk zu blöd geworden, er war in den Shop gegangen, um eine Pause vom Gelaber einzulegen und sich eine Cola aus dem Kühlschrank zu holen, und da hatte er ganz plötzlich von drüben ein Mordspalaver gehört. Rudi, der mit der Schminkerin auf dem Sofa saß und sich bis gerade angeregt unterhalten hatte, hörte mitten im Satz auf zu sprechen und sah zu Hänk rüber, als könnte er hier durch Wände gucken, als hätte er längst geblickt, was da drüben los war.

»Hänk?«, rief die Neue. Sie klang anders als sonst. »Muddy? Kann mal schnell wer kommen?«

Als sie in den Arbeitsbereich getrabt kamen, hing die Schreckschraube leblos wie ein Sack Zement bei der Neuen im Arm. Sofort stürzte die Schminkerin auf sie zu und versuchte, ihren Kopf festzuhalten, der immer wieder zur Seite kippte, als wäre ihr Hals geschmolzen. Der Tarantino filmte.

»Sie ist vor dem Spiegel ohnmächtig geworden«, sagte die Neue, die zum ersten Mal wirkte, als wäre sie doch keine Eiskönigin.

»Schatzi«, rief die Schminkerin verzweifelt, »Schatzi, hörst du mich?«

»Leg sie auf den Boden«, sagte Hänk. Dann keifte er den Tarantino an. »Und du hör gefälligst auf zu filmen.«

Er ging zum Waschbecken, riss eine ordentliche Ladung ZEWA von der Rolle und ließ kaltes Wasser darüberlaufen.

»Heb ihre Beine hoch«, sagte er zur Neuen, die wie ein Kaninchen im Scheinwerferlicht dastand und nicht wusste, wohin mit sich. Er hockte sich neben die Kundin und klatschte ihr das feuchte ZEWA ins Gesicht, wrang es über Stirn und Schläfen aus und erschrak kurz, weil ihre Wimpern plötzlich schief hingen, als hätte er eine teure Puppe kaputt gemacht. Doch nichts passierte.

»Vorsicht, das Tattoo«, sagte die Neue.

»Schatzi«, rief die Schminkerin verzweifelt, während ihre mühevolle Arbeit verlief und in reingeklipste Haarsträhnen suppte.

»Du musst sie ohrfeigen«, sagte Hänk zu ihr.

»Was?«

Sie wich zurück und legte sich eine Hand an den Hals.

»Na, ohrfeigen. Dann wird sie wach. Ich darf das nicht. Ist gegen das Gesetz.«

»Das kann ich nicht.«

»Los jetzt. Eine Ohrfeige. Die wacht dann auf, ehrlich. Aber ordentlich fest.«

Unsicher sah sie erst zu Hänk, dann zur Neuen, dann zum Kameramann, der noch näher gekommen war, um besser draufzuhalten.

»Mach das jetzt *aus*«, kreischte sie und schlug ihm das Tablet aus der Hand, das über den Boden und unter Muddys Liege schlidderte.

»Yo, bist du bescheuert?«, beschwerte er sich und kroch hinterher.

»So, komm jetzt, einmal mit Schmackes«, sagte Hänk. Die Schminkerin kniete sich neben ihre Freundin und schien einen Moment lang all ihren Mut zusammenzunehmen. Sie presste die Lippen aufeinander und machte ein ganz merkwürdiges Geräusch, als müsste sie gleich von einer Klippe springen oder Känguruhoden essen. Dann holte sie überraschend weit aus, und ihre flache Hand klatschte auf die Backe der Schreckschraube, die nun die Augen öffnete und leise stöhnte. Ein Volltreffer.

»Na, siehste«, sagte Hänk. »Geht doch.«

Die Neue legte die Beine ihrer Kundin vorsichtig ab und ging zum Waschbecken, um ein Glas Wasser zu holen.

»Schatzi, du bist in Ohnmacht gefallen. Geht's dir gut? Weißt du, wo du bist?«

Verwirrt richtete sich die Kundin auf und stützte sich auf den Unterarmen ab. Dann fasste sie sich an die Wange, sah sich um, guckte hinunter auf ihr frisches Tattoo, das, wie Hänk zugeben musste, bombastisch aussah. Schließlich schien sie zu verstehen. Ihre Augen suchten den Kameramann.

»Hast du das drauf?«

»Klar«, sagte er. »Das geht safe viral.«

Erleichtert sank sie zurück auf den Boden.

»Nichts da, Freundchen«, sagte Hänk und streckte wütend die Hand aus. »Löschen, aber sofort.«

Der Tarantino rührte sich nicht. Hänk ging auf ihn zu und zerrte ihm das Gerät aus der Hand, durch dessen Display sich nun ein Riss zog.

»So«, sagte Hänk, nachdem er den Mülleimer gedrückt hatte und das Video verschwunden war. Der Tarantino warf ihm einen hasserfüllten Blick zu und streckte die Hand nach seinem Tablet aus. Hänk warf es auf seine Liege und ging kopfschüttelnd wieder nach vorn.

*

»Alter«, sagte die Neue gedehnt, nachdem sie die ganze Bagage aus dem Laden laviert bekommen hatte, und setzte sich neben ihm auf die Bank.

»So was ist mir echt noch nie passiert.«

Hänk schielte zu ihr rüber, doch sie sah nur stocksteif auf die Straße.

»Kommt vor«, sagte er. »Wahrscheinlich nix gegessen vorher.«

Die Neue klopfte ihre Kippenschachtel auf den Handballen und steckte sich eine zwischen die Lippen. Großzügig gab er ihr Feuer.

»Danke. Stimmt das eigentlich«, fragte sie, »dass wir nicht ohrfeigen dürfen? So was ist doch eigentlich ein Notfall.«

Sie nahm den ersten Zug, ihr Körper entspannte sich langsam, und sie sank mit einem leisen Stöhnen tiefer in die Bank. Dann zog sie die Beine an und legte ihren Kopf ab.

»Denke schon, dass wir dürfen«, sagte Hänk. »Aber so war's lustiger.«

14

KREIDEBLEICH STAND Muddy vor ihm, fummelte an seinem Schlüsselbund herum und sagte: »Ich hab einen Termin, ich muss weg. Wir sehen uns morgen früh um Kohlmeise. Sei pünktlich.«

Dann fiel auch schon die Ladentür hinter ihm ins Schloss.

»Was war denn mit *dem* los?«, fragte die Neue und setzte sich mit ihrem Klotzhandy in der Hand auf die Sofalehne, schlug die Beine übereinander und wippte mit dem Fuß. Hänk leckte am Rand seines Blättchens entlang.

»Keine Ahnung.«

Draußen blieb gerade ein merkwürdiger Typ in Jeans und billigem Jackett vor ihrem Schaufenster stehen, der nervös in den Laden lugte und dabei an einer E-Zigarette zog. *Satan*, dachte Hänk und steckte sich die fertige Kippe hinters Ohr. Sogar der Qualm sah bei diesen Dingern unecht aus. Er fragte sich, ob er den Kerl, falls er reinkommen sollte, auf die Neue abwälzen konnte, doch die wartete eigentlich gerade auf eine Kundin.

»Kompass«, sagte sie gerade und sah wieder aufs Handy. »Oder Taschenuhr.«

»Oder ›Was mit Familie‹«, brummte Hänk und konzentrierte all seine mentale Energie darauf, den Kerl vom Studio wegzulotsen. Vielleicht wollte der ja gar nicht reinkommen, dachte er, die Hoffnung starb ja bekanntlich zuletzt, vielleicht stand der einfach nur draußen rum und wartete auf eine Verabredung, vielleicht wollte er gleich auf einen Quickie bei Hausnummer Sechs reinspringen oder nebenan ein paar Zitronen kaufen. Aber nein, nein, er kam jetzt rein, natürlich kam er jetzt rein, und dann hatte er auch noch die Frechheit, drinnen ein letztes Mal an dem scheiß E-Ding zu ziehen, bevor er es wegsteckte. Hänk verzog das Gesicht. *Himbeere.*

»Tach allerseits«, sagte der Typ mit einem aufgesetzten Lächeln und kam zum Tresen, auf den er zweimal mit den Fingerknöcheln klopfte. Seine Zähne waren sehr weiß.

»Ich bin der Mario. Richtig schickes Studio habt ihr hier. Pass auf, Chef, ich will nicht lange um den heißen Brei herumreden, Zeit ist Geld.«

Er lachte und wartete darauf, dass Hänk es auch tat. Nichts war erbärmlicher, dachte Hänk, als Leute, die einem etwas andrehen wollten und dabei auf locker machten und so taten, als wäre es nicht so, als täten sie einem eigentlich einen Gefallen. Als er nicht reagierte, quasselte der Typ einfach stumpf weiter.

»Also, ich habe hier ein richtig gutes Angebot für euch mitgebracht.«

Aus seiner Umhängetasche zog er einen Pappaufsteller und einen Karton, in dem zwei unterschiedliche Sorten Tuben standen, die einen schwarz, die anderen weiß, und drapierte beides auf dem Tresen. ¡heel! und ¡feel!, las Hänk.

»Den Aufsteller hier, den schenk ich euch. Sieht doch schick aus. Und die Creme, ja, die kostet normal im Einkauf vierzehn neunundneunzig, aber wir suchen gerade neue Geschäftspartner, die lass ich euch für ’nen Zehner das Stück hier. Verkaufspreis neunzehn neunundneunzig.«

Der Verkäufer bemerkte es nicht, aber die Neue sah an die Decke und deutete ein Würgen an.

»Und was soll ich damit?«, fragte Hänk.

»Du stellst die richtigen Fragen, mein Freund. Mit ¡heel! heilen eure Tattoos schneller ab, wie der Name schon sagt. Ist 'ne ganz neue Formel, klinisch getestet. Und mit ¡feel! tut das Stechen nicht weh.«

Er sah Hänk zufrieden an und breitete die Arme aus, als sei die Kaufabwicklung nun reine Formsache.

»Brauch ich nicht«, sagte Hänk gelangweilt. »Außerdem, müsste es dann nicht *don't feel* heißen?«

Er sah, dass die Neue einen Mundwinkel hob. Der Kerl namens Mario blätterte innerlich in seinem Skript.

»Weißt du was«, sagte er und hob die Hände. »Du bist skeptisch, kann ich verstehen. Wäre ich auch. Mach einen Probemonat. Rechne einfach zwanzig Euro auf jedes Tattoo drauf und sag den Leuten hinterher, hier, schenk ich dir. Machen die hier nebenan auch. Das ist Service. Da stehen die Leute drauf, wirst du sehen.«

»Für dich immer noch Sie«, sagte Hänk und fegte mit dem Handrücken den Aufsteller vom Tresen. »Der Körper, der heilt sich selber, der braucht euer Kasperzeug nicht.«

Auch den Tubenkarton schob er nun bedrohlich nah an den Rand, sodass der Vertreter ihn auffangen musste, damit er nicht neben dem Aufsteller auf dem Boden landete. Hänk stützte sich mit den Fäusten auf den Tresen.

»Und früher, ja, da wusste jeder Larry, bei dem noch eine letzte Gehirnzelle in der Birne übrig war, drei Sachen über sein Tattoo: Das dauert. Das tut weh. Und das ist für immer.«

»Und es ist nicht umsonst«, ergänzte die Neue.

»Genau«, sagte Hänk. »Und das ist nicht umsonst. Vier Sachen. So. Da geht's raus. Schönen Tag noch.«

Der Vertreter bückte sich, um seinen Aufsteller aufzuheben, faltete ihn zusammen und machte einen Schritt in Richtung

Tür. In einem letzten Versuch sah er zur Neuen rüber, die nur winkte, ohne von ihrem Handy aufzusehen.

*

Luz las sich die Mail noch einmal durch. Ihre Kundin, die in den vorherigen Nachrichten jeden Satz mit drei Ausrufezeichen und fünf Smileys versehen hatte, die allen Ernstes geschrieben hatte, *das wird der tollste Tag meines Lebens!!!*, und das bei einem Mandala-Termin, hatte last minute abgesagt. Das Ganze war etwas merkwürdig, andererseits gab es, was Kunden betraf, eben nichts, was es nicht gab. Manche schrieben ellenlange Mails, und trotzdem hatte man am Ende eine gute Zeit mit ihnen, und die Freundlichen entpuppten sich teilweise als Querulanten hoch zehn. Luz gähnte und sah noch einmal auf ihr Handy. Noch zwei Stunden bis Feierabend. Gerade ging die Tür auf, und ein älterer Mann in Hut und Mantel betrat den Laden.

»Heinrich«, rief der Grantige. Überraschend ungrantig.

»Immer rein in die gute Stube. Hat Serdar dir meine Karte gegeben?«

»Ja«, sagte der Alte und nahm seinen schwarzen Filzhut ab. Er sah sich kurz um, bevor er sich einen Schritt weiter in den Laden vorwagte.

»Das hat er wohl. Guten Abend, Herr Tätowierer.«

Als er sie sah, stutzte er merklich.

»Oh«, sagte er und verbeugte sich ein wenig. »Guten Abend. Heinrich Kirschbaum.«

»Luz«, sagte sie und steckte ihr Handy weg.

»Wir nennen sie Lutz«, hörte sie den Grantigen sagen, diesmal regelrecht gut gelaunt. Sie wandte sich etwas verwundert zu ihm um, doch er blätterte gerade im Papierkram und sah es nicht.

»Tja, also«, sagte der Alte, kam noch näher zum Tresen und

drehte seinen Hut in den Händen, »ich wollte bloß vorbeischauen und sagen … An dem Abend, an dem wir gesprochen haben, da war ich nicht ganz … nicht ganz wohlauf.«

»Passiert den Besten.«

»Ja, das mag wohl sein«, sagte Heinrich. »Jedenfalls wollte ich mich nur herzlich bedanken. Fürs Nachhausebringen.«

»Kein Problem«, sagte Hänk. »Warte mal kurz, ich komme sofort wieder.«

Luz strich sich über die Leggins, während der alte Mann sie verstohlen musterte.

»Ich beiße nicht«, sagte sie. Ihr Gegenüber lächelte und legte den Hut auf dem Tresen ab.

»Das ist gut, an mir ist auch nichts dran.«

Nun blieb sein Blick an ihren tätowierten Handrücken hängen.

»Das sind Tayta Inti und Mama Quilla, die Inkagötter für Sonne und Mond«, sagte Luz, stand auf und hielt sie ihm hin. Unerwartet sanft umfasste der Alte ihre Handgelenke und beäugte die Tätowierungen, die sie sich beim letzten Besuch ihrer Großeltern in Santiago hatte stechen lassen.

»Der Sage nach sind die dunklen Flecken auf dem Mond durch einen Fuchs entstanden, der sich in die schöne Mama Quilla verliebt hat und zu ihr aufgestiegen ist. Doch dann hat sie ihn so fest an sich gedrückt, dass nur die Flecken von ihm übrig geblieben sind.«

»Der arme Fuchs«, sagte der Alte und hob dabei seine buschigen Brauen. Luz musste lächeln.

»Möchten Sie einen Kaffee?«

»Kaffee? Danke, nein. Nicht um diese Zeit.«

»Unserer ist besser als der aus Serdars Automaten«, hörte sie Hänk von drüben, der nun mit einer Zeichnung in der Hand wieder nach vorn kam, die er auf den Tresen legte und Heinrich

Kirschbaum hinschob. Der alte Mann ließ ihre Hände los. Am Tresen angekommen, beugte er sich ein wenig vor, um besser gucken zu können. Luz sah, wie seine Augen um einiges weiter wurden und sich die dünne Haut darüber zu einem Stirnband aus Falten zusammenschob. Dann hob er den Blick, um Hänk anzusehen, er legte eine Hand auf seinen Hut, als müsse er sich festhalten, und sagte schließlich beinahe außer Atem:

»Das ist ja allerhand.«

Luz machte lautlos einen Schritt auf die beiden ungleichen Männer zu und warf einen Blick auf das, was Hänk dem Alten vorgelegt hatte.

Die beiden Blüten sprangen in strahlendem Pink vom Papier. Ihre Stängel wanden sich zu einer Doppelhelix, und zwei der grünen Blätter bildeten ein leicht verschobenes Herz. Heinrich drückte den Hut an die Brust, dass er zerknautschte.

»Pfingstrosen«, sagte Hänk. Dann fügte er hinzu: »Hab mir Mühe gegeben.«

Heinrich räusperte sich.

»Das wäre wirklich nicht nötig gewesen.«

Hänk winkte ab.

»Doch, doch. Geht aufs Haus.«

»Das kann ich nicht annehmen.«

»Doch, doch, Heinrich. Da besteh ich drauf. Nur wenn du willst, natürlich. Ist dein Arm. Sonst schenk ich dir die Zeichnung.«

Eine Weile blieb es still im Laden, nur der Kühlschrank brummte leise zu ihnen herüber. Der alte Mann sah sich noch einmal das Blatt an und fuhr mit seiner zittrigen Hand darüber. Dann sah er Hänk, der die Arme vor der Brust verschränkt hielt und abwartete, einmal in Ruhe an.

»Das kannst du?«, fragte er. Hänk lächelte und nickte einmal.

»Das kann ich.«

Heinrich dachte noch einen Moment nach.

»Da lang?«, fragte er schließlich und deutete nach nebenan.

»So sieht's aus.«

Mit Hut und Zeichnung ging er bedächtigen Schrittes in Richtung Arbeitsbereich.

»Meinst du, ich kann zugucken?«, fragte Luz leise, als der Alte außer Hörweite war. »Ich habe noch nie jemanden in dem Alter tätowiert.«

Hänk nickte knapp. Dann zögerte er einen Moment. Er lehnte sich auf den Tresen und beugte sich an ihr Ohr.

»Er hat eine Zahl auf dem Arm.«

Für einen Moment sah sie Hänk in die Augen. Sie waren wasserblau und entschlossen, und für einen Moment fragte sie sich, wie er wohl früher ausgesehen hatte. Als Azubi in der JVA.

Dann gingen sie nach nebenan.

*

Das, genau das sind die Momente, für die du es machst. Du hast es schon beim Zeichnen gefühlt. Du hast die Blüten vor dir gesehen, bevor sie da waren, du hast es in den Fingerspitzen gemerkt, dass das etwas Besonderes wird, und du hast wieder nicht den Kaktus gegossen, und du hast auch nicht das verdammte Klo repariert, natürlich nicht, du hast die Musik aufgedreht und bis vier Uhr morgens gezeichnet und endlich mal wieder den Kopf frei bekommen. Und die Haut ist so dünn, du musst jetzt vorsichtig sein, du darfst das jetzt nicht verkacken, und du willst es auch der Neuen zeigen, gelernt ist gelernt, und nur, weil das Herzblut manchmal austrocknet, heißt es nicht, dass es nicht mehr da ist, es ist immer da, natürlich ist es da, immer da gewesen, und sie sollen dich gefälligst immer noch mit deiner Maschine in der Hand in die Flam-

men schieben, wenn dein letztes Stündlein geschlagen hat. Und jetzt hör auf, mein Alter, hör auf zu denken, sonst wird das nichts, sonst wird das scheiße, du weißt genau, dass das sonst scheiße wird.

Atmen.

Auf geht's.

*

Es war still, als Hänk das Pedal drückte und das elektrische Maschinengeräusch die Luft zerschnitt. Luz beobachtete seinen klaren Blick und seine Hand, die die Maschine sauber führte.

»Geht's?«, fragte er den Alten, der die Augen geschlossen hielt, als schliefe er.

»Angenehm ist es nicht.«

»Nein«, sagte Hänk, auf dessen Mund sich ein Lächeln andeutete. »Von angenehm kann keine Rede sein. Aber das gehört dazu.«

Eine Weile arbeitete er konzentriert, ohne dass sie sprachen. Die Maschine surrte, das Kühlschrankbrummen kehrte zurück, und Luz vergaß zum ersten Mal seit langer Zeit wieder alles um sich herum, es gab nur diesen Moment, nichts anderes, und die Dankbarkeit darüber, diesen Beruf für sich gefunden zu haben, schnürte ihr beinahe die Luft ab. Sie beobachtete die Gesichtszüge des alten Mannes, das Zucken, als Hänk die Linien zum zweiten Mal nachzog. Heinrich erinnerte sie an ihren chilenischen Großvater, der im Winter am Kaminfeuer in seinem Sessel Siesta hielt und manchmal so tief einnickte, dass seine Augen unter der dünnen braunen Haut flimmerten und zuckten, wenn er träumte.

Irgendwann riss das kratzige Surren ab, es wurde still, und Hänk wischte einige Male vorsichtig über die Tätowierung. Die Outlines waren fertig.

»So furchtbar weh tut es gar nicht«, sagte der Alte nun und öffnete die Augen. »Man gewöhnt sich dran.«

Hänk und Luz warfen einander einen Blick zu.

»Unterarm ist auch harmlos«, sagte Hänk und wechselte zum Shader. »Aber jetzt kommt die Farbe, Heinrich. Das wird etwas mehr zwicken.«

»Ah so.«

Hänk tauchte die Mag ins Dunkelgrün, um das Blatt auszufüllen, das die verschwommenen Ziffern bedecken würde. Er zog die Haut straff. Dann sah er dem alten Mann in die Augen.

»Bereit?«, fragte er. Heinrich nickte.

Nun sah der Alte hinunter auf seinen Arm, auf dem eine Ziffer nach der anderen verschwand. Falls es ihm wehtat, ließ er es sich nicht anmerken. Luz beobachtete Hänk, der stoisch und hoch konzentriert die Nadelgruppe über die Haut kreisen ließ, und dachte noch einmal an ihren ersten Tag im No Regrets zurück, an den Müll, den er dem Laberhannes auf den Rücken geklatscht hatte. Man hätte meinen können, an dem Morgen hätte sich ein Körperdieb seiner bemächtigt.

Als Hänk schließlich die Blüten ausfüllte, erwachte die Tätowierung zum Leben. Die zarten, dicht ineinander gefächerten Kronblätter schimmerten rosa und pink und verbargen den Stempel wie ein Geheimnis. An ihren Rändern, die zur Mitte hin immer heller wurden, ließ Hänk die Haut frei.

»Den Sommer habe ich nie gemocht, weil man im langen Hemd so geschwitzt hat«, sagte Heinrich irgendwann, als nicht mehr viel fehlte und Hänk eine kurze Pause einlegte, um einen Schluck Wasser zu trinken. »Manchmal habe ich einen Verband um den Arm gemacht, aber den Trick kannte damals jeder. Keiner wollte es gewesen sein, aber Leute wie ich wurden trotzdem schlecht behandelt. Auch später noch.«

Hänk leerte das Glas und rieb sich die Augen.

»Warum hast du es dir nicht eher überstechen lassen?«

»Oder wegmachen lassen«, fügte Luz hinzu.

Heinrich dachte eine Weile nach.

»Wisst ihr, ohne die Nummer auf meinem Arm hätte ich gar nicht gewusst, wo mein Leben angefangen hat. Ich war doch noch so jung und hätte es vermutlich nie erfahren. Mein Onkel hat lange nach mir gesucht und mich ins Ruhrgebiet geholt, nachdem er mich endlich gefunden hatte. Aber jetzt habe ich lange genug an das Schlimme gedacht. Jetzt möchte ich mich an das Schöne erinnern. Und mein Leben, das hat eigentlich erst wirklich begonnen, als ich meine Frau kennengelernt habe.«

»Weißt du, wie die Sorte heißt?«, fragte Hänk und rollte mit dem Hocker zurück zu Heinrichs Arm. »Von den Pfingstrosen?«

Heinrich schüttelte den Kopf.

»Better Times.«

Nun grinste er den Alten an und der Alte lächelte zurück.

»Better Times«, wiederholte er. »Wirklich allerhand.«

Dann lehnte er sich zurück und schloss wieder die Augen.

15

MUDDY LAG auf dem Bett und wartete darauf, dass sein Körper aufwachte. Wenn er Pech hatte, fühlte sich sein Rücken morgens so an, als hätte er auf einem schlecht bestückten Nagelbrett geschlafen oder als hätten sich seine Arme und Beine während der Nacht in ein Windrad verwandelt, das kräftig rotiert hatte. Er massierte seinen steifen Nacken, bis er sich vorsichtig auf die Seite rollen konnte, das war immer das heikelste Manöver, wenn er nicht aufpasste, schlug ein Blitz in seine Wirbelsäule ein und blieb den ganzen Tag darin stecken. Schließlich schob er die Beine über die Bettkante und blieb eine Weile sitzen, bis es ging. Er spülte die Tablette runter, die auf seinem Nachttisch lag, puhlte ein paar Flusen aus seinem Bauchnabel, rieb sich das Gesicht und humpelte anschließend in die Küche, um Kaffee aufzusetzen.

Da heute ein besonderer Tag war, griff er nicht wie sonst zur Instant-Dose, sondern brühte sich frischen auf. Er klickte eine neue Klinge in seinen Rasierer und genoss das mühelose Gefühl, mit dem das scharfe Metall über seine Wangen glitt. Zur Feier des Tages machte er nach dem Zähneputzen sogar Mundspülung, obwohl das brannte. Dann setzte er sich seine neue Brücke ein. Er grinste sich im Spiegel an, und ein Muddy ohne Zahnlücken grinste zurück, genau wie gestern Abend. Der Anblick war ungewohnt, eine Fata Morgana – fast zu gut, um wahr zu sein. Wieder zog er die Mundwinkel auseinander. Das sah schick aus, jünger, und nicht mehr ganz so verlebt, das hatte der Zahnarzt prima gemacht, auch wenn Muddy ihm gegen Ende des letzten Termins am liebsten eine geknallt hätte, nachdem der feine Herr zum fünften Mal behauptet hatte, gleich wären sie fertig.

Er fütterte Pacheco, seinen etwas zu rundlich geratenen, gescheckten Kater, der schon mit züngelndem Schwanz auf dem Flurschrank hockte, laut schnurrte und auf die stinkigen Fleischbrocken in seiner *Tom & Jerry*-Schale wartete. Muddy kraulte den Schädel unter dem dünnen Fell, während das Tier sein Futter runterschlang, als gäbe es nie wieder was. Bevor Muddy das Haus verließ, griff er zu dem guten Diesel-Flakon, den er seit zehn Jahren nur zu wichtigen Anlässen benutzte – wahrscheinlich war von der blassblauen Flüssigkeit mehr diffundiert als auf seiner Haut gelandet. Er warf einen letzten Blick in den Flurspiegel, grinste, wie um sich zu versichern, dass die Zähne immer noch da waren. Dann griff er nach der Tüte, die seit Tagen an der Tür bereitstand, zog den Schlüssel ab und verließ die Wohnung.

Der Obdachlose vor dem Netto wachte gerade auf, als Muddy um die Ecke bog.

»Moin moin«, sagte Muddy und grinste ihn erwartungsvoll an. Der Obdachlose richtete sich auf wie ein Schlauchboot, in das nun nach und nach Luft gepumpt wurde, stöhnte einmal leise und rubbelte sich über die dicken, verfilzten Locken. Etwas enttäuscht sah Muddy ein, dass die Veränderung in seinem Mund hier noch keine Wellen schlagen würde, der Kerl hier hatte, dachte er schuldbewusst, vermutlich andere Sorgen.

»Tach Meister«, sagte der gerade mit zerknautschter Aufwachstimme und legte ein wenig den Kopf in den Nacken, um nach oben zu blinzeln. »Haste ’nen Euro für mich?«

»Sicher«, entgegnete Muddy. »Haste Feuer?«

»Klar. Haste 'ne Kippe?«

»'türlich.«

Muddy zückte seinen Tabakbeutel, in dem zwischen den braunen Fasern immer ein paar fertig gedrehte Zigaretten steckten, und reichte dem Typen eine. Dann tastete er nach seinem Portemonnaie. Das Kleingeldfach war leer.

»Ach schietekehr«, sagte er und klopfte sich die Taschen ab. »Ich fürchte, ich hab doch keinen Euro.«

»Macht nichts«, sagte der Obdachlose und steckte sich die Kippe hinters Ohr. »Ich hab auch kein Feuer.«

Er zuckte die Achseln und gähnte einmal lang und breit.

»Tja, also«, sagte Muddy und kratzte sich etwas ratlos am Kopf. »Bis morgen dann.«

Sein Gegenüber hob eine Hand, mit der anderen zog er sich den knallroten Schlafsack fester um den Bauch.

»Tschüssikowski.«

Vor dem Shop wartete Hänk mit ausgestreckten Beinen auf ihrer Bank. *Braver Junge*, dachte Muddy. Sein Freund warf sich gerade den letzten blauen Delfin in den Mund und kaute angestrengt, bevor er die Papiertüte zerknüllte und in der Hosentasche verschwinden ließ. Immerhin, dachte Muddy, trug er nicht den alten Jogger, der nach Einsamkeit und Winterdepression aussah, sondern die Levis, die er sich irgendwann gleich dreimal gekauft hatte, als sie auf die Hälfte reduziert war. Das seelische Befinden seines Freundes ließ sich nach so vielen Jahren anhand weniger Merkmale punktgenau bestimmen – nur noch im Jogger rumlaufen war nicht gut, fettige Haare auch nicht, genauso wenig wie sein wachsender Bierbauch –, und Muddy war froh, bei Hänks Anblick endlich mal wieder zu denken: Dem geht's passabel.

»Augen zu!«, sagte er, nachdem er sich daneben gesetzt hatte, und nickte zur Ermutigung, als Hänk ihn nur genervt von der Seite ansah. »Komm, Diggi, Augen zu, hab ich gesagt.«

Hänk seufzte und schloss die Augen.

»Riech mal.«

Muddy hielt Hänk die Tüte unter die Nase. Seine Stirn kräuselte sich.

»Ich riech nix.«

»Augen auf!«

Hänk öffnete die Augen und schreckte zurück.

»Aaaah! Den hättest du mir auch einfach zeigen können.«

»Jaaa«, rief Muddy, »aber riech doch mal. Ich hab ihn überarbeiten lassen.«

Nun beugte Hänk sich vor und sog noch einmal Luft in die Nase ein, direkt über der Tüte, aus der Muddys Alligator zu ihm hochguckte.

»Tatsache.« Hänk verschränkte die Arme vor seinem St.-Pauli-Totenkopf und sah einen Moment auf die Straße.

»Heißt das jetzt, dass ich heute freundlich sein muss, oder was?«

»Das heißt das«, sagte Muddy. »Und beschwer dich nicht. Zahnarzt war schlimmer.«

Der große Moment war gekommen. Er grinste Hänk an.

Zuerst riss sein Kumpel die Augen auf, dann kniff er sie zusammen und fuhr wie eine Schildkröte den Hals aus, um Muddys neues Gebiss genauer unter die Lupe zu nehmen.

»*Alter.*«

Muddy grinste noch breiter und tat so, als posierte er vor einer Paparazzihorde.

»Gut?«

»Affenstark.«

Zufrieden lehnte er sich zurück und breitete die Arme auf der Rückenlehne aus.

»Will ich auch meinen. Gib mal Feuer.«

Hänk klopfte seine Jacke nach der altbekannten länglichen Form ab, als Rudi um die Ecke bog.

»Hallo«, sagte er im Vorbeigehen, die Hände tief in die Taschen seiner Hose vergraben, und wollte gerade die erste Stufe zum Shop nehmen.

»Howdy!«, rief Muddy überschwänglich. »Na? Bereit für den großen Tag?«

Der Junge zögerte, als habe ihm ein alter Mann vom Gebüsch aus Süßigkeiten angeboten, und wandte sich zu ihnen um.

»Was meinste denn«, sagte Muddy und deutete mit dem Kinn in Richtung Aufsteller, auf dem noch immer Rudis Totenköpfe für den Walk-in warben. »Wie viele von den Dingern machste heute?«

Hänk reichte ihm Feuer, und er paffte einige wabernde Wolken in die Morgenluft. Rudi rieb sich die Nase und schob mit der Fußspitze einen Kiesel von der obersten Treppenstufe.

»Alle.«

»Alle?«

Muddy schob die Unterlippe vor und nickte beeindruckt. Noch ehe er etwas sagen konnte, hatte Rudi sich umgedreht und war wortlos im Laden verschwunden.

»Irgendwas is anders«, sinnierte Hänk und nahm, als wäre er Sherlock Holmes, einen langen Zug, der die halbe Zigarette auffraß.

»Wo?«

»Bei dem da. Die Haare. Und der Flash. Und der läuft auch plötzlich ganz anders.«

Muddy zuckte die Achseln.

»Vielleicht hat er endlich mal 'ne Freundin abbekommen.«

»Vielleicht«, raunte Hänk, bevor er die Kippe auf die andere Straßenseite schnippte, wo sie in einem Gulli verschwand. Dann quietschte die Bank, und er zog etwas aus seiner Umhängetasche.

»Hier. Kannste da auch reinhängen.« Er deutete auf den Aufsteller. »Hab auch neuen Flash gemacht.«

»Ja scheiß die Wand an.« Muddy legte seinem Freund eine Hand auf die Schulter und drückte kräftig. »Es geschehen also noch Zeichen und Wunder.«

»Aua.«

Hänk schüttelte ihn ab und hielt ihm das gestärkte Papier hin. Muddy stutzte.

»Blumen?«

»Blumen?«, äffte Hänk ihn nach. »Warum denn nicht Blumen? Menschen mögen Blumen. Ist mir jetzt der Schwanz abgefallen, weil ich Blumen gezeichnet habe?«

Er deutete auf einen feuchten Tannenzapfen, der zwischen dem Laub im Rinnstein lag. Bevor Muddy genauer hinsehen konnte, riss Hänk ihm den Bogen grob aus der Hand.

»Aua«, rief Muddy und sah einen feinen Schnitt in seiner Fingerkuppe, aus dem ein wenig Blut quoll. Er steckte ihn in den Mund.

»Ist ja gut, ich hab ja gar nix gesagt. Du liebes bisschen. Bei dir kommt man sich manchmal vor wie eine Schlange in 'nem Raum voller Schaukelstühle.«

»Na?«, sagte plötzlich eine Frauenstimme. »Ehekrach?«

Lutz stand neben der Bank und fummelte gerade einen Kaugummistreifen aus dem Silberpapier. Schnell zog er den Finger aus dem Mund und lächelte breit.

»Moin, Lutz.«

»Whoa«, sagte sie gedehnt und kam einen Schritt auf ihn zu, um seine Zähne zu bewundern.

»Gut, was? Meine Beißerchen sind jetzt wieder tutto completti!«

Sie nickte anerkennend. Er spürte, wie Hänk neben ihm aufstand und zum Aufsteller rüberschlurfte. Es klickte, und er schob das Papier hinein. Dann klickte es noch mal.

»Sonnentau. Fingerhut. Venusfalle. Sehr nice«, sagte Lutz und nickte dazu. Hänk warf ihm einen hämischen Blick zu und ging, gefolgt von Lutz, in den Laden. Muddy seufzte und wartete einen Moment ab, bevor er sich auf der Lehne abstützte und testen konnte, was sein Rücken vom Aufstehen hielt, aber die Tablette wirkte, und abgesehen von einem leichten Zwicken im Knie war nun alles so weit warmgelaufen, dass er sich nicht mehr vorkam, als hätte ihn die Nacht durch den Fleischwolf gedreht.

*

Der Vormittag war etwas schleppend angelaufen, doch nun war es kurz nach drei, und sie hatten gut zu tun. Rudi saß an seinem vierten Totenkopf, die Neue überstach jemandem den Namen einer Verflossenen, und Muddy nahm vorn immer neue Kundschaft in Empfang. Zwischenzeitlich bildete sich sogar eine kleine Schlange. Vor Hänks Nase hing ein pelztierartig aussehender Unterschenkelmuskel, den er gerade mit einem gelben, der Aufgabe kaum gewachsenen Einwegrasierer von der wuchernden dunklen Haarschicht befreite, um eine Artischocke mit Tröte im Mund zu stechen, weil der Typ in der Band »Die Partyschocken« Bassgitarre spielte. Binnen weniger Wochen würde das Tattoo zwar zuwachsen wie ein Graffiti auf einer Efeumauer, aber sei's drum, dachte Hänk, während schwarzer Flaum zu Boden rieselte. Die Arbeit ging ihm heute leicht von der Hand, Ozzy krächzte aus der Anlage, um vier wollte Betty kommen. Das Leben war gut.

Als er gerade das fertige Tattoo abklebte, ging drüben die Tür auf, und er hörte Tanjas emsiges Geschnatter hinter der Wand.

Jetzt musste es schnell gehen. Er riss eilig das Klebeband ab und versuchte, mit der Klebeseite möglichst wenig Behaarung zu erwischen, damit sein Kunde zu Hause nicht allzu sehr leiden musste.

Als er nach vorn kam, rief Tanja gerade: »Janis Joplin!«, und zog anschließend in hohem Bogen die neonpinke Packung mit den Donuts aus der Tasche. Manfred saß schon neben einem jungen Kerl mit eiförmigem Kopf und schlabberigem Kapuzenpullover auf dem Sofa, vermutlich seinem Sohnemann, der mit leerem Blick auf sein Handy stierte, bevor seine Tante es ihm aus der Hand nahm. Beleidigt funkelte er sie an.

»Weißt du, was sie mit der gemacht haben, als die studiert hat? Die haben eine Kampagne ins Leben gerufen, damit Janis Joplin zum hässlichsten Mann auf dem Campus gewählt wird. Und so isses dann auch gekommen.«

Sie nahm einen herzförmigen, mit rotem Guss überzogenen Donut und drückte ihn dem Jungen in die Hand, der nur den Kopf senkte und hineinbiss, als sei es ein schweres Los im Leben, jetzt in diesen blöden Donut beißen zu müssen.

»Und eins sach ich dir jetzt mal«, sprach Tanja weiter. »An die Namen von diesen Dämlacken erinnert sich heute kein Schwein mehr. Aber jeder kennt Janis Joplin.«

Hänk knurrte der Magen. Während er noch die Scheine in die entsprechenden Kassenfächer fummelte, war Muddy natürlich schon längst zur Sitzgruppe scharwenzelt und hatte den ersten Donut in die Finger bekommen, und jetzt hielt Tanja den Karton auch noch zwei wartenden Kunden hin, die gerade die Bilder an der Wand beäugten. Dann war er endlich fertig und stieß mit der Hüfte die Kasse zu, doch sein Kunde hörte einfach nicht auf, sich bei ihm zu bedanken und ihm dumme Pflegefragen zu stellen, der war hier noch lange nicht fertig, der wollte seinen verdienten Abschiedsplausch, und je länger sie hier am

Tresen trödelten, desto geringer wurde seine Aussicht auf einen Donut. Er konnte doch aus dem Augenwinkel sehen, dass Muddy sich schon wieder nach vorn beugte und seine fette Pranke über der Schachtel schwebte.

Mit einer hastigen Nein-ja-nein-Kombi zum Thema Duschen, Cremen, Sauna schob er den Kunden zur Tür und schaffte es gerade noch mit einer Art Becker-Hecht, den letzten glasierten Teigkringel abzugreifen, bevor im Karton nur noch ein paar traurige Krümel, Streusel und Schokoschlieren am Rand übrig waren. Er atmete auf.

Der Junge im Schlabberpulli starrte weiter sauertöpfisch vor sich hin. Tanja warf Manfred einen Na-mach-schon-Blick zu.

»Ja.« Er räusperte sich. »Also, Lukas, wenne willst, kannse ein Tattoo haben. Schenk ich dir.«

Der Junge hob den Blick und wischte sich mit dem Ärmel ein wenig roten Zuckerguss aus dem Mundwinkel.

»Im Ernst? Jetzt?«

»Ist alles abgeklärt«, sagte Muddy in dem Moment, sah zu Manfred rüber und tippte sich an die Stirn. Tanja strahlte.

»Nu geh schon, und such dir was Schönes aus. Ich geb auch bissken watt mit dabei.«

Muddy nahm Lukas mit nach hinten und klopfte ihm dabei so fest auf den Rücken, dass er einen Schritt nach vorn stolperte. Manfred räusperte sich und strich sich die Hose glatt. Dann sprang er plötzlich noch einmal auf und rief den beiden hinterher: »Aber kein Pin-up, ne? Und nicht auf den Unterarm! Und sag's nicht deiner Mutter.«

Er sank zurück ins Sofa und seufzte einmal tief.

»Der verlorene Sohn ist also heimgekehrt«, sagte Hänk, bevor er noch einen samtweichen, vanilleduftenden Bissen nahm und zufrieden dachte, dass er gerade keine Karies hatte, sonst würde das jetzt zwicken.

»Das kannst du laut sagen«, sagte Tanja, ehe Manfred etwas erwidern konnte. »Seine Freundin hat mit ihm Schluss gemacht, weil er ihr das Falsche zum Geburtstag geschenkt hat. Also, eigentlich das Richtige, aber gefälscht …«

»Ging um eine Tasche«, sagte Manfred müde.

» … und jetzt hat die in seiner Schule überall was rumerzählt von wegen er hätte ihre Katze getötet.«

»Ihre Katze getötet?«

»Ja«, sagte Tanja und lehnte sich vor, »das Vieh hat sich wohl mitte Kordel vom Vorhang stranguliert. War jedenfalls ein Unfall.«

Manfreds Wangen wurden plötzlich knallrot. »Und das soll jetzt der Lukas gewesen sein. Dabei war der noch nicht mal dabei! Und die ganze Schule nennt ihn jetzt Katzenkiller.«

»Reg dich nicht so auf«, sagte Tanja und tätschelte ihrem Bruder den Oberschenkel. »Denk an dein Darm. Und glaub's mal, das war das Beste, was dir passieren konnte.«

»Eine tote Katze?!«

Tanja seufzte und hob den Blick.

»Nein«, sagte sie, »dass die sich streiten. Der hat seine Lektion jetzt gelernt, da kannse sicher sein.«

»Traue keiner Frau mit Katze?«

Hänk rieb sich Puderzucker von den Fingern.

»Ach, du«, sagte Tanja und schnalzte mit der Zunge. »Blut ist dicker als Wasser, meine ich.«

Hänk schielte nach draußen. Schulkinder rannten zur Bahn oder zum Dönermann, dass die bunten Reflektoren an ihren viel zu riesigen Ranzen wackelten.

»Den Spruch fand ich immer blöd, wenn ich ehrlich bin.«

Tanja zuckte mit der Schulter und Hänk beschloss, eine rauchen zu gehen.

Über der Straße lag inzwischen die frühe Feierabendstimmung von Freitagen im Herbst. Die Leute kamen aus dem Büro, sie lockerten ihre Krawatten, gingen zu einem Date oder holten sich auf dem Heimweg schwingende dünne Plastiktüten mit dem Fast Food ihrer Wahl, Chop Suey vom Chinesen oder Pommes oder dicke Dürümrollen in Silberfolie, um das Wochenende gebührend einzuläuten. Hänk beneidete sie um ihren freien Samstag, er würde morgen wieder hier sitzen, Beine rasieren und auf Kundschaft warten. Doch nun ging drüben bei Hausnummer Sechs die Tür auf, und sein Herz schlug ein wenig höher, als er Betty in ihrem Trenchcoat erkannte, die auf der Fußmatte stehen blieb und sich umdrehte, um einer schmalen rothaarigen Frau die Tür aufzuhalten. Gemeinsam schlängelten sie sich durch die Autos auf der Straße, die offensichtlich von einem in zweiter Reihe parkenden Lieferwagen aufgehalten wurden. Jemand hupte.

»Hello Sailor.«

Mit einer Zigarette zwischen den Zähnen beugte Betty sich vor, strich sich elegant ein paar wippende Haarsträhnen hinters Ohr, und Hänk sprang auf, um ihr Feuer zu geben. Sie lächelte nicht wie sonst, das war eigenartig, und nun sah sie ihn auch ganz merkwürdig an, als wäre das hier ein Spionagefilm, als käme gleich eine wichtige verschlüsselte Botschaft für ihn, nur dass sie wirklich als Bondgirl durchgegangen wäre, während Hänk wohl niemand den suaven Geheimagenten abnahm. Die schmale Rothaarige hielt den Blick gesenkt und fingerte an einem Silberring herum, den sie immer wieder abstreifte und aufsteckte. Betty blies sich den Rauch über die Schulter und warf einen kurzen Blick in den Laden.

»Muddy auch da?«

Hänk klappte seine Blättchen auf, in denen ein gelbes anzeigte, dass sie langsam knapp wurden. Er zupfte es heraus und zerknüllte es zwischen Daumen und Zeigefinger.

»Der ist grad beschäftigt. Wo brennt's denn?«

»Bei Gina war gestern ein komischer Kunde«, sagte Betty und zog noch einmal scharf an ihrer Zigarette. »Der hat euren Laden beobachtet.«

»Ein komischer Kunde«, wiederholte Hänk. »Komisch inwiefern?«

Nun hob Gina den Blick und sah ihn durch ihre langen dunklen Wimpernkränze an. Auf ihrer Oberlippe hob sich ein Muttermal von ihrer Porzellanhaut ab, von dem er nicht wusste, ob es echt war oder aufgemalt.

»Das war ganz merkwürdig«, sagte sie. »Der kam so gegen sechs, hat für zwei Stunden bezahlt, und dann hat er sich ans Fenster gestellt und zu euch rübergeguckt. Von da oben.«

Sie wandte sich um und deutete auf das linke obere Fenster von Hausnummer Sechs, aus dem man sicher einen guten Blick in den Laden hatte.

»Zwei Stunden bei uns sind eine ganze Menge Geld, um nur aus dem Fenster zu gucken«, sagte Betty und sah ihn vielsagend an.

»Also, manche Kunden kommen ja nur zum Reden oder wollen kuscheln oder so«, sagte Gina, »aber der ... Der war unheimlich.«

Noch einmal sah Hänk zum fraglichen Fenster hoch. Von fünf bis sieben war Heinrich da gewesen, und danach hatte er mit Lutz auf der Bank ein Bier getrunken.

»Der wollte also gar nicht ...?«

Die beiden Frauen schüttelten die Köpfe.

»Nein. Der hat am Fenster gestanden, und dann ist er gegangen. Aber der war sauer. Ich hab ihn irgendwas gefragt, und dann hat er nur gesagt, ich soll das Maul halten. Normalerweise denk ich mir bei solchen, na ja, ich hab jetzt deine Kohle, oder ich lass sie vom Dennis rausschmeißen, aber bei dem war ich einfach nur froh, als der wieder weg war.«

Betty zerrieb den Kippenstummel mit der Stiefelspitze.

»Habt ihr grad Stress mit irgendwem?«

»Nein«, sagte Hänk. »Nicht, dass ich wüsste. Wie sah der denn aus?«

»Der war eigentlich ganz hübsch«, sagte Gina und zuckte die Achseln. »Groß, bestimmt eins fünfundachtzig, blonde kurze Haare und Dreitagebart. Und der war tätowiert, hier.« Sie hob beide Hände an den Hals. »Zwei Motten.«

Hänk dachte, *Nachtfalter*, biss sich aber auf die Zunge.

»Ich muss wieder rüber«, sagte Gina nun und gab Betty links und rechts ein Küsschen, bevor sie die Jacke enger um sich zog und wieder die Straße überquerte. Hänk runzelte die Stirn und sah ihr hinterher.

»Sind die von dir?«, fragte Betty nun und deutete auf sein Flash-Sheet. Er nickte.

»Ich nehm das da.«

»Den Eisenhut? Ich dachte, du wolltest einen Skorpion.«

Sie warf sich ihre Tasche über die Schulter und lächelte endlich.

»Beide giftig, was? Aber die Pflanze da gefällt mir besser.«

Sie zwinkerte ihm zu, und Hänks ganzer Körper spannte sich vor Erregung an, als wäre er dreizehn, als gäb's Hormonstau auf seiner Autobahn, er wippte einmal auf Zehenspitzen vor und zurück, bevor er sich wieder fing und ihr die Tür zum Shop aufhielt.

*

Als Muddy ihn kurz vor Schluss nach vorn rief, war Rudi eigentlich gerade damit beschäftigt, letzte Mails zu beantworten. Eine Kundin wünschte sich den Namen ihres verstorbenen Frettchens auf den Unterarm. Am Empfang wartete sein Chef mit einem Mann auf ihn, der aussah, als hätten Hugo Egon Balder und Dirk Bach ein Kind miteinander gezeugt. Das einzig runde an seinem Körper war der Bauch, der allerdings hervorstand, als hätte er sich zum Spaß einen Wasserball unter den Pullover geschoben. Ansonsten war er hager, und hätte Rudi seinen Beruf erraten müssen, dann hätte er auf Erdkundelehrer getippt. Während sich auf seiner kahlen vorderen Kopfhälfte das Licht spiegelte, sprossen krause schwarze Locken aus der hinteren.

Rudi lächelte freundlich.

»Das ist unser Rudi«, sagte Muddy und klopfte ihm auf den Rücken. »Der macht das.«

Rudi versuchte, sich nicht anmerken zu lassen, wie merkwürdig das Verhalten seines Chefs heute war. Er konnte sich nicht erinnern, jemals von Muddy berührt worden zu sein.

»Der Kunde hier möchte Elvis auf den Arm haben.«

»Okay«, sagte er und legte seinen Zeichenblock auf den Tresen. »An was für eine Schriftart hatten Sie denn gedacht?«

Der Kunde antwortete nicht, sondern zog nur die Augenbrauen zusammen und musterte ihn, als habe er wohl schlecht gehört.

»Keinen Schriftzug«, sagte Muddy. »Einen Elvis.«

Er hob einen Zeigefinger in die Luft, hielt sich ein imaginäres Mikrofon vor den geöffneten Mund und spreizte abrupt die Beine. Der Kunde sah erleichtert aus.

»Genau.«

»In ... diesem weißen Anzug?«, fragte Rudi.

»Jetzt hat er's«, sagte Muddy und klopfte ihm noch einmal auf den Rücken. »TCB.«

Rudi hatte keine Ahnung, was sein Chef damit meinte. Der Kunde lächelte jedenfalls wissend, Muddy tippte sich an die Stirn und schlenderte dann wieder nach hinten, um aufzuräumen. Hänk und Luz saßen draußen auf der Bank und rauchten.

»Okay ...«, sagte er noch einmal, sehr langsam. »Was ... stellen Sie sich denn genau vor?«

»Du kannst du sagen«, sagte der Kunde und streckte ihm über den Tresen die Hand entgegen. »Ich bin der Udo.«

»Rudi.«

Sie setzten sich in die beiden Sessel, und der Kunde zeigte ihm ein ausgedrucktes Bild, auf dem der junge King of Rock 'n' Roll im schwarz-weiß gestreiften Shirt einen Arm in die Luft riss und auf den Zehenspitzen balancierte.

»So in etwa hatte ich mir das vorgestellt.«

»Okay. Und wohin?«

Der Kunde deutete auf seinen linken Oberarm.

»Kann ich mal sehen?«

Udo knöpfte sein Hemd auf, während Rudi zu zeichnen begann.

»Hier wäre mehr Platz«, sagte der Kunde und legte die Hände auf seine Bauchkugel. Er lachte heiser. »Aber da sieht ihn ja keiner. Nur mein Mann, und der zählt nicht.«

Er lehnte sich ein wenig vor.

»Der sagt, ich bin zu alt dafür. Dabei mosert der immer rum, er müsste seine Bingo Wings verstecken. Ich sage immer, wir sind zu alt, um uns über so etwas Gedanken zu machen. Sollen wir vielleicht nur noch nachts auf die Straße gehen und uns tagsüber eine Tüte über den Kopf ziehen?«

Wieder lachte er laut. Rudi sah auf und lächelte.

»Vielleicht will er ja auch ein Tattoo, wenn er den fertigen Elvis sieht.«

»Ich weiß nicht.« Udo zog skeptisch die Mundwinkel runter. »Der hat Angst vor Spritzen. Und Blut kann er auch nicht sehen.«

»Na, dann besser nicht«, sagte Rudi. »Welcher ist denn dein Lieblingssong von Elvis? Das könnte ich einbauen.«

»Na, welcher wohl«, sagte sein Kunde. »*Return to sender* vielleicht? *Can't Help Falling in Love* natürlich. Das war übrigens auch der letzte, den er live gesungen hat. Indianapolis, sechsundzwanzigster Juni siebenundsiebzig.«

Leise fing er an zu singen, er schloss die Augen und hob die Arme, als hielte er jemanden darin umschlossen.

»Like a river flows, surely to the sea, darling, so it goes …«

Draußen quietschten plötzlich Reifen, und Hänk fluchte. Udo öffnete die Augen, als käme er wieder zu sich.

»Dazu haben wir auf unserer Hochzeit getanzt.«

Rudi drehte den Block um, sodass sein Gegenüber die Skizze sehen konnte. Er spitzte die Lippen zu einem kurzen Pfiff und hob die Augenbrauen.

»Das ging ja fix.«

»Ist ja erst mal nur ein grober Entwurf.« Rudi deutete auf die schwarzen Streifen im T-Shirt und die Elvislocke. »Die machen wir richtig sattschwarz, und der Schriftzug wird etwas heller. Gefällt's dir?«

»Hieß Elvis' Totenkopfäffchen Bambi? Natürlich gefällt's mir.«

»Okay«, sagte Rudi. »Dann mache ich das bis nächste Woche fertig, und wir können einen Termin vereinbaren.«

Udo senkte die Stimme und knödelte: *»That's alright with me.«*

Muddy kam mit seinem Rucksack über der Schulter zu ihnen und stützte sich auf der Sessellehne ab.

»Yeah«, sagte er, als er die Skizze auf dem Tisch sah. »Schönes Ding.«

Er zog sich seine Baseballjacke über und warf einen letzten Blick in den Laden. Dann lächelte er Rudi mit seinen neuen Zähnen, die wirklich ganz fabelhaft aussahen, freundlich zu.

»Wir warten draußen.«

*

Als sein Kunde den Laden verließ, verharrte Rudi einen Augenblick im Türrahmen und sah ihm hinterher. Am Himmel mischten sich gerade rosa Abendwolken mit dem letzten Hellblau, dazwischen lag ein gelblich glänzender Schleier. Die Straße war ausnahmsweise einmal ganz ruhig, niemand rief etwas, niemand hupte, und auch Kinder waren keine zu hören. Die anderen standen da und warteten auf ihn, ein Halbkreis aus Rücken, über dem Rauchzeichen aufstiegen, und er freute sich darauf, mit ihnen diesen Tag zu feiern, auch wenn er aufgeregt war.

Auf der anderen Straßenseite blieb sein Blick plötzlich an einer ihm vertrauten Gestalt hängen, doch das Ganze war so abwegig, dass Rudi zweimal hinsehen musste. Onkel Klaus stand mit hochgeklapptem Kragen und einer zusammengefalteten Zeitung unter dem Arm vor Hausnummer Sechs und rauchte. Jetzt sah er auf die Uhr. Rudi duckte sich weg, wich lautlos in den Laden zurück und lugte vorsichtig aus seinem Versteck auf die Straße. Das Blut rauschte in seinen Ohren, als er den Kopf langsam nach vorn schob, bis er seinen Onkel wieder sehen konnte. Die anderen hatten zum Glück nichts von seinem abrupten Rückzug bemerkt. Noch ehe Rudi den Anblick verdaut hatte, kam ein weiterer vertrauter Umriss in senfgelber Steppjacke und Schirmmütze aus dem Puff und gesellte sich wortlos zu seinem Onkel. Beide Männer vergruben die Hände in den Jackentaschen und wandten sich zum Gehen um. Rudi drückte sich an die Wand, als sie vorbeiliefen, er sah es nicht, doch er konnte spüren, wie sein Vater und sein Onkel am Schaufenster vorübergingen, vorbei an seinen Kollegen, die gerade über irgendetwas lachten. Er blieb noch eine Weile mit klopfendem Herzen dort stehen, ehe er sich wieder bewegen konnte. Seine Kehle war trocken, er konnte kaum schlucken. Als er nach draußen kam, waren die rosa Wolken verschwunden, und der Lärm auf der Straße erschien ihm unerträglich laut.

16

DAS WEGBIER hatte auf den Meter genau bis zur »Krise« gereicht, Hänks und Muddys Stammkneipe. Es war noch früh am Abend und nicht viel los, von den wenigen besetzten Plätzen im Gastraum stieg leises Gemurmel auf, sporadisch hob jemand für einen Gag die Stimme, und aus den Lautsprechern sang Tina Turner, sie seien einfach die Besten. Muddy und Hänk standen gerade an der Theke und bestellten die erste Runde beim Barmann, einem spindeldürren Mittfünfziger mit schwarzer Schiebermütze auf dem Kopf und kariertem Trockentuch über der Schulter, hinter dem die Gläserreihen im gelblichen Licht alter Glühbirnen glänzten. Dort, wo der Tresen einen Knick machte und die Zapfhähne über die Holzplatte lugten, hingen die üblichen Verdächtigen auf ihren Hockern, die vermutlich nie etwas anderes sagten als »Machst du mir noch eins?«, die Nasen fast im Schaum. Im Daddelautomaten drehten sich die Kirschen.

Luz musterte Rudi, der ihr gegenübersaß und versuchte, einen Brinkhoff's-Bierdeckel zu schnappen, nachdem er ihn mit zwei Fingern von der Tischkante in die Luft katapultiert hatte. Sie fragte sich, ob es einen Ort gab, an dem er sich wohlfühlte, an dem er freier atmen konnte und sich der Boden unter seinen Füßen nicht anfühlte wie eine morsche Hängebrücke. Es musste schrecklich sein, dachte sie, so jung zu sein und so talentiert, ohne sich aufgehoben zu fühlen in der Welt. Ihr Handy vibrierte, doch sie schob den Drang nachzusehen beiseite und sah Rudi weiter an.

»Ist alles okay bei dir?«, fragte sie und gab sich Mühe, möglichst sanft zu klingen, obwohl sie gegen die Musik anreden musste. Der Bierdeckel fiel zu Boden. Rudi nahm sich einen neuen vom Tisch, schob ihn an die Kante, schnippte ihn in die Luft, fing ihn auf. Er holte Luft, wie um etwas zu sagen, zögerte dann jedoch, sah nach draußen auf die Straße und schwieg.

Schließlich brachte Muddy vier Biergläser an den Tisch, die er vor sich her trug wie einen flüssigen Blumenstrauß, gefolgt von Hänk mit vier Schnäpsen.

»So«, sagte Muddy, nachdem er sich neben sie gesetzt und die Pinnchen verteilt hatte. »Die erste Runde geht auf mich. Das ist klasse gelaufen heute. Was ein paar Flyers und neue Zähne alles bewirken können. Und gute Mitarbeiter natürlich.«

Er hob sein Schnapsglas über die Tischmitte.

»Auf euch!«

»Prost.«

»Auf den Laden.«

»Salud.«

Sie schüttelten sich, und die Pinnchen klackten zurück auf die Tischplatte. Luz spülte mit Bier nach und ließ den Blick wie eine gestrandete Touristin über die Beige-, Braun- und Ockertöne der Sitzbänke streifen, über die vertäfelte Decke und die bunt ausgeleuchtete Kneipensportecke, in der eine verlassene Dartscheibe blinkte und ein nicht gerade enthusiastischer Vater mit seinem halbstarken Sohn im Sepultura-Shirt kickerte.

Iggy Pop sang, er sei der Passagier.

»Irgendwie hätte ich mir eure Lieblingskneipe anders vorgestellt«, sagte sie und warf sich eine Erdnuss aus der kleinen Schale in den Mund, die neben einer kitschigen roten Plastikblume und einer heruntergebrannten Kerze auf dem Tisch stand.

»Wie, anders?«

»Ach, keine Ahnung. Szeniger.«

Hänk hob den Kopf, als hätte er Witterung aufgenommen.

»Das ist ein *ehrlicher* Ort hier«, sagte er und haute dabei mit der Handkante auf den Tisch, als wollte er imaginäres Holz spalten. »Wir kommen hier seit zwanzig Jahren hin, und hier hat sich in zwanzig Jahren nichts verändert. Das große Stauder vom Fass kostet zwei achtzig, und wenn man einduselt, darf man bis Feierabend liegen bleiben. Und versuch hier mal jemandem die Jacke zu klauen. Manni sieht alles.«

Er nahm sein Glas und drehte sich zum Tresen, um dem Barmann zuzuprosten, der gerade gelangweilt Gläser abtrocknete und nun das Kinn hob und Hänk zuzwinkerte.

»Der Manni, der macht das hier seit fünfunddreißig Jahren. Seit fünfzehn isser trocken«, fügte Muddy hinzu. »Und der Kicker ist turniertauglich.«

Gerade wollte Luz erklären, dass sie es nicht so gemeint hatte, da riss Muddy einen Arm in die Luft, dass der Tisch wackelte.

»Da drüben ist Schotter«, rief er und winkte. »Hey, Schotter! Schotterchen!«

»Sieh an, sieh an«, sagte der kleine Mann in der Kutte, als er mit biergeröteten Backen an ihren Tisch kam. »Meine liebsten Stechmücken. Kann man sich da dazugesellen? Ich geb auch einen aus, auf den S04.«

Niemand widersprach, und so zog er einen Stuhl heran, richtete sich mit Tabak, Zippo und Getränk am Tischende ein und fing sofort an, sich eine zu drehen.

Die Krise füllte sich langsam. Das Fußballspiel war offenbar nach knappem Elfmeterschießen zu Ende gegangen, und die Leute hatten Durst. Die Kellnerin brachte eine neue Runde und eine frische Kerze und erkundigte sich, ob alles in Ordnung sei, doch die drei alten Freunde waren schon so sehr in ein Gespräch vertieft, bei dem es um teure Transfers und spektakuläre Derbys ging, dass sie davon nichts mitbekamen. Luz lächelte ihr entschuldigend zu und bedankte sich, Rudi bestellte die nächste Runde Schnaps. Dann ließen sie noch einmal die Pinnchen aneinanderklimpern.

»Prost«, sagte Schotter und kippte den Klaren runter. »Lieber eine gesunde Verdorbenheit als eine verdorbene Gesundheit.«

»Hört, hört«, sagte Muddy und tat es ihm gleich.

»Weißt du, wie wir uns kennengelernt haben?«, fragte Hänk sie nun sichtlich beflügelt und legte Schotter einen Arm um die Schulter. Die Männer grinsten einander an.

»Ist sicher auch schon fünfzehn Jahre her.«

»Mindestens«, sagte Schotter. Hänk strich ihm liebevoll über den kahlen Kopf.

»Der kam sturzbetrunken in den Laden und wollte das Datum auf den Arm tätowiert haben.«

Nun lehnte Schotter sich vor, schob den Ärmel hoch und hielt Luz stolz zwei dicke, ausgeblichene römische Zahlenreihen hin.

»Fünfter Juni zweitausendvier«, sagte er und zog den Ärmel wieder runter. »Da is mein Sohn auffe Welt gekommen. Und das dadrunter ist meine Tochter.«

»Der konnte sich jedenfalls kaum noch auf den Beinen halten«, fuhr Hänk fort. Schotter hob die Schultern, als wollte er sagen, *was will man machen.*

»Ich hab mit meinen Kumpels die ganze Stadt ausgetrunken.«

»Tja«, sagte Hänk, »irgendwann saß er dann auch brav im Stuhl, und ich konnte loslegen, und der hat nicht aufgehört mich vollzulabern, ich sag's dir, in einer Tour hat der durchgequasselt, bis ich fertig war.«

»War ja auch ein aufregender Tag gewesen. Steißgeburt, Saugglocke, das volle Programm ...«

Rudi rümpfte die Nase und trank sein halbes Bier auf einen Zug leer.

»Ja ja. Pass auf, jetzt kommt's.« Hänk lehnte sich weiter vor. »Der sagt, er geht mal kurz schiffen. Alles klar, sag ich, kein Problem, ich räum hier schon mal auf. Und dann kommt der nach ein paar Minuten wieder, setzt sich auf meinen Stuhl und sagt, *So, kann losgehen.*«

Muddy und Schotter lachten, bis ihnen die Augen tränten. Sogar Hänk lachte mit.

»War wirklich so«, sagte er und nahm einen Schluck Bier. Muddy japste.

»Ich sag zu ihm, Junge, wir sind hier durch, der Drops ist gelutscht, geh nach Hause. Und der guckt mich an wie so ein Mondkalb und versteht die Welt nicht mehr.«

»Und dann?«, fragte sie.

»Dann hab ich auf denen ihrem Sofa erst mal ein Nickerchen gemacht«, sagte Schotter. »Danach ging's wieder. Und als ich meiner Alten später das Tattoo gezeigt hab, war die auch nicht mehr böse.«

Muddy hob einen Zeigefinger. »Wer seinen Hund liebt, der muss auch seine Flöhe lieben.«

Hänk seufzte und trank. »Ach du Scheiße.« Er sank tiefer in die Bank. Mit den Augen folgte er der Kellnerin, die gerade einen der hinteren Tische abkassierte.

»Was hatter denn?«, fragte Schotter in die Runde. Muddy folgte Hänks Blick und drehte sich um.

»Was denn?«

»Alter, erinnerst du dich da nicht mehr dran?«, sagte Hänk sichtlich genervt. »Die hab ich neulich angepöbelt. Weil die uns nichts mehr bringen wollte.«

»Oha«, sagte Schotter. »Dann leg schon mal was fürs Trinkgeld zurück.«

Muddy wandte sich wieder zum Tisch um.

»Dabei sieht die so nett aus«, sagte er und schüttelte theatralisch den Kopf. »Manchmal bist du wirklich ein Trottel, Hänk.«

»Ach, *ich* bin hier der Trottel?«, sagte Hänk und deutete mit seinem Glas in Luz' Richtung. »Erzähl ihr doch mal, weshalb du im Knast gelandet bist, hm, wie wär's?«

Luz grinste breit, lehnte sich in der Bank zurück und verschränkte die Arme. »Ja, wie wär's?«

Muddys Gesicht wurde plötzlich ernst. Er stützte sich mit seinen schweren Unterarmen auf dem Tisch ab und sah ihr in die Augen.

»Achtzehn Monate hab ich gesessen. Wegen schwerer Körperverletzung.« Er ließ seine Worte einen Moment wirken. Hänk verdrehte die Augen und wandte sich um, da das Bier auf sich warten ließ, doch im selben Moment tauchte die Hüfte der Kellnerin neben ihm auf, und er zuckte zurück. Sie stellte das feuchte schwarze Tablett auf der Tischkante ab, lächelte zögerlich in die Runde, wobei Luz eine charmante Zahnlücke bemerkte, verteilte die Gläser und machte fleißig Striche auf den Deckeln. Luz beobachtete amüsiert, wie Hänk sich die Hand vors Gesicht hielt und sich auffällig lange die Stirn kratzte.

»Schwere Körperverletzung«, spuckte er aus, als die Kellnerin wieder weg war, und nahm sich sein Bier. »Den Knöchel hat er sich gebrochen, beim Wegrennen.«

Muddy lachte, bis sein Bauch wackelte, sein ganzer Oberkörper hüpfte auf und ab, dann verschluckte er sich und bekam einen Hustenanfall, dass seine Augäpfel hervortraten. Hänk klopfte ihm auf den Rücken. Luz' Blick blieb an einem Metallschild an der Wand hängen, auf dem drei Musketiere die Säbel kreuzten. *Männer wie wir, Wicküler Bier.*

»Nu ja, was soll ich sagen.«

Muddy nahm einen großen Schluck, um seine Kehle zu beruhigen. Dann holte er tief Luft und wischte sich den Mund ab.

»Hab mich da in was reinquatschen lassen. Einen Überfall. Hat nicht geklappt. Also, erst hat's geklappt, aber dann bin ich gestolpert und hab mich einen Meter vor unserer Fluchtkarre langgemacht. Die anderen haben Panik bekommen und sind abgehauen.«

Er zuckte die Achseln und nahm noch einen Schluck.

»Ich bin da nich stolz drauf, Lutzi. Das kannst du mir glauben. Das war so eine Ich-war-jung-und-brauchte-das-Geld-Schnapsidee.« Er drehte das Pinnchen auf dem Tisch, das bis zum Rand gefüllt war.

»Ich hab früher noch als Maler gearbeitet, für meinen Onkel Olaf, in Seevetal. Als das mit dem Tätowieren nur so nebenbei lief, weil ich dachte, ich muss was *Vernünftiges* lernen.«

Er deutete Gänsefüßchen an.

»Da macht man sich als junger Kerl ja keine Vorstellung von, wie das ist, den ganzen Tag in so einem Kastenwagen zu sitzen, in dem das nach Lösungsmittel und kaltem Furz riecht. Eingequetscht zwischen zwei alten Säcken, die jedem Rock hinterherpfeifen. Und dann gondelt man durch die halbe Stadt und wird durchgehend zur Sau gemacht. *Du Affe* haben die immer zu mir gesagt. *Los, du Affe, hol die Eimer, bisschen flott.*«

Er schüttelte den Kopf.

»Schlimm war das. Tja, und dann kam mein Freund Fiete mit seinem tollen Plan um die Ecke, so eine Lottoannahmestelle zu überfallen, weil der Jackpot so lange nicht geknackt worden war und die Leute plötzlich alle ganz wild auf Lotto waren.«

Hänk lehnte sich zurück und zog seinen Tabak aus der Hosentasche.

»Und dann war er jung und brauchte einen Anwalt.«

Muddy lächelte schief.

»Genau. Und der war gar nicht mal so gut. Und ein unbeschriebenes Blatt war ich damals auch nicht mehr. Da hieß es dann halt ab in den Bau. War ’ne scheiß Zeit. Aber wenigstens«, er klimperte mit den Augen und schmatzte in Hänks Richtung, »hab ich so den da kennengelernt. Ich küsse deine Augen.«

»Ja, ja«, sagte Hänk und hob sein Glas an die Lippen. »Ich küsse deine Hühneraugen.«

Luz nahm das volle Bier und prostete Rudi zu, der aus seinen Gedanken zu erwachen schien und das Glas in einem Zug leerte. Muddy machte große Augen.

»Prost min Jung«, lachte er. Dann klopften seine Knöchel auf die Tischplatte. »Und jetzt, meine Herren, wird gekickert. Auf, auf.«

Gerade wollte Luz anmerken, dass sie im Tor auch ganz passabel war, da fiel ihr Blick noch einmal auf Rudi, der aussah, als wären ihm seine Gedanken davongelaufen wie eine Horde Herzoginnen, die in irgendeinem Prunkgarten in ein dunkles Heckenlabyrinth gestolpert waren, wo dann Gott weiß was auf sie wartete. Sie überlegte es sich anders. Nachdem die anderen nach großem Stühlerücken abmarschiert waren, wartete sie darauf, dass er etwas sagte. Vergeblich.

»Wann wollen wir denen eigentlich von ihrem neuen Social-Media-Auftritt erzählen?«, fragte sie schließlich. Rudi drehte sein Glas auf dem Deckel. Dann sah er rüber zum Kicker, wo Hänks und Muddys breite Rücken sich nebeneinander über die Figuren beugten.

»Den beiden?« Er nahm den letzten Schluck Bier, und Luz konnte an seinem Alles-egal-Blick sehen, dass er jetzt schon einen sitzen hatte.

»Nie.«

Sie nickte und nahm auch einen schalen Schluck, bis nur

noch bitterer Schaum in ihren Mund floss, stellte das leere Glas zurück auf den Tisch und spielte kurz mit dem Gedanken, Hänks Glas auszutrinken, das er hier vergessen hatte. Wieder vibrierte ihr Handy.

»Ich will einen Sleeve von dir«, sagte Rudi plötzlich und fuhr sich mit der Hand über den Arm. Dann senkte er wieder den Kopf. Auch bei Luz machte sich jetzt das Bier bemerkbar, sie fühlte sich rührselig, obwohl das normalerweise nicht zu ihrem Gefühlsrepertoire gehörte.

»Wäre mir eine Ehre«, sagte sie und nahm einen Schluck von Hänks Bier. Einen Moment blieb es still.

»Kann ich dir irgendwie helfen?«

Rudi spitzte ein wenig die Lippen, sah an ihr vorbei zum Tresen und schüttelte kaum merklich den Kopf. Dann zog er sein Portemonnaie hervor und klemmte einen Zwanziger unter seinen Deckel, zog sich die Jacke über und rutschte umständlich aus der Bank. Robert Smith sang, freitags sei er verliebt.

»Ich frage mich, wie es sein kann«, sagte Rudi plötzlich, schon im Stehen, während er einen Arm in seine Jacke fummelte, »dass die Leute immer so tun, als wären sie dir haushoch überlegen. Und dann kommst du eines Tages dahinter, dass sie dich einfach nur so lange mit ihrer heuchlerischen *Scheiße* angefüttert haben, bis du sie gar nicht mehr als *Scheiße* erkennst.« Am Nebentisch drehte sich jemand zu ihnen um, doch Luz gab ihm mit einem Blick zu verstehen, er solle sich gefälligst um seinen eigenen Kram kümmern.

Ohne auf eine Antwort zu warten, klopfte Rudi einmal auf den Tisch und wankte Richtung Ausgang. Luz sah ihm hinterher, bis er zur Tür raus war und sein abgeschnittener Oberkörper an den Fenstern vorbeischwebte. Sie lehnte sich zurück und nahm noch einen Schluck Bier aus Hänks Glas. Dann zog sie ihr Handy aus der Tasche.

Auf dem Display leuchteten Nachrichten auf. Unbekannte Nummer. Sie entsperrte und sah die rote Vier über der hellblauen Kachel. Drückte auf den Papierflieger. Die erste Nachricht war kurz, sie musste sie nicht antippen.

Mäuschen piep einmal!

Dann:

Du hast mir gefehlt.

Dann:

Dachtest du wirklich, ich finde dich nicht?

Sie starrte auf das Display, bis die Worte verschwammen. Auch Vero hatte geschrieben:

Was ist das für eine Shit-Show auf Insta??

Ihr Daumen drückte den Knopf an der Seite des Handys und es wurde wieder schwarz. Hektisch sah sie sich um, suchte den Raum nach dem bohrenden Blick ab, sah nach draußen auf die dunkle Straße.

Kein Umriss. Keine glühende Zigarette. Nichts.

Ein kaltes Zittern stieg in ihr auf. Machte sich in ihrem Körper breit, während ihr sämtliche Gedanken aus dem Kopf fielen. Sofort fehlte ihr Luft, sie zog vergeblich an einem verstopften Strohhalm. Das Handy lag schwer in ihrer feuchten Handfläche, während ein Güterzug durch ihren Kopf donnerte. Ihre Beine drückten sich durch, sie stand, entfernte sich von all den Menschen, von ihren Gesichtern und Bewegungen und ihrer Ausgelassenheit, bis die Tür der Klokabine hinter ihr zuschlug und sich ein Riegel vorschieben ließ. Alles, was sie hörte, war das Rauschen in ihren Ohren. Mit dem Handy in der Hand saß sie auf dem Klodeckel und versuchte zu atmen. Vielleicht war er gar nicht hier. Vielleicht wollte er sie nur fertigmachen. *Jackie will dich*, hatte jemand mit rotem Edding an die Tür gekrickelt. Darunter eine Telefonnummer.

Zum ersten Mal seit Wochen tippte sie auf das Instagram-Icon.

Ihr Postfach war explodiert, und in ihrem Feed wurde ein verlinktes Video angezeigt, die Influencerin lag auf dem Boden, sie selbst kniete in einem unvorteilhaften Standbild daneben. Fünf Totenköpfe und Blitze im Titel. *Tattoo-Horrorstory alles läuft schief!!!*

Fuck, dachte Luz. *Fuck, fuck, fuck. Diese dumme, dumme Bitch.*

Im selben Moment klopfte es an der Tür.

*

Der Kickerball knallte dreimal neben dem Tor gegen die Bande, schlug regelrecht ein, während Hänk immer wieder ruckartig den Torwart zum Blocken in Position brachte. Schotters Stürmer zuckten angriffslustig. Endlich kam Muddy mit dem Fünfer an den Ball, schob ihn geschickt zum Dreier und zog ab. Mit einem Klonk verschwand die dreckige Kugel im Innern der Maschine, und Muddy gab ihm mit der Hüfte einen Stoß. *Jawoll.* Fünf zu vier. Schotters Teamkollege, ein Metal-Typ mit langen braunen Haaren und zusammengewachsenen Augenbrauen, der nicht trank, dafür aber rauchte wie ein Schlot, fluchte und fischte den Ball aus der Klappe. Hänk schielte auf den Getränkehalter, doch er hatte sein Glas am Tisch vergessen, und die Kellnerin wollte er unter keinen Umständen herwinken. Bevor der Metaller einwerfen konnte, wandte er sich zu ihrem Tisch um, doch Lutz und Rudi waren verschwunden. Bestimmt rauchen. Nur sein halb volles Bier stand noch einsam und verlassen da und verlor sekündlich Kohlensäure. *So ein Dreck*. Der Ball fiel in die Mitte des Feldes, und Hänk hatte die Stangen kaum bewegt, da knallte er ihm auch schon ins Tor, und Schotter lachte dreckig.

»Ey, Fairplay oder was?«, protestierte Hänk.

»Fairplay ist für Opfer. Komm wirf ein.«

Fünf zu fünf.

Gerade hatte er die runde Form ertastet, den Ball aus der Luke gezogen und an Muddy weitergereicht, da sah er aus dem Augenwinkel die Nachtfalter. Ein hochgewachsener blonder Kerl schlängelte sich auf dem Weg zu den Toiletten zielstrebig durch die blau-weißen Fan-Grüppchen, die vor dem Tresen standen, aufs nächste Bier warteten und sich dabei mehr anbrüllten, als dass sie sich unterhielten. Es klackerte, und Muddy stieß ihn unsanft an, rief etwas von wegen *Golden Goal, Alter, Konzentration*, und Hänks Hände packten automatisch fester nach den Plastikgriffen. Schotter vertändelte den Ball mit seinen Mittelstürmern, und nun war Muddy am Zug, er klemmte ihn mit dem Fuß seines Stürmers ein, täuschte an, kickte ihn zur Seite und zog ab, doch der Metaller blockte gekonnt und der Ball prallte in ihre Hälfte ab. Ein ungutes Gefühl hatte sich über Hänk gelegt, die Art Gefühl, auf das man besser hörte, das man um Himmels willen nicht ignorierte. Als Schotter vor Hänks Tor abzog, hob er mit einer knappen Drehung des Handgelenks den Fuß des Torwarts an.

Schotter und der Metalhead fielen einander jubelnd in die Arme, und Muddy fing lautstark an, ihn von der Seite anzuschnauzen. Hänk sah zu den Toiletten, aber der Typ war verschwunden.

»Alter, was war das denn?«, rief Muddy. »Spielen *wir* zusammen oder bist du bei denen?!«

»Ich muss pissen«, sagte Hänk und wandte sich zum Gehen um.

»Beeil dich gefälligst«, hörte er Muddy hinter sich. »Ich will 'ne Revanche. So eine Scheiße. Ich lass die unterm Tisch durchkriechen.«

Dann fiel die Durchgangstür hinter ihm zu, und die Geräuschkulisse der Feiernden verschwand.

*

Das Herrenklo war leer.

Hänk kontrollierte die beiden Kabinen, sie waren nicht verschlossen, er drückte die schwarzen Türen auf und sah sogar reflexartig nach oben, doch außer einem tropfenden Wasserhahn und einem verstopften Pissoir gab es hier nichts zu sehen. Es roch nach diversen menschlichen Ausdünstungen und Zitrone.

Er schielte zur gegenüberliegenden Tür hinüber, an der eine silberne Damenfigur mit ausladendem Rock hing, sie stützte sich auf einen Regenschirm, um eine Blume zu pflücken.

Vorsichtig löste er die Klinke und drückte mit dem Zeigefinger gegen das Holz. Ein heller Spalt tat sich auf. Vor den zwei Waschbecken stand niemand, er sah nur weiße Fliesen und einen vor hellgrünen Papiertüchern überquellender Mülleimer. Aus Richtung der Toiletten drangen leise Stimmen zu ihm herüber. Als er den Durchgang zu den Kabinen erreichte und um die Ecke lugte, fiel sein Blick auf den breiten Rücken des Blonden, der in einer der Kabinen stand und fieberhaft auf jemanden einredete. Die Arme hielt er ausgestreckt. Dann sah Hänk zwischen seinen Beinen hindurch schwarze Stiefel, die er kannte, die Lutz gehörten, ihrer Lutz, und nun hörte er auch ihre erstickte Stimme, etwas zwischen einem Wimmern und einem Schrei. Eine Zündschnur fackelte in seinem Kopf ab. Er schrie irgendwas, stürzte sich in die Kabine und schlang beide Arme um den Oberkörper des Unbekannten, zerrte und zerrte, doch der Typ wehrte sich mit allem, was er hatte, er wand sich in der Umklammerung und versuchte, nach Hänk zu schlagen, und als das nichts half, krallte er sich an den Türrahmen und trat wie ein Berserker nach hinten aus. Ein brutaler Schmerz stieg von Hänks Schienbein bis hoch in seine Gehirnrinde, er ächzte und versuchte, den Kerl noch fester wegzuzerren. Plötzlich knallte die Kabinentür zu und sprang vor lauter Wucht direkt wieder auf. Der Typ schrie und ließ los. Gemeinsam taumelten sie drei Schritte zurück, und Hänk krachte mit dem Rücken gegen die Wand, dass es ihm für einen Moment die Puste nahm, dann krallte er eine Hand in die Haare des Kerls und riss daran, so fest er konnte. Mit der anderen Faust holte er aus, es tat einen dumpfen Schlag, und der Körper in seinen Armen wurde schlaff. Der Blonde rang nach Luft und hielt sich die rechte Hand. Hänk schwitzte. Er sah, wie Lutz aus der Kabine kam und sich auf den Kerl stürzte, auf ihrem Gesicht lag Panik, es war ein Gesicht im Ausnahmezustand, immer wieder schlug sie auf ihren Angreifer ein und schrie ohne Unterlass *Lass mich einfach in Ruhe lass mich in Ruhe lass mich in RUHE,* sie zerrte an seinem Kragen, bis der Stoff riss, aber der Typ lachte nur, als amüsierte er sich prächtig, ein verausgabtes, zufriedenes Lachen, das erst aufhörte, als Hänk ihm den Arm auf den Rücken drehte. Er beugte sich zu dem Typen runter.

»Wenn du dich hier noch ein Mal blicken lässt, ja, nur ein einziges Mal, dann rufen wir Säure-Dieter an, hast du das verstanden? Der schuldet uns noch einen Gefallen. Der kümmert sich um solche wie dich. Kapiert?« Er rüttelte an dem verdrehten Arm. »Ob du das kapiert hast?«

Ein Stöhnen war die Antwort. Plötzlich hörte er Muddys Stimme auf der anderen Seite der Wand, sie kam näher und rief seinen Namen, und dann sah er seinen Freund im Durchgang, und die Erleichterung darüber, nicht mehr allein zu sein, ließ ihn einmal tief Luft holen.

»Was geht denn hier ab?«, fragte Muddy, sichtlich bemüht, nicht allzu weit in die Damentoilette einzudringen. Lutz war zurückgewichen und stand mit zerzausten Haaren an der Kachelwand, zwei parallele Kratzer zogen sich von ihrer Stirn bis zum Kinn. An ihrem Hals sah Hänk rote Druckstellen.

»Pack mit an«, ächzte er, und gemeinsam beförderten sie den Fremden auf die Straße.

17

»SO«, SAGTE MUDDY, nachdem er sein Glas geext hatte. Er rieb sich einmal über das verschwitzte Gesicht und zog seinen Pullover aus. »Und jetzt sagt mir mal bitte irgendwer, was da eben los war.«

Hänk legte seinen Fuß auf dem gegenüberliegenden Stuhl ab und krempelte den Jeansstoff hoch. Ein dickes blaurotes Ei kam an seinem Schienbein zum Vorschein. Als die Kellnerin vorbeikam, hob er die Hand.

»Hi«, sagte er und lächelte, so freundlich es gerade ging. »Ich bin Hänk. Ich glaube, wir haben uns neulich nicht im besten Zustand kennengelernt. Darf ich fragen, wie du heißt?«

»Anja«, sagte sie, strich sich eine schwarze Haarsträhne hinters Ohr und lächelte zum Glück.

»Anja, hi. Wärst du so nett, uns eine Runde Zombies zu bringen? Sag Manni, die sind für Hänk, der weiß dann Bescheid. Und einen Kühlakku.«

»Drei Zombies und einen Kühlakku, kommt sofort. Ist sonst alles okay bei euch?« Sie deutete auf sein Bein. »Brauchst du eine Schmerztablette?«

»Nein, nein, besten Dank«, sagte er und versuchte, nicht auf ihre entzückende Zahnlücke zu starren. Muddy nutzte die Gunst der Stunde und bestellte sich Bratkartoffeln mit zwei Spiegeleiern. Das war bei dem immer so, mit dem Bier kam der

Hunger, bei Hänk kam immer nur mehr Durst. Lutz saß mit angezogenen Knien neben Muddy und knibbelte an ihrem Nagellack herum.

Es dauerte keine Minute, da standen ihre Drinks auf dem Tisch und seine Beule verschwand unter eiskaltem Blau. Muddy schob Lutz den Zombie hin.

»Was ist das?«, fragte sie, roch am Glas und rührte einmal skeptisch mit dem Strohhalm darin herum.

»Spiced Rum mit weißem Rum und Overproof Rum.«

»Und Maracujasaft«, ergänzte Hänk mit erhobenem Finger. Am Kicker wurde gejubelt. Lutz nahm den Strohhalm zwischen die Lippen und Hänk sah zu, wie der Füllstand der gelben Flüssigkeit beeindruckend schnell abnahm, bis es im Glas nur noch brodelte.

»Das war ein Ex-Kunde von mir«, sagte Lutz schließlich und stellte das Glas zurück auf den Tisch. Nur noch die Eiswürfel schmolzen darin. »Der hing ständig in dem Laden rum, in dem ich bis neulich noch gearbeitet habe. Ein Freund von der Chefin. Ich hab seinen Rücken gemacht, die Lovers aus dem Waite Tarot. Meine beste Arbeit aller Zeiten. Einen Rücken bekommt man ja nicht alle Tage. Ich zumindest nicht.«

Muddy schüttelte sinnierend den Kopf. Hänk nippte an seinem Zombie und merkte, dass ihm alles wehtat.

»Die erste Sitzung war noch in Ordnung. Da hat der kaum was gesagt und auch gut gesessen. Aber ab dann wurden die Termine immer unangenehmer. Irgendwann waren wir alle zusammen feiern, weil die Chefin Geburtstag hatte, da kam er im Club die ganze Zeit bei mir an und wollte, dass ich mit ihm aufs Klo gehe. Ich habe dankend abgelehnt und gedacht, damit hätte sich die Sache erledigt, aber dann hat er mich in so einem Korridor abgefangen und ist völlig ausgeflippt.«

»Wie, ausgeflippt?«

»Ja, keine Ahnung«, sagte sie. »Hat mich halt so gegen die Wand gedrückt. Ich hab ihn weggeschubst und gesagt, von Typen wie dir hab ich die Schnauze voll. Am nächsten Tag hat er sich entschuldigt und alles auf den Suff geschoben. Aber dann waren meine Maschinen plötzlich dauernd falsch eingestellt, wenn die mal rumlagen, und ich habe Termine verpasst, dabei war ich mir sicher, dass ich die richtig eingebucht habe. Und je mehr ich versucht habe, keine Fehler mehr zu machen, desto schlimmer wurde es. Zufällig ist er ständig da aufgetaucht, wo ich auch war. Und dann stand er irgendwann abends vor meinem Haus.«

Muddys Stirn kräuselte sich.

»Hast du die Polizei gerufen?«

»Weil jemand vor meinem Haus steht?«

Sie schnaubte leise.

»So was interessiert die doch 'nen Scheißdreck, wenn es keine Zeugen gibt und nichts passiert. Wechseln Sie die Adresse. Wechseln Sie die Telefonnummer. Wechseln Sie den Arbeitsplatz. Ciao. So läuft das. Ich hab meine Sachen gepackt und mich am nächsten Tag frühmorgens aus dem Haus geschlichen, als hätte *ich* was verbrochen.«

Hänk sah sich nach Anja um, die gerade Gläser wusch. Wie auf Kommando sah sie auf und lächelte. Er deutete auf seinen halb vollen Cocktail und hob drei Finger.

»Schon verrückt«, sagte Lutz leise und stocherte in ihrem leeren Glas herum, »dass eine einzige gestörte Person dein Leben komplett zerficken kann, einfach so. Ich meine, egal, was bei mir war, ich hab mich zumindest immer stark gefühlt. Und das Gefühl ist jetzt weg. Stattdessen sitze ich hier, in einer Stadt, in der ich nicht sein will, in einem Laden, der mich nicht haben will, und bekomme nachts kein fucking Auge mehr zu.«

Muddy warf ihm einen vorwurfsvollen Blick zu.

»Morgen gehen wir zu den Bullen«, sagte Hänk und nahm noch einen großen Schluck. »Zeugen gibt's ja jetzt. Weißt du, wo der wohnt?«

Sie ignorierte ihn.

»Meine beste Arbeit. Auf so einem Schwein. Wie mies ist das denn bitte.«

Plötzlich stand Manni mit den dampfenden Bratkartoffeln am Tisch.

»Alles in Ordnung, Jungs?«

Er stellte den Teller vor Muddy ab und schob ihm das Salz-Pfeffer-Gestell hin.

»Ja, alles gut«, sagte Hänk. »Der Typ hat sich getrollt. Der macht keinen Ärger mehr.«

»Ich halt trotzdem die Augen offen.«

Der Wirt klopfte Hänk auf den Rücken und verschwand wieder hinterm Tresen. Plötzlich sah Lutz ihn an.

»Gibt es diesen Säure-Dieter wirklich?«

Muddy hörte wie ein misstrauischer Hamster mit vollen Backen auf zu kauen und warf ihm einen Blick zu. Im nächsten Augenblick stellte Anja drei neue Zombies auf den Tisch.

»Ja«, sagte Hänk und schob Luz eines der Gläser hin. »Den gibt's wirklich.«

»Gut zu wissen.«

Sie hob ihr Glas, während eines der Spiegeleier in Muddys Mund verschwand wie ein Ufo im schwarzen Loch.

»Wie hat der dich eigentlich hier gefunden?«, fragte er und lud seine Gabel mit Kartoffelscheiben voll. Den welken Alibi-Salat schob er beiseite.

»Die blöde Tante von neulich, die bei mir in Ohnmacht gefallen ist, hat ein Video davon ins Internet gestellt. Hat schon über zehntausend Klicks.«

»Hä?« Hänk wendete mit spitzen Fingern den Kühlakku.

Dann beschloss er, mit seinem Zombie ebenfalls kurzen Prozess zu machen. »Das hab ich doch gelöscht. Das war weg, ganz sicher.«

»Es gibt einen Zuletzt-gelöscht-Ordner, wo die gelöschten Sachen reinkommen.«

Muddy stach ins zweite Eigelb und schob es sich in den Mund. Nun brodelte es wiederum in Hänks Glas.

»Halt, stopp«, sagte der und tippte mit dem Zeigefinger ein paarmal auf den Tisch. »Wenn ich was löschen will, muss ich es löschen und dann aus dem Zuletzt-gelöscht-Ordner löschen, damit es überhaupt erst gelöscht ist?!«

»Jup.«

Er holte tief Luft und fuhr sich über den Bart.

»Das versteh, wer will.«

Dann hob er schnell die Hand, weil Muddy angestrengt schluckte und dringend etwas sagen wollte, doch Hänk hielt ihm den Zeigefinger direkt vor die Nase.

»Noch *ein* Sprichwort und du brauchst noch mal neue Zähne, ich schwör's dir bei Gott und allem, was mir nicht heilig ist.«

Muddy guckte beleidigt, hielt aber den Rand.

*

»So Leute«, rief dieser Manni durch seinen Handtrichter. »Die letzte Runde ist jetzt offiziell gelaufen. Morgen ist auch noch Samstag.«

»Na los«, sagte Hänk, der seit dem zweiten Zombie wieder gute Laune hatte, und krempelte sein Hosenbein über die Beule, die jetzt vermutlich auch nicht mehr so wehtat. »Wir gehn noch auf 'nen Absacker zu mir. Ich hab Jägermeister im Gefrierfach. Und 'ne kalte Cola hab ich auch noch da.«

»Nee«, sagte Muddy und hob abwehrend beide Hände in die

Luft. »Nee nee, Hänkster. Deine Wohnung ist der Ort, an den Fliegen kommen, um zu sterben. Wenn überhaupt, dann gehen wir zu mir.«

»Weil's bei dir ja so viel besser aussieht«, brummte Hänk beleidigt und leerte sein Bier. »Wann hat denn dein Kater zuletzt auf den Teppich gepisst, hm?«

»Sorry, Jungs«, sagte Luz, bevor sie ein Gähnen nicht mehr unterdrücken konnte. »Ich bin durch. Ich muss ins Bett.«

»Verständlich«, sagte Muddy. Dann zückte er sein Portemonnaie und warf ein paar Scheine auf den Tisch. Hänk warf ein paar daneben und legte mit einem Kopfschütteln die Hand auf ihren Geldbeutel, als sie dasselbe tun wollte.

Vor der Krise blies ihnen kalter Wind um die Ohren. Luz zog ihre Jacke enger um sich und versuchte, ihre Haare zu bändigen und das Brennen der Kratzer in ihrem Gesicht zu ignorieren. Muddy versuchte, sein Feuerzeug abzuschirmen. Er schnippte und schnippte.

»Dann komm mal gut nach Hause«, sagte er, als endlich Rauch aufstieg und am Ende der Straße das grellgelbe Taxischild näher kam. Plötzlich merkte Luz, wie müde sie wirklich war, ihre Muskeln waren völlig erschlafft und ihre Knochen zentnerschwer. Gerade wollte sie sagen, *und danke noch mal*, da hatte Muddy schon seine warmen Arme um sie gelegt und zugedrückt. Sie schloss die Augen, hob ebenfalls die Arme und atmete tief ein. »Du riechst gut«, sagte sie gedämpft, mit dem Mund an seiner Baseballjacke.

Hänks Umarmung fiel schroffer aus, aber es war eine Umarmung. Er klopfte ihr unbeholfen auf den Rücken.

»Schlaf gut.«

Schon im Gehen sah sie sich noch einmal zu den beiden um.

Hänk tippte sich an die Stirn.

Muddy lächelte mit seinen neuen Zähnen und winkte.

*

Das Taxi war gerade angerollt, als sie im Rückspiegel den Schatten sah, der aus einem Hauseingang über die Straße huschte. Sie kannte die Silhouette. Sie kannte die Art, wie er sich bewegte. Es schien eine Ewigkeit zu dauern, bis der Fahrer auf ihre Schreie reagierte, sie rüttelte an seinem Sitz und hämmerte mit den Handflächen auf seine Lehne ein, bis der Wagen endlich zum Stehen kam und sie die Tür aufstoßen konnte. Als sie die beiden erreichte, lag Muddy schon auf dem Boden und hielt sich den Bauch, sie hörte Schritte auf dem feuchten Pflaster, die sich entfernten, die dunkle Figur verschmolz augenblicklich mit dem Dunkel der Nacht. Hänk brüllte etwas in sein Handy, dann fiel er neben Muddy auf die Knie und hielt den Kopf seines Freundes. Er schrie noch etwas, das sie nicht verstand. Am Ende der Straße kamen ein paar Leute auf die Straße gerannt, schwarze Umrisse im Licht der Laternen, es wurde laut. Jemand rief etwas. In den Häusern gingen Lichter an.

Das Nächste, was Luz mitbekam, war eine Sirene. Dann wurde sie beiseitegeschoben. Hänk zog sie am Handgelenk mit in das gleißende Licht. Sie fuhren schnell, also musste es ernst sein. Der Sanitäter zog Muddy eine durchsichtige Gasmaske über. Die Fliehkraft drückte sie in den Kurven nach links und nach rechts. Die Sirene dröhnte, sie schien in ihrem Gehirn zu sitzen.

Hänk war kreidebleich, und er hielt Muddys Hand.

18

RUDI VERSUCHTE vergeblich, während der Fahrt die toten Insekten von der Windschutzscheibe zu bekommen. Die Seife spritzte aus den Düsen, und die Wischer wischten auf höchster Stufe, er hörte, wie ihr Gummi über das Glas stotterte, doch ein paar besonders hartnäckige Mücken oder Fliegen blieben kleben, egal, wie oft er den Vorgang wiederholte. Außerdem gab es da noch die Winkel, in die seine Wischer nicht reichten, undurchsichtige Dreiecke, die er unter normalen Umständen schnell noch an der nächsten Tanke sauber gemacht hätte, bevor er zu seinen Eltern fuhr. Heute interessierten sie ihn nicht. Er stellte die Scheibenwischer aus und sah an den Flecken vorbei, sein Körper hing bleiern hinter dem Lenkrad, und wenn er mit den Nasenflügeln wackelte, tat das Piercing nicht mehr weh, er spürte den Einstich nicht mehr, wie er auch sonst nichts mehr spürte.

Er bog nicht sofort in die Einfahrt ein, sondern hielt hinter dem Sauerdorn. Mit den Händen am Lenkrad blieb er dort sitzen, ein Fahrer im Stillstand. Mit laufendem Motor betrachtete er die Straße, die er als kleiner Junge auf seinem Skateboard mit den dicken Stoppern entlanggerollert war. Mit seinen Fisher-Price-Rollschuhen und seinem Kettcar. An ihrem Ende lag ein kleines Waldstück, in dem er mit den Kindern aus der Nachbarschaft Hütten gebaut und Fangen gespielt hatte, in einer unschuldigeren Zeit, in der es nicht darum ging, wer wen wie mochte, solange nur schnell genug gerannt und mit möglichst dicken Stöckern gebaut wurde, in einer Zeit vor blonden Moderatorinnen und Händchen haltenden Popstars und Forsthaus Falkenau.

Vor dem Haus parkte der blaue Citroën seines Onkels.

Als sein Vater ihm gut gelaunt die Tür öffnete, roch es nach Fisch, er sah Rudi an, und sein Mund wurde zu einem Minus.

»Wie siehst du denn aus?«

»Ich war beim Friseur«, sagte Rudi und strich seine Schuhe an der Fußmatte ab, auf der sich zwei Vögelchen über einem Haus einen Kuss gaben. Darunter stand *Willkommen*.

»Ich meine das da.«

Er deutete auf seine Nase. Rudi zuckte nur mit der Schulter und schrappte mit seinen Turnschuhen noch einmal fest über die Vögel. Sein Vater schüttelte den Kopf.

»Deine Mutter ist im Garten«, sagte er unzufrieden und trat beiseite.

»Rudi«, rief sein Onkel und ließ die *TV-Movie* in den Schoß sinken, als er ins Wohnzimmer kam. »Wie laufen die Geschäfte?«

Er lachte und lehnte sich im Sofa zurück, dann raschelte es, und er verschwand wieder hinter Esther Schweins auf dem Cover. Seine Tante tunkte gerade einen Keks in ihren Tee und winkte einmal fröhlich, dass ihr nackter Oberarm wackelte. Rudi erwiderte nichts und ging in die Küche, um den Tisch zu decken, wie immer, wie tausende Male zuvor, er hörte, wie seine Tante leise sagte, *Was hat er denn?*. Das Geschirr für fünf stand schon auf dem Küchentisch, er trug alles ins Esszimmer und legte es aus, wie es ihm beigebracht worden war, ohne Fingerabdrücke auf dem Besteck, alles im richtigen Abstand zueinander.

Dann ging er raus in den Garten.

Seine Mutter saß zwischen den Rosenbüschen auf ihrem Gartenstuhl und faltete bordeauxrote Servietten zu Schwänen.

»Rudi«, sagte sie. »Schön, dass du da bist. Warst du beim Friseur?«

Er nickte nur und blieb mit den Händen in den Taschen stehen. »Ich hab den Tisch gedeckt.«

Sie lächelte und legte einen fertigen Schwan zur Seite. »Wunderbar. Setz dich doch.«

Er betrachtete den Gartenstuhl seines Vaters mit dem ausgeblichenen gestreiften Polster.

»Ich hab heute schon so viel gesessen.«

Seine Mutter legte sich eine neue Serviette in den Schoß.

»Warst du fleißig, für die Uni?«

Rudi reagierte nicht.

»Hast du Hunger?«

»Es geht.«

»Tante Ilona hat Mousse au Chocolat mitgebracht. Die müsste vielleicht so langsam aus dem Kühlschrank.«

Rudi reagierte nicht, sah sich im Garten um und mied ihren Blick. Ihm fiel die Ruhe auf, von der man vergaß, dass es sie gab, wenn man in der Stadt an einer lauten Straße wohnte. Zwei weiße Schmetterlinge umflatterten einander, bis sie hinter dem Rhododendron verschwanden.

»Ist alles in Ordnung?«

Seine Mutter legte die Hände in den Schoß. Er konnte sie nicht ansehen. Er stellte sich vor, wie sie einander von nun an in Cafés treffen würden, auf einen schnellen Latte macchiato, bevor sein Vater Verdacht schöpfte, wie sie ihm Geldscheine über den Tisch schob, statt sie für Kosmetik auszugeben, und jedes Mal traurig guckte, wenn sich ihre Wege für unbestimmte Zeit trennten. Er fragte sich, ob er wenigstens zu ihrem Geburtstag kommen dürfte.

»Irene«, rief sein Vater von der Terrasse. »Der Fisch trocknet aus.«

Rudi fröstelte, er wandte sich um und ging ins Haus.

*

»Das sieht aber gut aus.«

Onkel Klaus rieb sich die Hände und goss sich und Rudis Vater Bier ein, bis die Schaumkrone den Rand ein wenig überragte. Tante Ilona verteilte Kartoffelpuffer, und Rudis Mutter hielt ihm die Sauciere mit dem warmen Griff hin. Er konnte den Blick nicht von den leeren Augenhöhlen des Karpfens lösen, der in einem Haufen Petersilie auf einer Porzellanscheibe lag, die eigentlich etwas zu groß für den Tisch war.

»In der Arbeitswelt wird dich so niemand ernst nehmen«, sagte sein Vater und deutete mit der Gabel in sein Gesicht. »Das sag ich dir gleich.«

Rudi zog sich eine Gräte aus dem Mund und legte sie neben den grünen Bohnen auf den Tellerrand. Er spießte einen Speckwürfel auf, konnte sich aber nicht vorstellen, ihn zu essen. Von den beiden Kartoffelpuffern einmal ganz zu schweigen.

Kartoffelpuffer, dachte er. Ausgerechnet.

»Meine Bekannte bei der medizinischen Fußpflege hat sich ein *Intim*piercing machen lassen«, sagte seine Tante und kicherte leise. »Was es nicht alles gibt heutzutage.«

»Bitte. Nicht beim Essen.«

Sein Vater warf ihr einen strengen Blick zu, und es wurde still. Minutenlang hörte man nur Kaugeräusche und das Besteck auf den Tellern.

»Wie war eigentlich euer Skatabend?«

Rudi sah von seinem Onkel zu seinem Vater. Keiner der beiden hob den Blick, sein Vater drückte die Gabel in den Fisch, während sein Onkel kaute und in den Bohnen herumstocherte.

»Der Heinz hat uns wieder das Geld aus der Tasche gezogen«, sagte sein Vater dann. »Ich brauch mal Salz.«

»Ich auch.«

Seine Tante reichte den Streuer weiter. Dann änderte sich ihr Gesichtsausdruck, und sie pulte sich eine Gräte aus dem Mund.

»Also bei uns in der Firma wäre niemand mit so etwas eingestellt worden. Das ist mal amtlich.«

Rudi ließ Messer und Gabel auf den Tellerrand fallen und rückte den Stuhl vom Tisch ab.

»Was hat er denn?«, hörte er seine Tante auf dem Weg ins Badezimmer fragen. Er ließ den Wasserhahn laufen, stützte sich auf dem butterfarbenen Kunstmarmor ab und sah in den Spiegel. *Komm schon*, dachte er und sah sich in die Augen. *Komm schon. Komm schon. Komm schon.*

Dann vibrierte sein Handy. Eine Nachricht von Luz.

Er stellte das Wasser ab.

»Ärger mit der Freundin?«, sagte sein Onkel und zwinkerte ihm zu, als er sich wieder gesetzt hatte. »Bring sie doch das nächste Mal einfach mit.«

Rudi nahm seinen Serviettenschwan, schüttelte ihn auf und wischte sich den Mund ab.

»Wenn überhaupt, Onkel Klaus«, sagte er und schob den Teller von sich weg, »dann bringe ich irgendwann mal meinen Freund mit.«

Er ließ den Satz einen Moment wirken. Das Besteck seines Vaters schwebte bewegungslos in der Luft. Seine Mutter stellte ihr Wasserglas ab. Dann hielt sie den Blick gesenkt.

»Und jetzt müsst ihr mich entschuldigen, aber ich muss weg«, sagte Rudi, entschlossener. »Mein Chef wurde scheinbar abgestochen.«

Er sah seinen Vater an und sprach weiter, ohne den Blick von ihm abzuwenden. »Ich arbeite seit vier Jahren als Tätowierer. In der Eisenstraße. Das ist da gleich hinterm Bahnhof.«

Sein Onkel sah plötzlich so aus, als wäre ihm das letzte Stück Karpfen nicht bekommen. Sein Körper versteifte sich, und das Einzige, was sich noch bewegte, waren seine Augäpfel, die einmal nach links und nach rechts rollten, zu Frau und Schwägerin. Rudi warf seiner Mutter einen letzten Blick zu, doch sie sah nicht auf.

»Ach so«, sagte er, schon mit der Jacke in der Hand. »Meinem Chef ist der Nasenring übrigens egal.«

Er schloss die Esszimmertür hinter sich, dann die Flurtür, dann die Haustür, er knallte die Autotür zu, und mit jedem Kilometer, den er sich von diesem Haus entfernte, ging es ihm besser.

Muddy liegt im Krankenhaus, hatte Luz ihm geschrieben. *Und es ist alles meine Schuld.*

19

HÄNK UND LUZ saßen in einem weißgrauen Wartezimmer, in dem es nach Sterilium und Angstschweiß roch, und starrten an die gegenüberliegende Wand. Nach und nach baute ihr Körper den Alkohol ab, sodass ihnen immer elender zumute wurde. Hänk sah zum hundertsten Mal auf die Uhr, wie lange saßen sie jetzt schon hier, Stunden, und niemand ließ sich blicken, kein Gott in Weiß, kein Pfleger, noch nicht einmal das gottverdammte Putzpersonal. Sie waren nicht die Einzigen, die auf Nachricht aus dem OP warteten. Ein älterer Herr in Anzug und Krawatte hielt die Hände im Schoß gefaltet und vermied Blickkontakt, eine junge Mutter mit Pferdeschwanz und Rollkragenpullover blätterte nervös in einer Illustrierten und sah ab und an zu ihrem kleinen Sohn hinüber, der wie gebannt auf ihr Handy starrte, leise Geräusche von sich gab und den Oberkörper abwechselnd nach links und nach rechts lehnte. Hänk hielt ebenfalls eine Zeitschrift in den Händen, obwohl er nicht hineinsah und auch nicht vorhatte, hineinzusehen, eine *Auto Motor Sport*, die ihn überhaupt nicht interessierte, doch sie hatte als Erstes auf dem Stapel gelegen, darunter eine *Freizeit Revue*, die ihn noch weniger interessierte, und darunter eine *Glamour*, also hatte er sich mit dem Autoquatsch zufriedengegeben, schließlich ging es sowieso nur ums Festhalten. Seine Finger klebten an dem dünnen Papier.

»Ich muss mal«, piepste der Junge ganz unvermittelt, und seine Mutter nahm ihn bei der Hand und führte ihn aus dem Raum.

»Heute ist mein dreißigster Geburtstag«, sagte Lutz plötzlich, ohne den Blick von der Wand zu lösen.

Hänk starrte ebenfalls weiter dagegen. Aus irgendeinem Grund fühlte es sich an, als würde es Muddy sicher schlechter gehen, wenn er sich bewegte.

»Warum hast du nichts gesagt?«

Er spürte, dass sie mit der Schulter zuckte.

»Ich hasse Geburtstage.«

Ich auch, dachte Hänk, erwiderte aber nichts. Die Lippen zu bewegen, ging über seine Kräfte.

Muddy, Muddy, Muddy, dachte er pausenlos. Der arme Muddy. Muddy war der Beste. Wenn Hänk krank war, brachte Muddy ihm Hühnernudeltopf, und einen Tag später war er wieder auf den Beinen, und auch wenn Muddy nur eine Dose Erasco in eine Tupperdose gekippt und behauptet hatte, Hausmannskost sei die beste Medizin, war das das Netteste, was man für einen Freund tun konnte. An den Tag, an dem er Muddy zum ersten Mal gesehen hatte, erinnerte Hänk sich noch, als wäre es gestern gewesen. Er selbst war damals noch ein richtiger Hosenscheißer gewesen, ein pickeliger Zivi, der mit dem Wischmopp in der Hand auf dem ellenlangen Flur stand und in der Nase bohrte, als zum Frühstück geläutet wurde. Die sich träge durch den Gang schiebenden Knackis waren von einem der Schließer angebrüllt worden, sie sollten gefälligst nicht so rumtrödeln, *hopp hopp*. Gebannt hatte der junge Hänk beobachtet, wie Muddy, dessen bunte Arme durch das Grau des Overalls noch mehr auffielen als ohnehin schon, sich umdrehte und ganz lässig auf den Kerl zuging, der plötzlich wie eine Kröte den Kopf einzog und nach seinem Schlagstock tastete. Mit seiner tiefen, durchdringenden Stimme hatte Muddy ruhig, aber unfassbar bedrohlich und mit zunehmender Lautstärke gefragt: »Sach ma, glaubst du eigentlich, wir sind alle *taub* oder was?« Er hatte gar nicht auf Antwort gewartet, sondern gleich kehrtgemacht und den Schließer einfach mit hochrotem Kopf und eingezogenem Schwanz stehen lassen. Er war dafür mit Sicherheit ein paar Tage in den Bunker gewandert, aber so was war Muddy schon damals egal gewesen. Es ging ums Prinzip.

Dieser Idiot, dachte Hänk dann. Er hatte das Messer schon auf sich zukommen sehen. Er hatte schon die Augen zugekniffen. Wenn es so sein sollte, hatte er gedacht, dann sollte es so sein. *Und dann kommt dieser blöde Idiot und springt dazwischen*.

Strenge Schritte näherten sich, sie quietschten auf dem Linoleum, als gäbe es nicht genug Stunden im Tag, und dann tauchte tatsächlich ein Arzt im Kittel auf, ein Gott in Grün mit Klemmbrett in der Hand. Sein Blick blieb auf ihnen hängen.

»Die Stichwunde, richtig? Herr Caruso ist wach. Zimmer 52.«

Hänk stützte die Ellenbogen auf die Knie und vergrub für einen Moment das Gesicht in den Händen. Sog dringend benötigte Luft in seine Lungenflügel. Wachte aus dem Albtraum auf. Auch neben ihm entspannte sich ein Körper, sank etwas tiefer in den Sitz.

»Du zuerst«, sagte Lutz. »Ich warte hier.«

*

Es dauerte eine Weile, bis Muddy die Augen öffnete, doch Hänk war so zufrieden, er hätte bis in alle Ewigkeit hier am Bett sitzen und seinem Freund beim Atmen zusehen können.

»Hänkster.«

Muddy lächelte schwach und sah sich im Zimmer um, indem er hauptsächlich die Augen bewegte.

»Na, mein Alter«, sagte Hänk. »Wie isses?«

Leises Stöhnen.

»Noch merk ich nich viel.«

Muddys Stimme klang, als stünde ihm nur noch ein einziger flacher Tonfall zur Verfügung. Er hob das Kinn, um auf das Gestell mit der Infusion zu deuten, in dem regelmäßig die durchsichtigen Tropfen in ein Plastikrohr fielen. Hänk lächelte und rieb sich über das Gesicht. Seine Finger rochen salzig und verraucht.

»Ist das nicht eine Frechheit?«, sagte er, plötzlich so erleichtert, dass die Worte förmlich aus ihm herausquollen. »Was wir schon alles erlebt haben. Die Biker, die Junkies. Weißt du noch, als der eine seine Knarre gezogen hat? Und jetzt sticht dich so ein dämlicher Hansel ab.« Er konnte nicht genau sagen, ob Muddy ihm zuhörte, aber es war auch egal. »Aber keine Sorge«, fügte er leise hinzu. »Wenn der entlassen wird, warte ich am Gefängnistor.«

Muddys Augen öffneten sich wieder einen Spalt.

»Haben die den bekommen?«

Hänk nickte.

»Der hat ein paar Minuten später die Acht auf dem Rücken gehabt. Du kennst doch diesen kleinen Gangster, der immer auf der Straße Palaver macht? Der mit dem Käppi? Der hat ihn sich mit seinen Jungs geschnappt. War reiner Zufall, dass die da vor der Shisha-Bar rumgehangen haben. Die sind auf Zack, sag ich dir.«

Muddy drehte mit Mühe den Kopf in seine Richtung und lächelte.

»Sag denen, die bekommen alle ein Tattoo von mir. Ein großes. Wo ist Lutz?«

»Wartet draußen.«

»Hol sie mal rein.«

Hänk gehorchte und machte sich bei der Gelegenheit auf die Suche nach der Kaffeestation.

*

Mit den Händen vor dem Mund näherte Luz sich dem Bett, bevor sie in der Zimmermitte stehen blieb wie bestellt und nicht abgeholt. Muddy lächelte und streckte seinen Arm aus, in dem ein dünner Schlauch steckte.

»Lutz.«

»Muddy«, sagte sie und nahm seine Hand. Die Tränen ließen sich jetzt nicht mehr runterschlucken, sie quollen hervor und liefen ihre Wangen runter, als hätte sich die Angst der letzten Stunden, ach was, der letzten Wochen, in Salzwasser aufgelöst.

»Es tut mir so leid.«

»War nich deine Schuld.«

»Fühlt sich aber so an.«

Sie umrundete das Bett und setzte sich auf den freien Stuhl.

»Hätte ich das geahnt, wäre ich irgendwohin weggeflogen, wo mich keiner kennt.«

»War nicht dein Messer. Mach dir keinen Kopp.«

»Es tut mir so leid«, sagte sie noch einmal und schüttelte den Kopf. Muddy lächelte immer noch und sah sie an.

»Sag das nicht dem Hänk. Aber weißt du, wie lange ich darauf gewartet habe, dass jemand wie du in den Shop kommt? Ich mach das nicht mehr lange. Den Laden, meine ich. Den Job. Mein Rücken. Mit etwas Glück bekomme ich die sechzig noch voll. Aber Hänk *muss* mit andern Leuten arbeiten, wenn das weitergehen soll. Mit Leuten wie dir. Du willst das hier wiedergutmachen? Dann bleib bei uns.«

Sie senkte den Kopf. Atmete einmal tief ein und aus.

»Muddy, ich kann hier nicht wohnen. Nicht auf Dauer. Ich geh hier ein.«

»Siebzig/dreißig«, sagte er. »Bleib wenigstens, solange es geht. Abgemacht?«

Sie seuzfte.

»Abgemacht.«

Im selben Moment kam Hänk mit zwei dampfenden Bechern zur Tür rein.

»Hänk«, sagte Muddy streng, bevor seine Augen wieder zufielen. »Schüttel ihre Hand.«

Hänk kräuselte die Stirn, streckte ihr aber brav die Hand entgegen, nachdem er die Kaffeebecher auf dem Schwenktisch am Bett abgestellt hatte. Seine Hand war warm, ihre war kalt.

»Ich lass euch mal alleine«, sagte sie dann. »Wir sehen uns morgen.«

*

Wie lange es dauerte, bis Muddy noch einmal zu sich kam, konnte Hänk nicht mehr sagen. Er war selbst eingenickt, jetzt tat sein Nacken weh und sein Schienbein pochte auch wieder. Er reichte Muddy den kleinen weißen Plastikbecher mit Wasser, den er vor Stunden befüllt hatte.

»Weißt du, bei wem ich mich bedanken kann, mein Alter?«, fragte Muddy, nachdem er sich die Lippen benetzt und noch einmal leise gestöhnt hatte.

Hänk machte *schhhh*, aber Muddy ließ sich nicht bremsen.

»Bei meiner Fettschürze. Die war zu dick fürs Messer. Hat der Notarzt gesagt. Hätte der ein Klappergerüst wie Rudi erwischt, wäre Schluss mit lustig gewesen.«

Er schloss die Augen und lächelte.

»War die wenigstens einmal im Leben für was gut. Aber meinen schönen Dreimaster hat das erwischt. Gibt 'ne dicke Narbe im Bug.«

Kraftlos winkte Hänk ab. Er musste ins Bett. Das frisch gemachte, leere Krankenhausbett neben Muddys rief ihn schon, als hätte es den Gesang der Sirenen eingebaut.

»Lirum larum. Hauptsache, du wirst wieder.«

Nun klopfte es, und eine junge Pflegerin kam rein, um den Katheter zu wechseln. Hänk tat so, als sehe er aus dem Fenster.

»Entschuldigung, gute Frau?«, sagte er, als sie fertig war. Er deutete auf den Tropf. »Kann man das nicht hochdrehen? Mein Kumpel hat Schmerzen. Starke Schmerzen.«

Gereizt sah sie zum Bett.

»Der schläft doch.«

Muddys Augen wurden zu Schlitzen.

»Also Hochdrehen wäre schon gut«, sagte er flach, um seinen Bauch nicht zu bewegen und möglichst bemitleidenswert zu klingen. Zur Bekräftigung stöhnte er einmal laut. Straffen Schrittes kam sie noch einmal zurück zum Bett, begutachtete den Tropf und drehte am Rädchen. Als sie wieder weg war, deutete Muddy ein Kopfschütteln an.

»Wahrscheinlich gibt's in dem Laden hier *eine* hübsche Schwester, eine einzige, und ausgerechnet die schicken sie, um diesen Pissbeutel auszuleeren ... Und weißt du, was mir der Oberarzt gesagt hat?«

»Was denn?«

»Ich soll weniger *saufen*.«

»Lächerlich«, sagte Hänk. »Was weiß der denn schon.«

»Find ich auch. Hab ich aber nicht gesagt. Hab ich für mich behalten.«

Hänk rieb sich noch einmal über das Gesicht.

»So, mein Alter. Ich mach mich auch auf. Ich komm morgen wieder.«

»Bring Mettbrötchen mit«, sagte Muddy. »Sonst fall ich hier vom Fleisch. Fettsein rettet Leben.«

Hänk lächelte und tätschelte seinem Freund das Bein unter dem dünnen Laken.

»Du, Hänk?«, sagte Muddy nach einem Moment.

»Mh?«

»Wo warst du eigentlich den Monat?«

»Welchen Monat?«

»Du weißt genau, was ich meine. Vor drei Jahren. Den November. Ich hab mich das immer gefragt.«

Hänk senkte den Blick auf seine trockenen Hände mit den dreckigen Fingernägeln. Dann stand er auf, öffnete den Reißverschluss seiner alten Trainingsjacke und zog sein T-Shirt hoch, um Muddy endlich das tränende Herz auf seiner Brust zu zeigen, von dem sich dunkelrote Strahlen in alle Richtungen streckten. Muddy blinzelte noch zweimal, dann fielen seine Lider zu. Hänk dachte an die schmierige Wohnung, in der den ganzen Tag und die ganze Nacht die Joints und der Spiegel die Runde gemacht hatten, an die verhangenen Fenster und die abgestandene Luft, daran, wie die Zeit zu einem unendlich langen dunklen Band verschmolzen war, das sich vor ihm ausstreckte. An das schwarz schillernde Wasser in der Gracht, in das er jeden Abend nicht gesprungen war.

»Amsterdam«, sagte er. »Vier Sitzungen. Beim Ole.«

»Mh«, machte Muddy, schon halb im Schlaf. »Ohne mich?«

Hänk sah zu, wie sich der mächtige Brustkorb seines Freundes hob und senkte.

Er konnte es kaum erwarten, wieder mit ihm im Shop zu stehen.

»Keine Sorge, Alter«, sagte er leise, setzte sich nun doch wieder und rückte den Stuhl näher ans Bett.

»Hast nichts verpasst.«

DANK

Autor:innen nähern sich fremden Welten und können nur darauf hoffen, es nicht zu verkacken. Mein größter Dank gilt Eckstein und Nadja (@maladja_tattoo_art), die ich zu ihrem verrückten Job ausführlich ausfragen durfte. Die meisten Tätowierer:innen lieben übrigens ihre Kundschaft – Hänk ist da eher die Ausnahme.

Ein riesiges Dankeschön geht an meinen Agenten Tilo Eckardt, der vom ersten Moment an verstanden hat, was dieser Roman sein sollte und was nicht. Danke für deine Begeisterung, deine Fürsorge und die einfach nur fantastische Zusammenarbeit. Grazie mille, für alles.

Tausend Dank dem gesamten wunderbaren Verlagsteam von hanserblau, ganz besonders meiner genialen Lektorin Anna Riedel. Darlings killen kann also Spaß machen, wer hätte das gedacht! Ich habe keine Worte dafür, wie grandios diese Erfahrung war – und ich bin Autorin.

Ich danke dem Ministerium für Kultur und Wissenschaft NRW für das Arbeitsstipendium, ohne das es diesen Roman erst sehr viel später gegeben hätte – wenn überhaupt.

Danke an meine ersten Leser:innen: Lisa Kögeböhn, Fitti, Leo, Kora, Rikk, Kornrad und Seb, an Torsten von Amadis, ganz besonders für den Kontakt nach München, danke an meine Familie für ihren Support, an Crispy for all the love, und danke an all die Freund:innen, die ich mit endlosen Tattoo-Gesprächen genervt habe. Das hat jetzt ein Ende, versprochen.
PS: Tip your tattooer.